貴妻

5

完

文創風 185

油燈 著

目錄

第一百八十八章

就在董瑤琳滿心歡喜的時候，董夫人正強打著精神，掛著僵硬的笑容，將不請自來的方老夫人迎進門來。

在董家人再次搬進這座宅子後，方老夫人這是第一次過來。她知道董夫人心裡怨恨她，所以沒有過來討人嫌，就連董家喬遷的那日也只是讓方志敏上門賀喜；這一次，如果不是為了董禎毅的話，她也不會來。

「母親大駕光臨有何要事？」將方老夫人迎進正廳，上了茶，董夫人這才不冷不熱地問了一聲。對於這個繼母，董夫人從來都只維持面上的禮貌。

方老夫人端起茶杯，輕輕地啜了一口，放下茶杯，看著董夫人，道：「妳這些日子在外面放風聲，說毅兒的正室這樣那樣不是、這樣那樣不堪，妳這是想做什麼？」

「母親素來敏銳，應該能夠猜到我的打算。」董夫人不躲不閃地迎上方老夫人的視線。她以前對方老夫人就沒有什麼敬畏之心，現在更不會有了。她嘴角帶了嘲諷的微笑，道：「我是什麼性情、是什麼脾氣，又有多少能耐，母親應該是最清楚的，不會因為我離開了京城這些年，母親就對您看著長大的我陌生起來了吧？」

「現在的妳確實是讓我感到完全陌生。」方老夫人聽得出董夫人話裡的怨恨，知道這個繼女成親之前，或許還會以為身為繼室的自己無法理直氣壯地管教她，所以才什麼都不干涉，也或許還因此有些沾沾自喜；但是成親之後定然明白，那是刻意地放縱，是因為自己沒有把她當作女兒，更知道董夫人定然因此吃夠了苦頭。

「完全陌生？」董夫人冷笑起來，道：「這也不奇怪。母親認識的是從小被嬌寵著，被養得不知人間疾苦的方家大姑娘，是養尊處優，從來不需要謙卑地低下頭討好人的董夫人；而不是禁受了喪夫、喪父之痛，一身創傷地帶著三個孩子狼狽離京，經歷過苦難，遭受過背叛，多年潦倒的未亡人，覺得陌生也實屬正常。」

「妳還在怨恨我當年沒有向妳伸出援手吧？」方老夫人很肯定這一點。她這個繼女是個眼睛裡摻不得半點砂子的人，一點點小事都能記恨在心，更別說是那件事情了，她要是能輕易放過，那才叫奇怪。

「女兒不敢。」董夫人是怨恨，她知道那個時候老父已經不行了，也知道就算方老夫人和方志敏傾力相助，最後的結局也不會有多少不一樣；但是，對她卻不一樣，起碼她不會在痛徹心腑的時候覺得孤苦無助，覺得全天下都棄自己而去。如果不是因為有三個孩子，最大的才剛剛懂事，最小的還懵懵懂懂什麼都不知道的話，說不定她就緊跟著董志清和方仲澤去了。

方老夫人心裡嘆氣。其實她也知道那件事情做得不地道，這邊丈夫還沒有嚥氣，那邊她和兒子就不管這個丈夫寵了半輩子的寶貝女兒；但如果重來，她還是會做相同的選擇——她能夠在丈夫死後保住方家已經是萬幸了，沒有精力更沒有那個本事再管他人，她只是個尋常婦人，只能做力所能及的事情。

長長嘆了一口氣，方老夫人搖搖頭，道：「我知道，經歷過生離死別，禁受了那麼多的苦難，妳和當年必然不一樣了，但是妳的變化未免也太……當初彷彿不食人間煙火的妳，怎麼能變成現在這個樣子呢？對人卑躬屈膝、奉承討好，要是妳爹知道妳現在這副樣子，不知道會有多失望。」

「卑躬屈膝算什麼？奉承討好又算什麼？只要能夠活下來，活得好好的，比這個更卑微的事情我也做過。」董夫人冷笑一聲，看著方老夫人，道：「沒有丈夫倚傍，沒有娘家依仗，我們母子剛回到望遠城的時候，就像是踏進了餓狼窩的可憐羔羊；老爺留在望遠城的產業被如狼似虎的族人奪走瓜分，全家上下人心惶惶，自老爺死後就不安的賤人捲了家中細軟和人私奔……母親可知道，最艱難的那些年，我們一家子就依靠典當些衣服首飾艱難度日。那個時候，我就發誓，只要能夠光鮮地站在人前，我可以將所有的尊嚴踐踏在腳下。至於爹，我想他知道我能活著，能活到今天已經是驚喜萬分了。」

「所以，為了個王府的庶女，妳就那般詆毀自己的兒媳，還要死要活地逼著毅兒休妻？」戾王為帝的那幾年，方家人的日子也不好過，董夫人好歹還能帶著孩子回董志清的老家，遠遠地躲開了；而方老夫人卻只能帶著兒子、兒媳和忠心的下人搬到一個小雜院去住，不但日子過得艱難，還時時提心弔膽，生怕哪一天就沒有性命。

但就算這樣，方老夫人也沒有放棄自己的尊嚴，更沒有放棄方家的傳統。她知道，一個人連自己的尊嚴都能踐踏的話，那麼就不會有人尊重他。她更知道，兒子資質平庸，不可能將方家振興起來，但是如果方家的傳統規矩還在，那麼只要兒孫後輩中有出眾的，方家就能振興。相反地，如果放棄了方家的傳統規矩，那麼兒子或許能夠混得比現在好一些，但是方家的希望卻也被自己生生掐斷了。所以，就算方志敏只混個四門館的助教，方老夫人也沒有向任何人折腰，更沒有讓兒子向人奉承討好。

「是又怎樣？」就算前天晚上鬧得全家都不得安寧，董禎毅都和她說那種絕情的話了，董禎誠也直接向她表示了不滿和不理解，董夫人也不覺得自己做錯了。她還做好了長期過這種雞犬不寧的生活的準備，反正董禎毅一天不把拾娘休離，把她心目中的好兒媳娶進門來，她就一天不消停。

「妳可知道妳這樣做的後果？妳自己會被人瞧不起、被人非議，還會斷送毅兒的遠大前程。他是本朝第一個三元及第的狀元，只要不犯錯，就算不能拜相，也起碼能夠成為一品、二品的大員。」方老夫人看著董夫人。這種事情可以說是百害而無一利，不管事情到最後是什麼樣子，董禎毅的名聲都會受連累。她搖搖頭，道：「還有誠兒，妳這個樣子，還有哪家願意把女兒嫁進董家？瑤琳也是，妳的名聲不好，瑤琳怎麼嫁人？」

「我知道毅兒前程遠大，如果不是因為這樣的話，以慕姑娘的出身和條件怎麼會看中他這個有了妻兒的有婦之夫？但是，母親可知道沒有岳家照拂，沒有錢財疏通打點，毅兒要多少年才能熬出頭？如果他娶了慕姑娘，他就是醴陵王的女婿，就算有人非議，只要醴陵王照拂，他就能夠平步青雲，不用慢慢熬資歷。」董夫人並非什麼都沒有想過，事實上，她想了很多，所以才會下定決心，一路走到黑。

「至於誠兒，他的資質不比毅兒差，現在的條件也比毅兒當初好，我相信他也能像毅兒一樣，一舉成名天下知。我不會給他隨便訂親事的，等他及第的時候，相信一定有高門貴女搶著嫁給他。至於瑤琳……」提到自己都沒有什麼信心的女兒，董夫人微微頓了頓，又接著道：「有那麼出色的哥哥，再有個出身高貴的嫂子，她一定能夠嫁得很好。我就這麼一個女兒，毅兒、誠兒就這麼一個妹妹，一定不會讓她像我一樣，沒有娘家可以依仗。」

「妳以為只要有娘家可以依仗就行了嗎？」方老夫人被她刺得難受，道：「女兒家不是有個好出身、好相貌，然後有個能夠依仗的娘家就能過得幸福——」

「我知道，母親說的我比任何人都有切膚之痛。」董夫人冷冷地打斷了方老夫人的話。「我不就是個例子嗎？出身不差、相貌不差，琴棋書畫也都拿得出手；但是因為沒有親娘教導，成親之後連管個家都沒本事，被奴才欺瞞，被妾室通房要脅，要不是因為父親對丈夫有知遇之恩，是他的恩師的話，還不知道會不會被夫家嫌棄。我也知道瑤琳不夠好，但是我會努力地彌補她的不足，絕對不會讓她重蹈我的覆轍。」

「我知道我對妳沒有盡過教導之責。」方老夫人咬著牙，再一次覺得自己理屈，心裡也生起歉疚——不是對董夫人，而是對董禎毅兄妹和已死的董志清。

「您只是繼母，沒有虐待我、刻薄我，已經夠了，更多的，我也不敢奢求。」董夫人笑笑，很直接地道：「我以前沒有奢望過您會把我當做親生女兒一樣對待，只希望您以後也別把我當女兒一樣訓斥，我早已經過了需要母親關心，教導和訓斥的年紀了。」

董夫人都把話說到這個分上了，方老夫人有再多的話也只能嚥下。也不用董夫人端茶，她便站了起來，道：「我來錯了，希望妳不要做些讓妳終生懊悔的事情。」

「母親放心，我絕對不會後悔的。」董夫人淡淡地道。就算將來真的為現在所做的一切後悔，也絕對不會讓方老夫人看到。這是她最後的堅持。

第一百八十九章

「娘、娘——」董瑤琳進了後院，便一邊叫著一邊往房裡衝，臉上帶著控制不住的歡悅，渾身都洋溢著歡樂。

「怎麼這麼毛毛躁躁的。」董夫人沒精打采地輕斥一聲。方老夫人離開之後，她也覺得累得慌，便躺到床上休息，卻又翻來覆去睡不著。

「娘，好消息！我有個好消息。」董瑤琳一點都沒有發現董夫人的不對勁，她歡歡喜喜地將慕姿怡和她說過的話說了一遍，然後又興高采烈地道：「娘，您說這是不是個天大的好消息？要是這件事情能成，我要是能夠嫁進侯府的話……」

「侯府的庶子……」董夫人沈吟起來，心底有些猶豫。方老夫人的話她是一句都沒有聽進去，卻勾起了她一些不好的記憶。她心底清楚，她有那些不好的經歷是因為她當年的性子太過孤傲，但更重要的還是因為方老夫人刻意放縱，讓她什麼都不懂。她這些年自己摸索了一些東西，也將這些東西毫無保留地教給了女兒，可是她真不知道這些東西能不能派上用場，更不知道女兒能不能在侯府那樣的深宅大院活得自在。

「怎麼？娘覺得不好？」董瑤琳原本以為董夫人聽到這個消息一定會和自己一樣喜不自勝，卻沒有想到她會是這麼一副表情，她的臉也垮了下來，道：「娘是覺得我不配嫁到侯府嗎？」

「怎麼會，我的瑤琳模樣好，聰明伶俐，嘴巴又甜，什麼人家嫁不得？」董夫人睜著眼睛說了一通瞎話，卻又問道：「姿怡有沒有說是哪一家侯府？那庶子又是哪一個？」

「說了、說了。」董瑤琳點點頭。這是她死纏著慕姿怡，把她纏得無法之後探出來的消息。「是西寧侯府的庶子秦懷勇，他的生母是西寧侯最寵愛的李姨娘，要不是因為李姨娘和慕姊姊的生母私交甚好，慕姊姊特意讓丁姨娘去探了李姨娘的口氣的話，這樣的好事情哪能落到我的身上？」

「不准這麼說自己。」董夫人心疼地喝斥了一聲，道：「妳爹爹生前是諫議大夫，妳外祖父生前是國子監祭酒，妳大哥是本朝唯一一個三元及第的狀元，妳的出身不比別人差，別說是侯府的庶子，就算是侯府的嫡子也是配得上的。」

「娘有更好的人選？」董瑤琳的眼睛迸發出不一樣的光彩，那麼耀眼閃亮，整個人都閃著不一樣的光彩。

董夫人微微一窒，沒有想到董瑤琳會這麼問，不禁有些難堪地道：「這個……」

董夫人的樣子讓董瑤琳立刻洩了氣，整個人也蔫了下來，沒精打采地看著董夫人，埋怨道：「娘，您別說這種讓人誤解的話好不好，我還以為……唉，算了。」

「瑤琳，娘覺得妳的親事可以緩一緩再說。妳大哥現在剛剛走上仕途，前程如何其實都還不是很明朗，如果妳大哥走得順利的話，一定會有更多的人上門提親，妳也能夠有更多選擇。」董夫人並不是不著急嫁女兒，董瑤琳今年都十二歲了，是到了可以張羅婚事的年紀，卻也沒有到一定得張羅婚事的時候，緩上一、兩年也不打緊，如果董禎毅的仕途走得順，那麼緩一緩對她而言是有好處的。

「要是大哥的仕途走得不順呢？」董瑤琳卻不那麼想，她看著董夫人道：「要是大哥怎麼都不願意把莫拾娘給休了，娶慕姊姊進門，您說慕姊姊有沒有可能惱羞成怒之下，讓人給大哥製造障礙？娘，我可不敢賭，我不希望錯失了這個機會，以後一輩子生活在懊惱之中。」

董瑤琳的話讓董夫人也猶豫了。拾娘顯然是不可能自請下堂的，兒子的態度也很堅決，要是他們堅持到底的話，自己還真是拿他們一點辦法都沒有。她不可能真的去告兒子忤逆不孝吧？而慕姿怡……事情到了現在這個地步，要是不能得償所願地嫁進門，惱羞成怒，請醴陵王為她出氣，給兒子製造障礙恐怕還是輕的。

「娘，這件事情可不能再猶豫了。」董瑤琳知道董夫人的老習慣又犯了，立刻道：「只要這件事情成了，就算慕姊姊嫁不成大哥，想要翻臉找麻煩，多少也會有些顧忌啊！我這次也不光是為自己考慮，還為大哥、為這個家考慮，我成了侯府的媳婦，對這個家也是有助益的。」

「也罷。」董夫人被董瑤琳說動了，道：「我明兒個讓人和姿怡通聲氣，就說我同意和這個李姨娘見上一面，看看她能不能安排。」

「那個……」董瑤琳忽然有些不好意思起來，她看著董夫人期期艾艾地道：「娘，我已經纏著慕姊姊，讓慕姊姊約了李姨娘明天找地方見面了。」

「妳這丫頭，這種事情妳怎麼能自己作主張呢？要是讓那李姨娘知道了，還不知道會怎麼想。」董夫人氣惱地訓斥了一句。她一個姑娘家，怎麼能連這點矜持都沒有？

「我還不是怕夜長夢多，事情有變啊。」董瑤琳帶了委屈地回了一句，道：「您也看到了，大哥對莫拾娘千依百順，對慕姊姊不理不睬，要是他們再把慕姊姊給惹惱了，讓慕姊姊連我們都怨惱起來的話，這件事情還不沒了？娘，我真的是害怕了。」

「妳啊，娘真不知道該怎麼說妳才是。」董夫人嘆了一口氣，然後連聲叫王寶家的，等她進來之後，道：「妳現在去找妳家那口子，讓他給我去打聽打聽西寧侯府庶出的少爺秦懷勇的消息，年紀、脾性、名聲，能夠打聽到的都要打聽仔細了，明白嗎？」

「是，夫人，奴婢這就去。」王寶家的其實已經在外面聽了好一會兒，不用問就知道董夫人這般吩咐的原因是什麼，應諾一聲，就連忙去找王寶，讓他去做事的同時，也將董夫人為什麼打聽這件事情的緣由說了。

「娘，您讓王寶打聽那些做什麼？」等王寶家的離開，董瑤琳就迷惑地問道。

「妳這傻丫頭，連這個秦懷勇是什麼品行，那個李姨娘在西寧侯府的地位怎樣都不知道，就讓姿怡約人見面，有妳這麼莽撞的嗎？」董夫人輕責了一聲，又解釋道：「要是這個秦懷勇品行什麼都還不錯的話，這門親事娘自然不會往外推，但如果他是那種不學無術的紈袴子弟，娘連這個李姨娘的面都不能去見。娘可不能讓妳嫁個什麼都不是的男人。」

「娘，他可是西寧侯的兒子。」董瑤琳也知道董夫人是為自己著想，卻還是忍不住回了一聲，生怕董夫人會因為王寶打聽到的消息不滿意，就回絕了慕姿怡的好意。

「娘有分寸。」董夫人說了一聲，看著董瑤琳，道：「妳也安安穩穩地坐下來，等王寶回話。他辦事一向俐落，頂多一、兩個時辰就能打聽到我想知道的事情了。」

「那個……娘，還有件事情。」董瑤琳微微放心了一些，但是很快就又想起了方子的事情。她當著慕姿怡的面倒是拍著胸脯答應得爽快，彷彿拿那些方子如同探囊取物一般，現在卻又為難起來了。

「還有什麼事情？」董夫人看著女兒，不知道女兒還瞞著自己做了什麼事情。

「也不是什麼大事。」董瑤琳心虛地看著董夫人，道：「我今天不是用了莫拾娘給我的那個香粉嗎？慕姊姊說很特別，還說她都沒有一款專屬自己的胭脂香粉，我一個衝動就答應給她找一款她喜歡的……」

「妳怎麼淨找些麻煩事！」董夫人皺緊眉頭，要是以前的話倒也簡單，直接向莫拾娘要就是了，在這種小事上，她一向都很大方爽快，但是現在……

「我這不是想討好慕姊姊嗎？」董瑤琳帶了委屈，隱瞞了是她應諾給慕姿怡找方子，慕姿怡才告訴她這個好消息的。

「那也不是這麼討好的。別說莫拾娘極有可能不給，就算她大大方方地給了，妳又能肯定姿怡會喜歡？」董夫人眉頭越皺越緊，真的是被女兒給氣死了。

「姿怡姊姊喜歡梅香的東西，莫拾娘不正好用著一整套梅香的胭脂香粉嗎？」話都說到了這個地步，董瑤琳也就把話說開了，道：「您可以問她要她習慣用的那個胭脂香粉的方子，她要是不肯的話，您就可以當著大哥的面狠狠地斥責她一頓，大哥一定不會向著她的。」

「妳大哥什麼時候沒有向著她？」董夫人反問一聲，道：「要是妳大哥知道是給姿怡的，說不定莫拾娘願意給，他都不准呢！」

「那怎麼辦啊？」董瑤琳苦惱地道：「我都答應慕姊姊了，要是做不到的話，慕姊姊一定會很生氣，娘……」

「所以，沒有把握的事情妳怎麼能隨便答應？」董夫人喝斥一聲，思索了一下，便站了起來，道：「我們現在去主院，妳大哥帶著莫拾娘出去了，趁著他們沒有回來看看能不能找到方子。」

「要是找不到呢？」董瑤琳眼睛一亮。是啊，可以先取了再說，但是她又擔心那方子拾娘壓根兒就沒有帶過來。

「方子找不到，沒有用過的胭脂香粉總是找得到的，拿一套過去先安撫姿怡，免得讓她氣妳。」董夫人也沒有把握能夠找到東西的。

第一百九十章

「娘，您說會在哪裡啊？」不管綠蘿的阻擋，董瑤琳跟著董夫人進了董禎毅和拾娘的房間，但是進了房之後，董瑤琳就傻眼了，不知道應該從哪裡找起。

「先找找梳妝檯上，看看有沒有那種從來沒有用過的胭脂香粉，有的話先拿了，然後再在箱子、衣櫃和抽屜裡找找看。」董夫人也不知道拾娘會把東西放在什麼地方，但是房間裡能放東西的也就那麼幾個地方，翻上一遍，要是方子在的話，自然就能找到了，想必這種不算很重要的東西，拾娘也不會慎重地藏起來。

「嗯。」董瑤琳點點頭，立刻帶著忐忑不安的思月搶到拾娘的梳妝檯前，在梳妝檯上翻了起來。她的運氣還算不錯，沒翻幾下，便找到還沒有用過的面脂和香粉各一盒，看看顏色、聞聞味道，正是拾娘慣用的那種，她立刻將東西收好，然後再指揮著思月、惜月到處翻看。

惜月、思月心裡不是很情願，拾娘進門這些年的所作所為她們是看在眼底的，她們心裡對拾娘不能說有多麼地尊敬和喜歡，但是敬畏卻是有的。她們完全相信，要是拾娘因為這件事情發怒的話，董夫人和董瑤琳真不一定能夠抵擋得住，說不定到時候還會把她們兩個丟出去給抵擋拾娘的怒火，讓拾娘消消氣。只是，現在這樣的情形，不聽董瑤琳的吩咐也是不可能的，她們只好儘量放慢動作，以期有人出來阻止。

「這是做什麼？是在抄家嗎？」她們的希望沒有落空，就在她們把梳妝檯翻了一遍，一無所獲的時候，一個熟悉的聲音響了起來。她們心裡大鬆一口氣，立刻停下了手上的動作看著站在門口的鈴蘭。她身邊站著綠蘿，不用想，肯定是綠蘿把她給叫來的。

「這裡沒妳的事，妳該幹麼幹麼去，別來攪和。」董瑤琳一點都沒有把鈴蘭放在眼底，她連拾娘都沒有放在心上，又怎麼會把鈴蘭放在眼底呢？

「姑娘這話說的可真是奇怪。奴婢是大少夫人身邊的管事嬤嬤，您和夫人這般無緣無故地到大少爺和大少夫人房裡抄家底一般地亂翻，奴婢能眼睜睜地看著什麼都不管嗎？」鈴蘭大聲嗤笑了一聲，看著臉色不好的董夫人，道：「夫人，奴婢知道您管家不容易，也知道進京之後，家裡的用度增多了，上次帶來的銀子花得差不多了，就算大少夫人這次又從老家帶了不少的銀子，也撐不了多久。可是，再怎麼困難，您也不能像現在這樣啊。」

「妳胡說什麼？」董夫人氣得險些一頭栽倒——她是那種趁著兒子、媳婦不在，過來抄媳婦私房的人嗎？她對鈴蘭並不陌生，但聽王寶家的說過她最是嘴尖舌巧，說話尖酸刻薄，卻從來沒有領教過，現在看來卻是一點都不假，真是有其主必有其僕，和拾娘一樣，不說則罷，一張嘴必然把人氣得半死。

「奴婢說錯了嗎？」鈴蘭指著被翻動過的梳妝檯，指著站在那裡很有些拘謹心虛的思月、惜月，反問道：「那麼，夫人能告訴奴婢，這是在做什麼？為什麼您和姑娘在大少爺、大少夫人都不在的時候，到這裡指揮著她們翻箱倒櫃？」

董夫人無言以對。她知道自己這樣的舉動不光說到什麼地方都是不占理的，但瑤琳都已經答應慕姿怡了，她只能這樣做——反正她遭拾娘抱怨的事情不止一樁，再多一件也無所謂。但是慕姿怡卻不一樣，到目前為止，總地來說相處還是很愉快的，可不能因為區區一個胭脂方子的事情和她鬧了什麼不愉快。

董夫人覺得心虛理虧、無言以對，但董瑤琳卻沒有那種感覺，這麼多年以來，她雖然沒有把拾娘當成長嫂，當成自家人，卻早已經很自然地把屬於拾娘的東西當成了自家的。不過，她也知道不能那樣說，只能找了個理由，道：「娘覺得大嫂交上來的帳目不對，少了不少銀錢，所以才想查查看，看看她藉著管家的機會中飽私囊，污了多少公中的銀子。」

「姑娘還真會潑髒水，可是您不覺得這髒水潑得實在是太沒有水平了嗎？」鈴蘭冷冷一笑，道：「姑娘應該已經忘了，大少夫人進門之前，這家裡是什麼樣子了吧？大少夫人進門之後費了多少心力，又是貼銀子，又是貼各種方子，好不容易才把一年到頭賺不到多少銀子的鋪子盤活了，才把破敗的宅子修整好，才讓這一家子過得好起來。大少夫人要是那種人的話，也不用趁著管家之便，往自己懷裡扒拉好處，只要把那些精力，那些方子用在自己的陪嫁鋪子上也就夠了，至於背那個罵名嗎？不過，要是那樣的話，這家也不會過得像現在這樣，姑娘您也不會有那麼多的首飾衣裳了。」

董瑤琳氣惱。鈴蘭說的都是實情，但就是實情才讓她滿心不是滋味起來——鈴蘭雖然沒有罵她，但那些話無不在說她們母女過河拆橋、沒有良心。

「住嘴！」董瑤琳心裡不是滋味地喝斥一聲，不想再聽鈴蘭說下去，乾脆無視鈴蘭，轉向聽到鈴蘭的聲音就停下來的思月、惜月喝斥道：「妳們兩個還愣著做什麼，還不快點給我翻。」

「姑娘好大的威風啊。」鈴蘭看了看得了董瑤琳的話，又開始翻東西的兩人，她眼睛尖，兩個人就在一個窩子裡翻動，還一點都不仔細認真的樣子讓她知道，這兩人是典型的出工不出力；但就算是這樣，她也不能容忍有人在她的眼皮子底下翻拾娘的東西。她嘲諷了董瑤琳一句之後，又冷冷地道：「我要是妳們的話，一定會老老實實地站著不動，雖然大少夫人一向寬容，不屑和人計較，但也不是被人欺到頭上還忍氣吞聲的人，妳們就不擔心嗎？」

思月、惜月原本就有些膽怯，聽了這話立刻又停下了。董瑤琳氣得跳起來，指著鈴蘭斥道：「妳敢當著我的面威脅我身邊的人，妳眼裡還有沒有規矩，還知不知道什麼叫做尊卑？」

「規矩？奴婢自然是懂規矩的，但是奴婢想問問，姑娘指揮著兩個丫鬟在自己的兄嫂房裡翻來翻去又算是哪門子的規矩？這樣的事情要是傳了出去，姑娘的名聲……」鈴蘭冷笑起來。規矩？最不守規矩的人還敢拿規矩說事？真是馬不知臉長。

「妳這個賤婢！」董瑤琳跳將起來，董夫人連忙攔住她，今天的事情還真的是不能傳出去，尤其是不能在馬上要和西寧侯府的人見面的緊要關頭傳出去，要不然一定會有不好的影響。她拉住董瑤琳，再瞪了一眼一點懼色都沒有的鈴蘭，對董瑤琳道：「妳也是，和一個奴婢說這麼多幹什麼，我們回去。」

「娘——」董瑤琳不甘心就這麼離開。她還沒有拿到方子呢，就這麼兩罐沒用過的東西可不好向慕姊姊交代啊。

「走。」董夫人低喝一聲，當先離開。董瑤琳跺了跺腳，心裡再怎麼不甘願也只能跟上。思月、惜月大鬆一口氣，朝著鈴蘭無奈笑笑，表示自己也是奉命行事，不得已的，才跟著離開。

「把東西清點一遍，看看少了什麼。」鈴蘭冷著臉，吩咐了一聲，等綠蘿等人回話之後，點點頭，表示自己知道了，而後又道：「妳們都給我聽好了，以後不管是什麼人，都不能讓她們就這樣闖進來，拚了命妳們也得把人攔住，等我來應付，要是再有這樣的事情，一定不會輕饒了當值的。還有，今天的事情也不是這樣就算了的，等大少夫人回來，該怎麼處罰，由大少夫人定奪。」

「是。」這些丫鬟大多都是鈴蘭帶出來的，對鈴蘭還是有些敬畏之心的，不管心裡是怎麼想的，都齊聲應諾。

「我知道妳們當中有的人看到夫人想著法子地找大少夫人的不是，想讓大少爺休了大少夫人，好娶個高門貴女回來，心裡就在打著算盤，想著大少爺遲早會被夫人逼著寫休書，想著這個家要變天了，當差也不專心了，做事也不認真了……」鈴蘭掃了一眼屋子裡的丫鬟，將她們的表情看在眼中，道：「我也不和妳們說什麼大義良心，懂的人不用說，也知道摸著良心做事，不懂的人說得再多也是耳邊風。我只說一點，這個家再怎麼變有一點事變不了的，那就是妳們都是大少夫人買進來的，妳們的身契都在大少夫人手裡。」

眾人心中微微一凜，心頭的雜念立刻消失——是啊，如果真有那麼一天的話，自己也是要跟著大少夫人離開董家，而不是留在這裡的。

「都明白了？」鈴蘭冷冷一笑，道：「都明白了就去做事，別想些有的沒有的。」

看著眾人散開，鈴蘭皺起了眉頭——夫人、姑娘拿大少夫人的面脂和香粉做什麼？她們這麼興師動眾的又是想翻什麼？不會是為了面脂吧？

第一百九十一章

「娘，方子沒有找到，還被那個死丫頭奚落一頓，您怎麼能就這麼算了呢？」一回到房裡，董瑤琳就朝著董夫人發起了牢騷，卻不說她自己也沒有勇氣單獨留下繼續找。

「那個鈴蘭一向是個潑辣的，她站了出來，怎麼可能讓我們再找東西？與其鬧得不可開交，鬧得讓人知道笑話，影響妳的婚事，還不如先忍一口氣。」董夫人頭疼地看著女兒，她什麼時候用用腦子啊……

「也是啊。」董瑤琳這才明白董夫人為什麼會那麼輕易放棄了，但是很快又皺起眉道：「那我怎麼和慕姊姊交代？要是她生氣了，不為我說好話可該怎麼辦啊？」

「妳明天把東西先拿給她，就說方子被莫拾娘留在望遠城沒有帶過來，已經帶信回去，讓人帶過來了，等過段時間再給她。」董夫人原本就沒有想過能夠找到方子，倒也想好了敷衍慕姿怡的理由，順口便道。

「也只能這樣了。」董瑤琳點點頭，卻看到王寶家的腳步匆匆地進來，臉上帶了喜色，立刻著急地問道：「妳怎麼回來了？是不是已經打聽到了什麼？」

真是……這麼著急，一點姑娘家的矜持都沒有。王寶家的一邊腹誹著，一邊笑盈盈地道：「回姑娘的話，奴婢那口子剛剛回來，已經把侯府那位少爺的事情都打聽到了。」

「說說看。」董夫人瞪了董瑤琳一眼，要她少安勿躁，然後才讓王寶家的回話。

「是，夫人。」王寶家的應一聲，道：「那位少爺是西寧侯的第四子，上頭有兩嫡一庶三個兄長，下面有一個庶出的弟弟，今年十四歲，是西寧侯最寵愛重視的兒子。他的生母李姨娘是西寧侯最寵愛的姨娘，在侯夫人面前也很有臉面。」

「這個慕姊姊也說過了。」董瑤琳很是歡喜地插話，不過總算沒有說這個人和她的年紀正好很相配。

董夫人心裡也頗為歡喜，卻還是瞪了董瑤琳一眼，示意她別插話，然後又問道：「那相貌人品呢？這才是最重要的。」

「李姨娘長得一副好相貌，而這位四少爺據說像極了李姨娘，面如白玉、眉清目秀，生得那叫一個俊，他的相貌在京城的公子哥中也算是拔尖的。至於說人品，西寧侯府的家教很嚴，這位四少爺的德行也是不錯的，也請了先生，雖然沒有參加過考試，但也有幾首不錯的詩作傳出來，不敢說是有大才，但起碼也是有些墨水文采的，只是……」

「只是怎樣？」王寶家的不過是微微頓了頓，董瑤琳就著急起來，生怕王寶家的說了什麼不好，讓董夫人不滿意。

「倒也沒什麼，只是這位四少爺年紀尚幼，心性未定，喜好戲耍玩鬧，經常和一幫子年紀相當的權貴子弟玩在一起。不過，他倒是很有分寸，從來沒有鬧出什麼事情來。」王寶家的立刻接著說道，生怕自己一個大喘氣，讓董瑤琳不快起來。

「這麼說來倒還是個不錯的，只是喜好戲耍玩鬧……」董夫人沈吟了下。京城這些權貴子弟戲耍玩鬧可和一般人不一樣，有喜歡獵鷹鬥狗的，有喜歡尋事鬧事的，有那種愛好煮茶談詩的，還有那種專門往煙花之地鑽的，就不知道這個秦懷勇喜歡的是哪一口了……

「娘，少年心性，喜好戲耍玩鬧很正常，像大哥、二哥那樣少年老成，年紀輕輕的就像個古板的教書先生的能有幾個？再說，要真是像大哥、二哥的才叫糟，我可受不了。」董瑤琳急了，立刻為素不相識的人分辯起來。

「好了、好了，娘知道了。」董夫人被她這麼一吵，也沒有仔細問下去，對王寶家的道：「妳讓人給慕姑娘送個信，就說明天能不能讓我見一見秦懷勇本人。婚姻大事，見不到本人的話我心裡終究不是那麼放心。」

「是，夫人。」王寶家的點頭，立刻辦事去了。董瑤琳則急不可耐地和董夫人討論起來，連明天該穿什麼樣的衣裳、戴什麼樣的首飾都不放過。

王寶家的心裡暗自搖頭，卻一路出了內院，回到外院兩口子住的屋子，對正在屋子裡歇息的王寶道：「夫人又有吩咐，說讓你去給慕姑娘傳個信，說明兒想連這個秦懷勇少爺一併見見，要不然心裡不踏實。」

「有什麼好不踏實的？就姑娘那個性子、那個名聲，能夠嫁出去就不錯了，還這麼挑剔。」王寶嘟囔了幾句。他整天在外面跑，比任何人都清楚，董瑤琳不和自己的大嫂親近，卻和傳聞中和董禎毅有些曖昧的慕姿怡以姊妹相稱，已經讓她的名聲不好了；再加上董夫人的做派……嘖嘖，有人願意娶就該酬神謝佛了。

「叫你去你就去，哪來這麼多的廢話。」王寶家的不是很認真地罵了一句，然後又滿是疑惑地問道：「欸，你說這西寧侯府是怎麼回事？這麼好的一個少爺偏偏想娶我們家姑娘，門戶不當，這人才也不相當，是不是當家的侯夫人故意想給庶子討個不好的媳婦回去，好讓他有拖累啊？」

「我就知道妳忍不住要問這個。」王寶呵呵一笑，然後神秘兮兮地遞給王寶家的一樣東西，得意地道：「妳看看這是什麼？」

「五十兩？你哪來的銀票？」王寶家的吃了一驚，卻沒有妨礙她動作迅速地將銀票貼身收好。這可是一筆不小的數目啊！

「妳說呢？」看著媳婦俐落地把銀票收好，王寶略有些心疼，但是暗自摸了一下藏在暗袋裡的銀票卻又有些得意起來了。

「你……」王寶家的眼睛一轉，便猜到了一些緣由，道：「你打探來的消息是假的，是有人出了銀子讓你說了那些話的？」

「嘿嘿！」王寶笑笑，道：「倒也不能說全是假的，這位秦四少爺倒真的是生得極好，只是不學無術，整日和京城的一群紈袴子弟混在一起，沒有什麼出息罷了。要不然，妳以為人家怎麼會看中我們姑娘？」

「這樣的銀子你也敢拿，就不怕到時候事情露了餡，夫人把你的皮給扒下來！」王寶家的立刻罵了起來，卻絲毫沒有把銀票拿出來讓王寶還回去的意思。

「夫人？哼，跟著她這麼多年，苦是吃了不少，卻沒有過過幾天好日子，趁著有機會，先賺點銀子才是正經的。至於說以後……媳婦，妳可得在夫人面前著勁地討好，有機會就求著夫人放了我們一家子，到時候我們自己有些小錢，買幾畝地，好好過日子，總強過一輩子給人當奴才。」王寶心裡早就打了主意，哪裡還在乎事情敗露。

「這個不大好吧……我們跟在夫人身邊這麼多年了，好不容易才熬到今天，眼看著就要過揚眉吐氣的好日子了，怎麼能出去呢？你又不是不知道，這平民老百姓的日子看著逍遙自在，但沒個主家依靠，還不知道要受多少欺負。」王寶家的可不願意，她才不在乎什麼自由身不自由身的，過日子最要緊的是安穩。她看著王寶道：「我們兩口子跟著夫人這麼多年了，也算是這個家的元老了，以後的好日子還多著呢。」

「好日子？我看妳是傻了。」王寶瞪了一眼不爭氣的媳婦，給她分析道：「妳也看到了，夫人現在想做什麼。要是她成了，大少夫人被休出去，慕姑娘進了門……慕姑娘可是王府的姑娘，她要嫁過來的話，身邊的丫鬟、婆子、陪房還不知道會有多少，別說我們倆，恐怕連夫人自己也都只能靠邊站了。」

「這倒也是。」王寶家的點點頭。那位慕姑娘可不是什麼善類，別的不說，眼前的這樁親事就是她牽線搭橋的，她絕對不可能不清楚秦懷勇的品行，但是她還是牽了線，這說明什麼？說明這位慕姑娘的心可不善啊！

「要是夫人的心思最後落了空……大少爺、大少夫人看我們兩口子不順眼也不是一天、兩天了，到時候我們一樣沒有好果子吃，妳也別想著夫人能護著妳。妳想想，馮嬤嬤可是夫人早死的親娘留給她的，這麼多年跟在她身邊，還不是被她就那麼丟在望遠城了，我們可不能像她那麼傻，得為自己留好退路。」王寶這一刻完全忘記了馮嬤嬤被董夫人留下，他們兩口子可沒少出力。

「但是我們這樣會不會太沒良心了？畢竟這些年夫人待我們還是不錯的。」王寶家的已經被王寶說動了，卻還是掙扎著說了一句。

「良心？講良心也是要看人的，和有的人要講良心，但和有的人就沒有必要了。」王寶嗤之以鼻，道：「大少夫人為這個家做了多少事情，可夫人呢？一聽說慕姑娘相中了大少爺，就把大少夫人置之腦後了，她又何曾想過對不住良心？她能這樣對大少夫人，就能這樣對我們。大少夫人好歹是主子，不但有大少爺撐腰，還有兒、有女、有底氣，我們呢？不過是下人，要真是到了那一天的話，只能任人宰割。」

「好了好了，我知道該怎麼做了。你快點去傳話吧。」王寶家的心頭最後的一絲猶豫也被王寶說沒了。是啊，他們也是為了自己著想，不算沒良心。

「那我去了。」王寶點點頭，起身，卻又頓住腳步，道：「妳也別多說什麼，反正夫人怎麼吩咐妳怎麼做，做多了可不好。」

「我知道，不用你教。」

第一百九十二章

精緻的佛堂內，一身簡單的素色宮裙女子跪在觀音像前，她左手放在面前的經書上，右手則輕輕地敲著木魚，身後侍立的丫鬟、婆子儘量讓自己的呼吸聲都放到最低，唯恐驚擾了正在專心唸經的女子。

大約一個時辰之後，女子才將一本經書唸完，她放下手中的木魚棒，合上經書，身後兩個丫鬟立刻上前扶她起身，另一個婆子上前一步，道：「王妃，世子爺在花廳等您好一會兒了，您是不是先去見見他？」

「嗯。」王妃點點頭，在丫鬟的攙扶下緩緩地進了花廳。看著打扮得花枝招展的兒子，王妃頭疼地嘆了一口氣，問道：「我不是和你說過了嗎，我管不了你整天打扮得花裡胡哨的，但是也別這副樣子過來讓我看了眼睛生疼。」

慕潮陽微微一笑，少了幾分嫵媚姿態，道：「兒子不是故意要來氣母親的，是兒子臨出門前忽然想到有事情想要求母親，來不及換身母親喜歡的衣裳，還請母親原諒。」

「什麼事情？說吧。」醴陵王妃乾脆地道。她實在是見不得兒子這副樣子，但是管又管不住，只好眼不見為淨了。

「也不是什麼大事，就是請母親約束一下慕姿怡，別讓她整日往外跑，給別人添了麻煩，也讓人笑話我們醴陵王府沒有規矩。」慕潮陽簡單說了一句。董禎毅那日拜託了他，但是他這些日子心情一直不大好，沒有心思找醴陵王妃說這件事，要不是今日要出門找董禎毅的話，可能還想不起來這件事情。

「怎麼忽然改了主意？」醴陵王妃眉毛微微一挑，道：「不是你讓我故意放縱那個不知天高地厚的丫頭，讓她去糾纏那個新科狀元，想看看那人怎麼應付，又是什麼人品的嗎？怎麼忽然又改了主意？」

「之前是大表哥想看看董禎毅的人品怎樣，所以才故意縱著那個不知廉恥的丫頭胡鬧，現在，董禎毅這個人的品行大概也能判斷出來了，也就沒有必要再放縱那個丫頭了。」慕潮陽淡淡一笑，道：「董禎毅的正室前些天到了京城，董禎毅不想那丫頭的糾纏給他的正室帶來煩惱，所以就求了兒子，兒子自然不能讓這個頗為讓兒子中意的人失望，所以想請母親管束一二。」

「董禎毅的正室？就是那個進個京城鬧得熱熱鬧鬧、人盡皆知的莫氏？」醴陵王妃對京城的動靜，不敢說是瞭若指掌，但也絕對不會連這種事情都沒有聽說過。她笑著搖搖頭，道：「董禎毅的母親不過是個蠢人，除了會給他拖後腿、添麻煩之外別無用處；不過他這個正室倒是個妙人，行事頗為……我聽說這件事情之後，都忍不住想見見這個莫氏了。」

「兒子也覺得這個莫氏是個妙人，等過些日子，定然找機會見見，看看見了人之後，是會讓兒子更欣賞還是大失所望。」慕潮陽從來沒有打消見拾娘一面的念頭，不過他最近心情著實不好，做什麼都沒有興致，就暫時沒有胡鬧而已。

「你少去嚇唬人。」醴陵王妃搖搖頭，深知兒子這樣的妖孽會對正常人，尤其是正常的女子造成多大的衝擊。

「兒子就去見見，保證不嚇唬人。」慕潮陽不認真地說了一句，然後又問道：「母親，請您管束那個丫頭的事情……」

「這不過是小事，我吩咐一句也就是了。」醴陵王妃淡淡說了一句，然後問了身邊的丫鬟，道：「清音，四丫頭今天有沒有出門？」

「回王妃，四姑娘今兒一早就出門了。她為西寧侯府的李姨娘和董夫人牽線搭橋，今天特意介紹她們見面。」清音頓都不頓就把慕姿怡的動向說得清清楚楚的。

「這鬧的又是哪一齣？」慕潮陽微微一怔。他這些日子心神不寧，無關緊要的事情根本沒有去過問，自然不知道慕姿怡又在玩什麼名堂。

「西寧侯府的李姨娘看中了董狀元的妹妹，想攀這門親事，就找上丁姨娘，請四姑娘從中說合。」清音立刻為他解釋。慕姿怡做了什麼從來瞞不過醴陵王妃的眼線。

「是這樣啊？」慕潮陽微微一笑，道：「董禎毅為人倒是不錯，但是他母親卻短視得緊，他的那個妹妹更是個愛慕虛榮的，西寧侯府那個李姨娘只要有點手段，我看這門親事就能成。」

「需要讓人攪和了這件事情嗎？」醴陵王妃隨意地問了一聲。這對她來說很簡單，只要和西寧侯夫人打聲招呼，不管董夫人和李姨娘是什麼心思，也都只能作罷。

「順其自然吧。」慕潮陽搖搖頭，道：「董禎毅的那個妹妹是個不安分的，相貌德才都沒有卻又愛慕虛榮，我看她和西寧侯府的那個草包也挺配的吧。」

醴陵王妃點點頭，道：「那就讓她們自己瞎折騰去吧。至於四丫頭……清音，從明兒起，不管是丁姨娘還是四丫頭，沒有我的吩咐都不准隨意出門，她們身邊伺候的人也都一樣，外面有什麼話也不能傳進來。」

「是，王妃。」清音點點頭，知道該怎麼做了。慕姿怡在外面號稱是醴陵王府最得寵的姑娘，醴陵王府的人雖然也沒有否認過，但是王府裡的人，尤其是王妃身邊的丫鬟、婆子都知道，那些都是她自己為了臉面胡謅的，醴陵王對她還有幾分父女之情，但是王妃完全沒有正眼看過她。

「謝謝母親。」慕潮陽起身，要辦的事情也辦了，自然不想留下來打擾醴陵王妃或者被教訓，道：「兒子還有事情，就先出門了。」

「你等一下。」醴陵王妃卻不放人了，她看著慕潮陽道：「前些日子我進宮，你姨母又和我提起你的婚事，也說了幾個姑娘，人我都是見過的，雖然不能說是十全十美，但——」

「這件事情大表哥倒也和兒子提過，說是齊國公府的六姑娘。」慕潮陽笑著打斷了醴陵王妃的話，笑道：「要說這齊國公府的姑娘還真是不錯，姨母以前看中那位三姑娘，現在又看中六姑娘，只是不知道這一次齊國公府還有沒有個窮表哥……」

「陽兒！」醴陵王妃喝斥一聲，道：「你還敢說，要不是你故意打扮得娘裡娘氣的去齊國公府拜訪，能把人家嚇成那副樣子嗎？」

「兒子怎麼知道他們連這麼一點點驚嚇都受不了。」慕潮陽一點都不覺得自己舉止惡劣，反而埋怨齊國公府一家子不禁嚇唬。

「你……」醴陵王妃搖搖頭，嘆氣道：「母親知道，你為什麼一直拖著不想成親，但是你都已經十八歲了，不能再拖下去了，就算不為你自己考慮，你也要為醴陵王一脈，為父母好好的考慮一下啊！」

「兒子沒有說不成親，只要母親能夠找到個膽子夠大的，心甘情願嫁給兒子的，兒子就會成親的。」慕潮陽笑笑，可不相信母親能夠找到個合適的。

「只要你別整天這副打扮，說話做事不要那副娘娘腔的樣子，哭著喊著想嫁進王府的姑娘不知道會有多少；哪至於像現在這樣，門戶相當的姑娘們一聽被你姨母看中、想撮合，便嚇得花容失色，忙不迭地讓家人胡亂找門差不多的婚事。」醴陵王妃一提這件事情就是心煩頭疼，她自己的兒子她最清楚，要是沒有他的那些怪誕打扮，讓人誤會叢生的行為舉止和言辭，他必然是京城貴女們最想嫁的男人之一。

「想嫁給兒子，就得習慣兒子的一切，要不然的話，兒子還不稀罕呢。」慕潮陽笑笑，卻又帶著戲謔道：「母親，兒子覺得您應該喜歡兒子這樣打扮才對，這樣的話您就能透過兒子看到妹妹了；我想，她要是穿上男裝應該就是這副樣子。」

聽到兒子提起女兒，醴陵王妃的眼中閃過憂傷和痛苦，卻又搖搖頭，道：「你們兄妹倆打小就不像，現在都長大了，更不像了。」

「一定是母親記錯了，我和妹妹可是雙胞兄妹，都能感受到彼此的喜怒哀樂，又怎麼可能不像呢？」慕潮陽卻不接受這樣的說辭，他記得妹妹的模樣，也知道自己其實和妹妹並不像，但卻執拗地認定自己和妹妹應該是一模一樣。

「你……唉，你說她還……」醴陵王妃的話沒有說完，就自己否決了，道：「我的女兒定然是個命大的，她一定會回來的。」

「妹妹自然是會回來的，我能夠感覺到，她離我應該已經不遠了。我最近這些天都能感受到她就在我身側了。」慕潮陽十分肯定地道。他和妹妹這對雙胞胎長得不一樣，但從小就有莫名的感應，能夠感受到彼此的喜怒哀樂；這對他而言是一種安慰也是一種煎熬，那時不時感受到的悸動讓他知道，他最牽掛最不捨的那個人還活著。但是那種明知道人還在，卻找不到人的痛苦也不是一般人能夠承受得住的。

第一百九十三章

「累死我了。」慕姿怡坐到炕上，輕輕地揉了揉臉，然後對身邊的豆綠道：「把那面脂和香粉拿出來給我好好看看，我剛剛都沒有時間仔細看。」

「是，姑娘。」豆綠應聲，取出董瑤琳拿給慕姿怡的面脂和香粉。慕姿怡打開蓋子，先是聞了聞那股幽幽的梅花香，讚道：「這香味很不錯，我在傾城坊都沒有見過這般幽香的面脂，可惜方子沒有弄到。」

「姑娘要不要試試，看看用起來效果怎麼樣？」豆綠笑盈盈地道。她知道慕姿怡很想要一款專屬於自己的胭脂香粉已經很久了，卻一直求而不得；今天拿到了這款面脂，雖然方子暫時沒有到手，心裡也一定很高興。

「給我拿銅鏡過來。」豆綠的話正中下懷，豆綠立刻指揮著慕姿怡另外一個丫鬟脂紅去拿銅鏡，脂紅微微有些猶豫，卻還是去拿了銅鏡過來。

「那個……姑娘，奴婢聽董姑娘身邊的思月說，這兩樣東西是昨兒董姑娘去莫氏房間裡翻出來的。」猶豫了好一會兒，脂紅還是把話給說出來了。

「她還說什麼了？」慕姿怡都已經用手指沾了些面脂，正要往臉上抹，聽了這話，立刻頓住，臉色也難看起來。

「她還說這莫氏用著這種一整套的，只是昨日只翻到這兩樣沒有動用過的……」脂紅的話還沒有說完，慕姿怡便惱怒地將手上的面脂啪的一聲砸在地上——這個董瑤琳真是太不像話，莫氏用過的東西居然拿給她，要是讓人知道了還不知道會笑話成什麼樣子呢！

「這是怎麼了？」瓷瓶被慕姿怡砸了出去，正好砸在剛剛進門的人腳下，把來人嚇了一跳，而後帶了些薄怒，道：「四姑娘這是在發什麼脾氣呢？」

「姨娘……」慕姿怡站起身來，帶著歉意地道：「姨娘，我沒有看到妳進來……」

「好了、好了，和姨娘用不著這麼小心。」丁月眉也就是剛被嚇著的時候有些生氣，慕姿怡都向她說不是了，心頭的薄怒自然也就沒有了。她皺眉看著地上摔碎的瓷罐和濺了一地的面脂，問道：「這是怎麼了？怎麼忽然發這麼大的脾氣？是不是今天不順利？」

「那倒不是。」慕姿怡搖搖頭，道：「那兩個人一個有心一個有意，說不到幾句話，就投機得不得了。董夫人不是想見見秦懷勇嗎？妳知道，那個人別的拿不出手，唯獨相貌生得不錯，得李姨娘提點之後裝得也不錯，董瑤琳見了他，哪裡還想得起別的來？我看，只要李姨娘能夠求了西寧侯和侯夫人點頭，這樁婚事就能成。」

「那就好、那就好。姨娘最擔心的就是李姨娘掛著妳，求了西寧侯或者侯夫人在王妃面前說聲幾句，王妃會順水推舟讓妳嫁給秦懷勇。」丁月眉大鬆一口氣，然後看著慕姿怡，道：「事情這麼順利，怎麼還這麼生氣？還把東西給砸了……唔，這是什麼味道，還真好聞。」

慕姿怡咬牙切齒地把面脂的來歷說了一遍，怒道：「這個董瑤琳真是一點腦子都沒有，拿莫拾娘用的東西給我，她這是什麼意思，是想說我只能撿莫拾娘用過的嗎？」

「好了、好了，我還以為多大的事情呢。」丁月眉卻不覺得這有什麼大不了的，她笑著道：「能從別人手裡把她所有的東西，包括男人都搶過來是妳的本事，只要妳能笑到最後，中間發生了什麼事情一點都不重要。」

「姨娘，妳不懂。」慕姿怡知道丁月眉很有些手段，也很聰明，但是她的出身卻讓她的見識有限，不明白這其中的彎彎繞繞。她也沒有心思和丁月眉解釋那麼多，搖搖頭，對豆綠道：「那個香粉給我丟得遠遠的，免得我看見了心煩。」

「給我看看。」丁月眉順手從豆綠手裡拿過香粉，輕輕地一嗅，道：「這麼好的東西可不能糟蹋了，妳不用的話給我就好。」

「姨娘要這個做什麼？妳不是有自己用慣了的嗎？」慕姿怡皺眉。對丁月眉的舉動有些不滿意，這種小東西丟了也好，給丫鬟用也罷，至於這麼小氣節省嗎？

「妳懂什麼？女人啊，可不能總用一種香粉，那會讓自己變得無趣，時不時地換一換才好。」丁月眉笑著道：「妳父親素來喜歡梅花，我以前也用過幾款梅香的東西，但香味始終是差了一點，用了幾次，不但沒有得到他的歡喜，反而讓他說了幾句，就沒有再用，這味道妳父親說不定會喜歡。」

「姨娘，父親多久沒有去妳房裡了？」慕姿怡輕輕嘆息。這就是以色侍人的悲哀，什麼時候都要考慮男人的喜好；但就算這樣，也不一定就能得到男人所有的注意力，尤其是像醴陵王這種位高權重的男人，女色對他們來說唾手可得，更不會在意一個姿色漸漸衰老的女人了。

慕姿怡的話讓丁月眉情緒有些低落，但很快又笑起來，道：「好了、好了，不說這個，我可不是過來和妳說這個的。」

「那姨娘過來是想和我說什麼？」丁月眉的迴避讓慕姿怡知道，父親醴陵王定然很長時間沒有去姨娘房裡了，姨娘也很長時間沒有見過父親了。

「主要就是想問問妳今天的事情順利不順利，別的……別的倒也沒有什麼。」丁月眉微微遲疑了一下，女兒的心情已經不大好了，實在是不想再說些讓她生氣的話。

「姨娘，別的是什麼？妳還是和我直接說吧。」慕姿怡皺眉，一看丁月眉的樣子就知道有事情，只是會是什麼事情呢？

「那個……清音中午送來一摞經書，說是王妃說了，讓妳從明兒起抄經書，修身養性。」丁月眉苦笑一聲，不知道王妃這是想做什麼，之前對女兒不理不睬，放縱著她自由出入，這會兒忽然又要禁她的足，不讓她出門了。

慕姿怡咬牙，恨道：「清音一定說了很多不好聽的話吧？她總仗著自己是王妃身邊有臉面的丫鬟，從來都不把旁人放在眼裡……這個死丫頭，遲早有一天我——」

「姑娘！」丁月眉略帶了些驚惶地打斷了慕姿怡未說出口的狠話。醴陵王妃有多麼厲害，她是深深地領教過的，雖然這些年她吃齋唸佛，性子平和了很多，但是眼睛裡容不得半點砂子的性子卻還是沒有改變；要是慕姿怡那些信口胡說的狠話傳到她耳中，還不知道會招來怎樣的責罰呢……

「姨娘怕什麼，我再怎麼也都是這家裡的主子，罵個目無尊卑的丫頭算什麼。」慕姿怡知道丁月眉在擔心什麼，而她雖然嘴硬，卻也不敢再說什麼會激怒某些人的話。她恨惱地道：「清音有沒有說什麼時候我才能出門？」

「沒有說，只說讓妳好好待在府裡抄經書。」丁月眉搖搖頭，也知道這裡面還有另外一個意思，那就是禁足的期限未定，慕姿怡什麼時候能出門得看醴陵王妃的心情了。

「真是。」慕姿怡咬牙，然後對豆綠道：「取紙筆來，我給董夫人寫封信，我不能出門也不能耽誤了時間，要是讓莫氏在京城站穩了，可就不好處理了。」

「妳還是別麻煩了，妳就算寫了也是遞不出去的。」丁月眉嘆氣，道：「我中午試著讓人通知妳這個事情，人才到角門就被婆子趕了回來。」

慕姿怡將手上的帕子絞成了一團，心裡暗自惱恨。她剛剛讓董夫人和董瑤琳欠了她一個人情，正算計著用董瑤琳的婚事拿捏董夫人，讓她逼著董禎毅休妻，卻沒有想到一向不理會她的醴陵王妃忽然來了這麼一齣。她不能出去，也不能送消息出去，董夫人一定會忙著張羅董瑤琳的事情，把她的事情暫時丟到一邊的。

「母親怎麼會忽然要我修身養性，姨娘可打聽到什麼？」慕姿怡恨得咬牙，卻還是不敢說什麼不好聽的話出來，她可不敢保證自己身邊的人就是一心向著自己的。

「我倒是打聽了，卻什麼都打聽不到，妳也知道，但凡是王妃不想讓人知道的事情，就算花再多的功夫也是探不到口風的。」丁月眉搖搖頭。她倒是向清音打聽了，但是卻一無所獲。

「這真是……要是早幾日也好，晚幾日也罷，都還有盤旋的餘地，怎麼偏偏是這會兒……真是急死人了。」慕姿怡急得團團轉。

「要不然求求王爺？」丁月眉看著女兒苦惱的樣子，建議道，但心裡卻一點都沒有把握——沒有把握能見到醴陵王，沒有把握能讓醴陵王為女兒說話，更沒有把握讓醴陵王妃改口。

「也只能這樣了。」慕姿怡也沒有別的辦法，她看著丁月眉，道：「我和姨娘一起去，也好有個伴。」

「也好。」丁月眉點點頭，有女兒一道過去的話，應該會更順利一些。

第一百九十四章

醴陵王慕雲殤進了正院，入眼的是醴陵王妃正坐在院裡的葡萄樹下的躺椅上，一邊輕輕地摩挲著手上的玉珮，一邊出神地想著什麼，對他的到來完全一無所知。

揮揮手，示意伺候在一旁的丫鬟、婆子退下，慕雲殤輕輕地走近醴陵王妃，將手輕輕地放在她的肩上，不輕不重地為她捏著肩，輕聲道：「怎麼？又想女兒了？」

「能不想嗎？」醴陵王妃幽幽地嘆了一口氣，但很快便臉色一轉，問道：「你怎麼過來了？可是想為四丫頭說話？」

慕雲殤失笑，知道丁姨娘和慕姿怡闖進他的書房，哭鬧了半個時辰的事情讓她知道了。他搖搖頭，道：「我就知道這家裡什麼動靜都瞞不過妳。丁氏和姿怡剛剛去找我了，又是哭又是求地說了半天……我知道妳厭了姿怡，可她不管怎麼說也是我的血脈，看她那副樣子，我這心裡也有些不落忍（注），所以就想為她說幾句好話。」

「既然知道我厭了她，就不要在我面前為她說什麼，那只會讓我更厭煩。」醴陵王妃冷淡地道，根本沒有給丈夫面子的意思，

「妳這脾氣……」慕雲殤無奈地搖搖頭，道：「姿怡也不小了，妳看著給她訂一門親

注：落忍，意指過意不去。

事，別讓她整天胡思亂想，更別讓她胡鬧下去，都有人當著我的面取笑了。」

「她人不小，心更不小，她的親事我沒有心思理會。」醴陵王妃臉色冷得可以，對丈夫直接道：「她腦子裡轉些什麼念頭，我想你也是清楚的，你自己說說，我給她找什麼親事才算合適？門第高、人才好、相貌好的，她倒是滿意了，可那樣的人家怎麼可能看得上她？要是微差一點，自視甚高的她又看不上人家……哼，真以為她是你的女兒、是這府裡的姑娘，就是金枝玉葉了。」

慕雲殤微微一窒，也知道這個女兒的最大問題在什麼地方。他嘆氣道：「她不是一向最欣賞有才華的讀書人嗎？就給她在新科進士裡看看有沒有合適的，出身差點不要緊，要緊的是有志氣、有才華……」

「新科進士？人家都放出話了，說自幼立志非狀元不嫁，我上哪找願娶她的狀元？」醴陵王妃冷笑。當初慕潮陽要她故意放縱慕姿怡，由著她去糾纏董禎毅的時候，她不是沒有猶豫過；慕姿怡再怎麼說也都是醴陵王府的姑娘，她的名聲不好，難免會影響醴陵王妃的聲譽，起碼會讓人質疑她對庶女的教養不盡心。但是，在聽聞慕姿怡說什麼自幼立志非狀元不嫁的原話之後，她便順著兒子，沒有約束慕姿怡，由著她胡鬧了。

「女孩兒家，仰慕有才之士也是正常的，可惜董禎毅已經成了親，要不然倒也不錯。」慕雲殤也見過董禎毅，雖然不像慕潮陽一樣，一見之下就生了好感，但也覺得那是個不錯的年輕人，只可惜已經成了親。

「你想得倒是簡單。」醴陵王妃再一次冷笑，道：「我想你一定忘了，很久以前，你還有個女兒說過嫁人當嫁狀元郎……陽兒多年苦讀，會和寒門學子爭那個一舉成名的機會，不就是因為這句話嗎？她以為她嫁了狀元郎一切就不一樣了嗎？就能取代她一輩子都不可能取代的人嗎？真是無知。」

如果沒有醴陵王妃的提醒，慕雲殤還真的想不起來那麼久遠的事情。當年的他，大部分的精力都放在了燕州，對於家人尤其是妻子和兒女都有疏忽的地方。他苦笑一聲，道：「妳是不是想多了？這事情我都記不得了，姿怡怎麼會……」

「你記不得，有人記得。」醴陵王妃冷冷道：「六、七歲就知道東施效顰，學人穿衣說話……哼，裝得再像也都是裝的，真以為裝裝樣子，我就能把她當成親生女兒了？還肖想我給女兒準備的一切，她當我想女兒想成了失心瘋嗎？」

醴陵王妃可沒有忘記慕姿怡當年在丁月眉的指點下，穿著愛女曾經最愛的衣裳款式，說著愛女經常說的話，連喜歡吃什麼、喜歡做什麼都學了個十足十，不就是以為自己失去了愛女，她就能取代女兒，掛到自己名下嗎？卻不知道，她這樣做只會讓人心生厭惡。

慕雲殤一陣無言，醴陵王妃卻沒有就這樣輕易放過，繼續道：「我當年就說過，我不會像那些沒有見識的一樣打壓庶子、庶女，但你別期望我把你的庶子、庶女當成自己生的一樣對待，我沒有那麼大的度量，更沒有那麼傻，我只能保證不虐待他們，不苛扣他們。姿柔、姿容也是你的庶女，她們老老實實不玩那些個花樣，該她們的，我都一點不少給了她們。但是四丫頭不一樣，我沒有直接將她打落塵埃，已經給足了你面子。」

「我知道、我知道，都是我不好。」慕雲殤只能連聲賠著不是。他現在真的很後悔年少的時候不知道珍惜，聽著母親的話，在妻子懷孕的時候納了通房丫頭，還接受了西寧侯贈予的丁月眉，讓性子烈、容不得半點砂子的妻子離自己越來越遠，甚至都不願再為自己生兒育女。就算這些年來，他一心一意、心無旁騖地守著妻子，也只是緩和了兩個人之間的關係，而沒有了最初的甜蜜溫馨。

「你也別陪小心了。」醴陵王妃也沒有揪著一直不放，她輕輕地嘆一口氣，道：「我知道這也有我的錯，是我太想女兒了，又沒有掩飾，這麼多年來除了滿天下地找她以外，還一廂情願地為她準備了那麼多的嫁妝；別說四丫頭，姿容、姿柔也一樣眼紅羨慕，不過她們還知道分寸，就算有些小心思也沒有做什麼讓我反感的舉動而已。」

慕雲殤想到那滿滿當當的兩庫房東西，想到醴陵王妃這些年準備的那些產業，也默默地點了點頭——醴陵王妃自己的嫁妝，皇后娘娘的賞賜，還有她淘來的各種物品，凡是她覺得好的、合適的都存了起來，要給女兒當嫁妝。那些東西之豐厚貴重，別說慕姿怡看了眼紅，恐怕連當朝的公主看了都會羨慕不已；只是他真不知道如果這些東西一直派不上用場的話，醴陵王妃是會變得更加偏執，還是心如死灰，唉……

「妳對她們已經很好了，她們感恩都還來不及，又怎麼會做些讓妳生氣反感的事情呢？」慕雲殤笑笑。先頭的兩個庶女還算聽話乖巧，就如醴陵王妃自己說的，雖然沒有把她們當親生女兒一樣疼愛，但是該她們有的卻也沒有缺少過；對她們的婚事也費了些心思，挑了合適的人家，不能說能過得多麼地風光，但起碼也能平順安樂地過日子。他小心地看看醴陵王妃緩和下來的臉色，試探著道：「姿怡最近的舉動倒真的是有些不妥，拘著她在府裡修身養性一段時間也好，等外面的風聲平息之後，妳還是費費心，給她訂門親事，早點把她嫁出去吧！這女兒啊，到了年紀就應該嫁出去，留在家裡時間久了可不好。」

「我剛剛說過，她的婚事我不管。」醴陵王妃這一次沒有冷臉，但也沒有軟化態度，她拍開慕雲殤放在她肩上的手，坐直了，道：「給她挑人家，可是件吃力不討好的事情，你什麼時候見我做過那種事情？」

「那妳說怎麼辦？總不至於將她留在家裡一輩子吧？」慕雲殤一陣氣悶。自己都陪了這麼多小心了，妻子還是一點面子都不給，但是他也不敢發脾氣，只能換一種說法，道：「家裡多一個人少一個人倒也無所謂，王府不介意多養個吃閒飯的，但是，把她早點嫁出去不是可以讓妳清靜一些嗎？」

「要我說的話，直接把她絞了頭髮送去當姑子最好，既不用我為她張羅忙碌，也落得個耳根清淨。不過，你肯定是不幹的，那麼，還有一個折衷的辦法，就是你給她訂親，你也放心，我也不落人抱怨。」醴陵王妃直接將皮球踢給慕雲殤，道：「只要你別給她找個有婦之夫，逼著人家休妻另娶，我就沒有意見。」

「我？這怎麼成，我可管不來這些事情。」慕雲殤立刻搖頭。他可不敢答應這樣的事情，而且一聽醴陵王妃這話就知道，她雖然可以放縱了慕姿怡，但對她不顧臉面地糾纏董禎毅的事情還是十分惱火，他還是別去觸霉頭得好。

「那就讓她自己忙活去。」醴陵王妃就知道慕雲殤會這樣說，她嘴角挑起一個冷笑，道：「她都能為別人牽線搭橋，解決終身大事，為自己找一個滿意的夫家應該也沒問題。」

「她又做什麼了？」慕雲殤嘆氣。

「也沒什麼，不過是將西寧侯府的李姨娘介紹給了董禎毅的母親，想促成秦懷勇和那個不知道人心險惡的董姑娘的好事而已。」醴陵王妃冷笑一聲，道：「如果不是因為董禎毅這人品行各方面都還不錯的話，我還真想在後面推一把，讓四丫頭如願嫁給狀元郎，讓她知道什麼叫做自食惡果。」

慕姿怡打什麼主意，醴陵王妃心裡很清楚，不就是想著董瑤琳要是嫁過去過得不如意，就沒有時間和精力給她製造麻煩嗎？可是她不知道，這世上最難應付的便是婆婆和小姑子，妳可以不去曲意討好，但也不能將人給得罪死了，要不然一輩子都別想過安穩日子。她不能嫁進董家尚好，不過是遭了董夫人、董瑤琳的怨恨，但如果如願地進了董家門，一個被婆婆和小姑子怨恨，為丈夫所不喜，又沒有娘家當靠山的女人，注定只能慘澹收場。

「她真是……唉，還是讓她老老實實地在家抄抄經書，修身養性一段時間再說吧。」慕雲殤搖搖頭。他想得沒有醴陵王妃那麼多，卻也覺得慕姿怡做事太不地道，哪有一邊肖想人家哥哥，一邊卻還將人家往坑裡推的？慕雲殤嘆氣道：「至於她做的事情，妳找時間和西寧侯夫人打聲招呼吧！」

「我連管她都不願，還會給她收拾善後嗎？」醴陵王妃搖搖頭，淡淡地道：「秦懷勇的為人和品行也不是什麼秘密，只要花點心思也是能夠打聽到的，董夫人要是個真心為兒女好的，自然知道該怎麼做；但如果她一門心思只想將女兒嫁進侯門，那旁人就算說了什麼，也都只是浪費口舌。」

慕雲殤輕輕地搖搖頭，不再提那些不相干的人，將被醴陵王妃拍開的手又放到她肩上，力道適中地為她捏了起來。這一次，醴陵王妃沒有再拒絕他的討好，靜靜享受著……

第一百九十五章

「在國子監待了不過兩年，學業一塌糊塗不說，還整日和一群不學無術的紈袴子弟走馬鬥狗，鬧得烏煙瘴氣；今年年初更被國子監拒在門外，說這般不可雕的朽木進去也學不了什麼，就別去影響其他人了。」董禎毅臉色難看地歷數著打聽到的消息。就這樣一個草包人物，母親還好意思說什麼：「打小也是泡在書本裡長大的」、「雖然沒有什麼大才，但也是個上進、知書的好孩子」、「假以時日，就算不能恩蔭入仕，也能靠著自己的學識一展拳腳」。雖然不同的人打聽到的消息也會不盡相同，但也不至於像現在這般大相徑庭啊！

董禎誠點點頭，道：「娘說他只是少年心性，喜歡戲耍玩鬧，但極有分寸，從未鬧過事、闖過禍。可是我打聽到的卻是他整日和京城一幫權貴子弟混在一起，整日在花街柳巷出入，小小年紀就過著聲色犬馬的日子，這樣的人定非良人。至於說沒有惹過禍……哼，不為父母長輩所喜的庶子，就算當了紈袴也只能縮著脖子做人，哪敢鬧得太厲害？」

「也幸好是不受重視的庶子，要是得寵一些的話，還不知道會不會把天給捅出個洞來。」董禎毅冷冷地下了個注解，不管董夫人難看的臉色，直接道：「這門親事一定不能結。娘，我看您馬上就給西寧侯府送個信，讓他們不要再遣媒人上門，免得大家面上都不好看。」

「這樣的人，別說只是西寧侯的庶子，就算是王侯人家的嫡子，也不能要。」董禎誠的態度也很堅決，道：「女兒家投胎不好，還能嫁個良人，改變自己的命運，但如果所嫁非人的話，那這一輩子可就毀了。」

前日，西寧侯夫人找了官媒上門，董夫人既意外又歡喜。意外的是，李姨娘的動作還真是迅速麻利，才見面不過兩天，就說服了西寧侯和侯夫人，讓他們為兩個孩子的婚事張羅起來。看來慕姿怡說的一點都不假，李姨娘不但是西寧侯最寵愛的姨娘，在侯夫人面前也很有臉面。歡喜的是，這門她和董瑤琳都覺得很不錯的婚事總算沒有錯過——雖然她還是有些在意秦懷勇庶出的身分，但轉念一想，秦懷勇不管是人品德行還是相貌都不錯，要不是出身稍微尷尬了一些，豈能看上自己的女兒？所以，少許的在意在董夫人的腦子裡稍微停留了那麼一刻鐘，就被她拋開了，剩下的只有歡喜了。

當日，和官媒簡單談了一會兒，意思意思向她打聽了一下秦懷勇的情況，從她嘴裡聽到了一籮筐的好話之後，董夫人便開心地透了口風，讓她回去回話，然後選個日子上門納采。媒人來之前也是做了充足的準備的，當下就說四日後是個良辰吉日，到時候會帶著禮物上門納采，讓董夫人做好準備。

董夫人自然是滿口答應，等送走媒人之後，便和又是歡喜又是羞澀的董瑤琳說了此事，更在晚餐之前，把這件事情通告了全家人。

這件事情拾娘是一點都不意外——就在董夫人、董瑤琳到她的房裡亂翻一氣的那天，她便將思月叫過來問話了。思月對她很是敬畏，自然是知無不言，拾娘也就知道董夫人和董瑤琳那般做是為了什麼。她為董夫人、董瑤琳的無知無畏嘆口氣，卻只簡單地吩咐了思月為自己做件微不足道的小事，別的則沒有干涉，連一句話都沒有說。她知道，董夫人和董瑤琳現在一門心思只想攀附權貴，自己在她們眼中已經是個礙手礙腳更礙眼的絆腳石了，自己說什麼她們都絕對聽不進去，更可能往壞處想，自己還是別去討那個嫌了。

同樣，拾娘也沒有和董禎毅說這件事情，要說的話必然要交代她是怎麼知道的，她可不希望董禎毅認為她讓人監控董夫人母女的一舉一動，他現在或許不會在意，但是以後呢？何況，在什麼都還沒有發生的時候和董禎毅說了也是無用的，還不如靜觀其變。她相信，這樣的大事，董夫人一定不會在一切都成定局的時候才和兒子們說；所以，董夫人宣布喜訊的時候，拾娘保持了沈默和旁觀的姿態，沒有說任何話。

董禎毅兄弟既意外又生氣，他們兩個其實都不大相信董夫人的眼光，埋怨董夫人沒有事先和他們商量一下。董夫人心裡高興，倒也沒有計較兩個兒子對她的懷疑，嗔怪了幾句之後，將她打聽到的消息及與李姨娘見面的事情和兒子們說了。

她倒是十分有自信，相信這一次是真的給女兒找了一門好親事，但是董禎毅兄弟倆怎麼都不放心，讓她別高興得太早，也別早早做了決定，等他們仔細打聽過秦懷勇的情況再說。而打聽到的消息讓董禎毅兄弟又是氣惱又是慶幸，氣惱的是連這種事關董瑤琳一生的大事情，董夫人都能這麼馬虎，聽風就是雨，都不認真仔細地打聽清楚；慶幸的是他們發現得早，一切不過是剛開始，阻止還來得及。

董禎毅兄弟倆的話和態度讓董夫人的臉色難看起來，她看看董禎毅，又看看董禎誠，最後將目光停留在一直沒有出聲的拾娘身上，冷冷道：「妳就這麼見不得瑤琳好嗎？」

拾娘微微一怔之後，就反應過來董夫人為什麼會這樣說。而一旁的董禎毅則怒道：「娘這是什麼話，這些事情和拾娘有什麼關係？」

「怎麼和她沒關係？你們是讓身邊的小廝打聽消息去的吧？」董夫人冷冷看著兩個兒子，道：「你們身邊的小廝可都是她買進來的，身契也都還在她的手裡，她想讓他們照自己的意思說話是件再簡單不過的事情了。」

真是……該精明的時候犯蠢，不該精明的時候卻精明得讓人無言。拾娘微微搖頭。

董禎誠搶先一步道：「娘，大嫂沒有理由那樣做。」

「當然有。」董瑤琳臉上帶了恨怒，指著拾娘道：「這樁婚事是慕姊姊牽的線，她肯定是擔心這門親事成了，我和娘感激慕姊姊，從而影響到她，就讓人故意編造些謊言來騙人。要是她的陰謀得逞了，我和娘也像你們一樣，傻傻地上了當的話，一定會恨惱慕姊姊，甚至從此和慕姊姊不再往來……莫拾娘，妳為了自己就想毀了我的親事，毀了我一輩子，妳未免也太狠毒了些！」

董禎毅看著妹妹搖頭，董禎誠則嘆氣道：「我們確實是讓身邊的小廝去打聽消息的，但是我們也沒有閒著；大哥問過舅舅，我也問過同窗，舅舅對秦懷勇略有印象，而我的同窗之中也有認識他的，他們一致說秦懷勇就是個不學無術、閒遊浪蕩的繡花枕頭。」

董夫人微微一怔。難道這個秦懷勇真的不好？可是王寶打聽來的消息……她沈吟了一下，對董禎毅道：「你們可確定消息無誤？你們想清楚了，要是錯過了這一次，瑤琳想要嫁進王侯人家，可就難了。」

「娘，侯門深似海，妳為什麼非要將瑤琳嫁進侯門呢？瑤琳容易衝動又單純，進了那樣的人家，一定會很累、很艱難的。何況，我們這樣的人家，和侯門結親可不是什麼好事。」董禎毅不明白董夫人和董瑤琳腦子裡在想些什麼，他嘆口氣，道：「您真要為瑤琳張羅婚事的話，也應該看看門第相當的人家，或許不能過錦衣玉食的生活，但也不會艱難，最要緊的是沒有那麼多的規矩和複雜的人際關係，瑤琳自己也能過得輕鬆一些。」

「大哥的意思是我不配嫁進豪門，只配嫁個窮書生！」董瑤琳連董禎毅都恨上了，她對董夫人道：「娘，我看嫌秦懷勇不好是假，他們不想我嫁進侯門才是真。那些說秦懷勇不好的話，說不定就是他們自己編造出來的。娘，王寶家兩口子對您、對這家最是忠心，最艱難的日子也都沒有起什麼別樣的心思，難道您連他的話都不相信嗎？」

「瑤琳！」董禎誠只覺得妹妹魔怔了，連這樣傷人的話都說出來了。

「別叫我！」董瑤琳尖叫一聲，然後看著董夫人，道：「娘，您倒是說說話啊。」

董夫人猶豫了。這不是小事，要是這秦懷勇真那麼不堪的話，女兒的一輩子……

「娘，您還是回絕了西寧侯府吧！」董禎毅不理睬董瑤琳，對董夫人道：「瑤琳還小，她的婚事不著急，我和二弟都覺得與其讓她嫁進侯門一輩子受苦，還不如給她找個能夠相扶相持一生的。」

「瑤琳，要不然再等等？」董夫人被董禎毅說動了。是啊，說不定以後還能有更好的機會。

「我不要。」董瑤琳看著董夫人，態度一樣很堅決，道：「貧賤夫妻百事哀，我寧願嫁個出身侯門的紈袴子弟，也不嫁出身寒門的少年俊才，我才不想過苦日子。」

「瑤琳……」董夫人很無奈，苦口婆心地道：「妳大哥說的也沒錯，妳還小，以後機會多得是，說不定就有比西寧侯府更好的。」

「娘，我只想抓住我能夠看得見也抓得住的，我不知道錯過了這一次，這一生還有沒有下一個機會。」董瑤琳搖頭，她不想等，更害怕因為錯失這一次機會而一輩子生活在懊惱之中。

「機會怎麼會沒有呢？真要是遇不上的話，就像妳大哥說的，找個門第相當的人家，到時候娘一定給妳找一個有才能，能夠像妳大哥一樣，一飛沖天的。」董夫人一樣不想錯過，但是她的老毛病又犯了，覺得兒子說的有道理，便又立場不堅定起來。

「然後呢？先不說他能不能一飛沖天，就算能，萬一也像大哥一樣，被高門貴女相中了，要他休妻再娶呢？娘，這天下像大哥這樣把好事往外推的傻子可不多。」董瑤琳已經有些口不擇言了。

「瑤琳——」董夫人被董瑤琳揭短的話氣得心口生疼。

「反正我不管，這門親事我一定不要錯過，如果娘回絕了西寧侯府，我就死給您看。」

董瑤琳態度堅決地道：「就算秦懷勇真的有那麼多的不好，我也要嫁！」

第一百九十六章

醴陵王妃將拿在手中的香粉看了又看、聞了又聞，又弄了一點在手上，輕輕感受著那種細膩的感覺，臉色越來越冷峻。她身邊的丫鬟、婆子都不約而同地屏住了呼吸，生怕不小心一個喘氣影響到了醴陵王妃。

「知道丁姨娘從哪裡得來的嗎？」半晌之後，似乎確定了什麼的醴陵王妃終於開口了，語氣平緩，沒有諸人想像中的冷冽，讓廳房裡的氣氛稍微緩和了一些。

「是從四姑娘那裡拿來的。」丁姨娘身邊的丫鬟槐黃恭恭敬敬跪在醴陵王妃面前，道：「就是四姑娘為董夫人和西寧侯府的李姨娘牽線搭橋的那日，她從外面帶回來兩罐東西，除了這個香粉還有一罐面脂，都是這個香味。」

「喔？那麼面脂呢？」醴陵王妃淡淡問了一句，對還有一罐面脂並不意外。這東西雖然和記憶中的似乎有些許不一樣，但是這獨特的、帶著一股不一樣的冷清的梅香，卻可以說是獨此一家，而她清楚記得，這是一整套的。

「被四姑娘發脾氣砸掉了。」槐黃都不敢抬頭看醴陵王妃的臉色，恭恭敬敬將那日發生的所有事情都說得清清楚楚，包括香粉和面脂的來歷都說清楚了。

「莫拾娘……」醴陵王妃玩味地唸了幾遍拾娘的名字，然後輕輕一揮手，道：「除了雁落，別的人都下去吧。」

丫鬟、婆子齊聲應諾，而後恭恭敬敬魚貫退出，偌大的廳房裡立刻就只剩禮陵王妃和她最信任的管事嬤嬤雁落。她是禮陵王妃的陪嫁丫鬟，嫁給了禮陵王妃的陪房管事，成親後又回到禮陵王妃身邊伺候，是禮陵王妃最信任的人，也是這府裡最體面的管事嬤嬤。

「雁落，妳看看，有沒有覺得有些似曾相識的感覺。」禮陵王妃將手中的香粉遞給雁落，臉上帶著微笑，道：「剛聞到丁姨娘身上香味的時候，我還擔心是自己的錯覺，但是現在，我卻能肯定這就是我記憶中的東西。」

秦懷勇和董瑤琳的婚事還是定下了，李姨娘心中歡喜，特意上門向丁姨娘道謝，才知道她們母女被禁足，不得會客。李姨娘在西寧侯府也是跋扈慣了的，當下便嚷嚷，一副非要見到丁姨娘的架勢。

禮陵王妃怒了，別說區區一個姨娘，就算西寧侯夫人也不敢這般無禮。當下如了她的願，讓她進了王府見了人——丁姨娘是跪在她院門口的青石板上和李姨娘見了面的，相見之後，連話都不敢說，就那麼規規矩矩地跪著，一動不動。

愕然吃驚的李姨娘這才意識到禮陵王妃的強勢，也意識到自己給丁姨娘惹了大麻煩，也不敢再胡鬧，規規矩矩給禮陵王妃磕頭認錯，而後灰溜溜地走了；而被她連累的丁姨娘卻頂著太陽一直跪著，直到禮陵王妃發話才敢起身。

就這樣，她起身之後第一件事卻還是向禮陵王妃磕頭認錯，或許是因為她身上的香粉灑得多了，也或許是因為她跪的時間稍長了一些，身上的香味最大限度地散發出來，也或許是因為醴陵王妃的鼻子實在很靈敏；反正，不管是哪一種情況，醴陵王妃聞到了她身上傳過來的，讓她錯愕、意外又驚訝的香氣，生怕自己的嗅覺出了差錯，醴陵王妃還特意讓丁姨娘上前回話，還故意多說了幾句，直到完全確定那香氣就是曾經熟悉的味道之後，才讓丁姨娘離開。

醴陵王妃一向是雷厲風行的性子，沒有耽擱，當下就讓人去查丁姨娘用了什麼，然後就讓槐黃把東西拿過來給她過目，而結果既讓她驚喜，又讓她深感意外。

雁落恭敬地從醴陵王妃手中接過東西，仔細看了看、嗅了嗅。她和醴陵王妃不一樣，對這香味沒有那種刻骨銘心的記憶，只覺得很熟悉，應該聞過很多次，只是那應該是很久以前的事情了，一時間卻怎麼都想不起來了。她將東西放回，輕輕地搖搖頭，道：「奴婢愚鈍，只覺得很熟悉，卻想不起來在什麼地方見過這香粉了。」

「妳當然見過這東西。」醴陵王妃微微笑了笑，道：「妳去那個蓮花纏枝的花梨木箱子裡，把放在箱子底下的那個梅花匣子拿過來。」

「是，王妃。」雁落微微吃驚。蓮花纏枝的那個花梨木箱子裡裝的都是醴陵王妃最珍視的東西，平日都不讓人隨便碰，連偶爾擦拭上面的灰塵都是她自己親自監督著最信得過的丫鬟做，絕對不容許有半點損傷。

小心翼翼從箱子的最底下翻出了一個用花梨木做的匣子，匣子的樣式很簡單，上面的雕刻也拙劣，顯然不會是什麼熟手的工匠做出來的。雁落對這匣子不陌生，那是醴陵王妃還作姑娘的時候，特意磨來的生日禮物。曾經一邊挑剔地說這個不好那個不好，一邊卻愛不釋手地抱在懷裡玩了一整天，而後一直擺在她的梳妝檯上，直到她成親嫁人，才將它珍而重之地放進了箱子裡。

醴陵王妃從雁落的手上接過匣子，帶著懷念和親昵地摩挲了一會兒，才小心地打開匣子，從裡面取出一個小小的瓷瓶來，遞給雁落。雁落看了看瓷瓶，終於知道那香粉為什麼這麼熟悉了，她吃驚地道：「這香粉是以前大姑娘用過的，還是……專門為大姑娘研製的，姑娘曾經很喜歡，從大姑娘那裡討了一些，卻一次都沒有用過。」

「不錯。」醴陵王妃點點頭，道：「我極喜歡這香粉，但是那畢竟是那人專門給大姊研製的，所以我再怎麼喜歡也都不會用的。大姊也很喜歡，用了很長一段時間，直到她的婚事確定之後，才換了祖母給她訂製的東西，之後就再也沒有用過了。」

雁落沒敢吱聲，那已經不是她這奴婢能夠插話的事情了。而醴陵王妃微微地頓了頓，道：「這些東西從來都是做好了送到大姊手上的，方子一直留在那人手中；大姊訂親之後，他也沒有再送過東西來，更沒有讓別人用過相同的東西。我原以為他已經將方子毀了，畢竟那人的性子一向……」

看著醴陵王妃搖頭嘆氣卻又懷念不已的樣子，雁落輕聲道：「王妃是認為這東西極有可能是照著那方子做出來的？有沒有可能那方子不小心流落出去了？」

「那人絕對不會讓屬於自己的東西隨意流落出去的，不能保全的情況下，他極有可能乾脆一把火燒了。」醴陵王妃搖搖頭，那人的性格她太瞭解了。

「那這東西……」雁落看著手上的香粉。既然方子不可能流落出去，那麼這東西又是怎麼做出來的？莫不是……她看著醴陵王妃，道：「或者，這是當年做過這款香粉的人照著以前的步驟做出來的？」

「這個我也不敢肯定，不過還有一種可能，那就是他後繼有人，這方子是他給傳下來的。」醴陵王妃嘴角揚起一個笑容，道：「這東西是從莫拾娘手裡流出來的，她手裡可能還有同一款香味的面脂、胭脂。妳現在去查一查，莫拾娘用的是不是一整套，然後再查一查這些東西，她是怎麼得來的？是不是找人照方子訂製出來的？」

醴陵王妃本能地將這東西是大眾貨色，是拾娘在某一家胭脂店買的可能性屏除了，她真心希望那個人還活著。

「王妃的意思是這位董家少夫人和那人有關係？這……王妃忘了他已經……」雁落想要說這太荒謬了，卻還是沒敢說出口，但是她的意思卻也表達清楚了。

「這莫拾娘的行事風格很像他啊。」醴陵王妃笑笑，想起拾娘進京鬧出的動靜，要是查出來他們真有什麼關係的話，她還真是一點都不意外。她笑笑，道：「當年是有人說已經將他誅殺了，可是我從來不信。他豈是簡簡單單就能殺死的人？其實，別說我不信，真正瞭解他的人都不相信，只是大家都不約而同把這個消息當了真而已。」

雁落點點頭，知道醴陵王妃為什麼這樣說，那人實在是太妖孽，就算做了怎樣逆天的事情，都會有人欣賞、叫好。他的死訊之所以被當了真，是因為向著他的人希望因此讓他不再被追緝，而真希望他死的人也想藉此抹去他的影響。

「讓妳家那口子去一趟望遠城，讓他在最短的時間內將這個莫拾娘的身世情況打聽清楚，然後向我回報。」醴陵王妃繼續道：「警醒一些，我不希望太多人知道這件事情，明白了嗎？」

「是，王妃，奴婢會提醒他的。」雁落點點頭。她男人現在是醴陵王府最能幹的管事之一，管的是醴陵王妃自己的私產，對有些事情也是心知肚明的，讓他去查拾娘的身世，和她們所懷疑的那個人是不是有關係再合適不過了。

「妳也別嚇唬他，他辦事一向都很謹慎，若不是完全相信他的話，我不會把這麼要緊的事情交給他去辦。」醴陵王妃隨意地說了一聲，然後道：「妳去打聽莫拾娘的事情也一樣抓緊時間，如果確定這東西的方子在她手上的話，我想親自見見她。」

「王妃要見這位董少夫人？這會不會太抬舉她了？萬一只是巧合的話……」雁落小心翼翼地看著醴陵王妃的神色。董禎毅雖然是本朝第一位三元及第的狀元，是不少人看好的未來國家棟樑，但他不過是個剛剛嶄露頭角的小官吏，王妃親自見他的妻子，實在是太過紆尊降貴了。

「那倒無所謂，我對這個莫拾娘還是有那麼一點欣賞和興趣的，就算她和那人真的沒有什麼關係，見她一見，順便給她一顆定心丸也沒什麼不可以。」醴陵王妃搖搖頭，卻又輕輕地嘆氣，道：「不過，在那之前，我得進宮和皇后娘娘好好談談。雁落，妳現在就往宮裡遞牌子，我要盡快進宮。」

第一百九十七章

「怎麼忽然急吼吼地要見我？可是看中了哪家的姑娘，想娶回家當兒媳婦，又擔心出什麼意外，想讓我下個旨？」皇后帶了幾分逗弄地看著醴陵王妃，就如所有的人猜測的那樣，她們姊妹的感情極好。

「要真能看中個讓我不顧一切請您下旨指婚的就好了，也算是除了我心頭最大的憂慮。」醴陵王妃微笑著搖搖頭，道：「陽兒的婚事至今都還讓我煩惱不已，陽兒任性妄為，把知道他性情的人家都嚇得避之唯恐不及是一個原因，但更主要的還是因為到目前為止，都沒有看中一個讓我真正滿意的，不然的話又怎麼可能放任他胡鬧，蹉跎至今呢？」

「陽兒確實是太任性了些。」皇后點點頭。和醴陵王妃一樣，她也極為見不得慕潮陽的打扮和行為舉止，卻也一樣拿他沒有辦法，她嘆口氣，道：「這也是怪我，是我太寵他，要不然也不會養成他這任性妄為的性子。」

「他確實是被您給寵壞了，要是您由著我們，把他丟到軍中歷練幾年的話，他早就改過來了。」醴陵王妃點點頭。她雖然就這麼一個兒子，但是該嚴厲的時候就沒有放鬆過；相反地，皇后娘娘對慕潮陽千依百順，疼寵得連大皇子都感到吃味。她和慕雲殤好幾次都想狠下心來收拾兒子，糾正他的那些言行舉止，但每次都被慕潮陽逃了出去，到皇宮投奔皇后，到最後他們夫妻的打算不但落空，還要被心疼慕潮陽的皇后娘娘叫過去訓斥一頓。好在慕潮陽除了那娘娘腔的樣子以外，倒也沒有更多出格的地方，讀書習武也很上進，不然他們夫妻還真的是連哭處都沒有。

「就算要改他的性子、脾氣和行為習慣，也不能把他往軍中丟，真不知道妳是怎麼想的，就這麼一個兒子還那麼狠心。」皇后輕輕地啐了醴陵王妃一下。醴陵王妃夫妻起這個心思的時候是五年前，當時慕潮陽才十三歲，兩口子就想著把他丟到軍中磨礪，雖然說他也已經不小了，但也不能那麼狠心不是？

「玉不琢不成器，姊姊對大皇子不也是這樣的嗎？」醴陵王妃倒不覺得怎麼樣。她和皇后其實都一樣，對自己的兒子嚴厲，對姊妹的孩子卻寵溺得可以，大皇子幼時被責罰也都是她挺身而出，護著大皇子的，所以大皇子與她也很親近。

「好了好了，我說不過妳。」皇后笑盈盈地認輸，然後問道：「心情好一點沒有？到底要見我是為了什麼重要的事情？」

她們是最親的姊妹，醴陵王妃的滿腹心事自然瞞不過她的眼睛。

「我有東西要給姊姊看。」醴陵王妃笑笑，將放在身上的香粉遞了出去。皇后略帶疑惑地接過，打開隨意地看了一眼，臉上的笑容便微微一僵，輕輕地揮手，身邊伺候的宮女內侍，除了從來不離身的女官花容之外，全部退下。

「哪裡來的？是他讓人給妳送過來的嗎？」皇后臉色微微一沈。醴陵王妃都能憑藉一點點氣味判斷出這香粉的來歷，她看到了實物又怎麼可能認不出來？她冷笑一聲，道：「是不是覺得日子無聊了，不甘寂寞了，又想出來興風作浪了？」

「姊姊。」醴陵王妃知道皇后對當年的事情一直都沒有釋懷，帶了些祈求的叫了一聲。

皇后將東西放下，看著妹妹臉上難得露出來的祈求之色，嘆了一口氣，道：「好吧，妳想說什麼直說吧。」

「這東西不是他讓人給我送過來的，是我無意中發現的。」醴陵王妃簡單而迅速地將怎麼發現香粉的過程說了一遍，也將她派人去查拾娘底細的事情和盤托出，然後道：「雖然什麼都還沒有查到，但是我心裡已經能夠肯定，這莫拾娘定然和他有所關聯，要不然不會有那麼多的巧合發生。」

「所以呢？」皇后心裡已經猜到了醴陵王妃想要說什麼，又想要做什麼，但還是問了一聲。事關那個人，她無法像平常一樣淡定雍容。

「我過兩天會給莫拾娘下帖子，請她過府一敘，我想親自見見她。」醴陵王妃苦笑一聲，道：「雖然能夠肯定莫拾娘定然和他有關聯，但訊息太少，我無從判斷他們的淵源有多深，我想見一見，看看能不能從莫拾娘嘴裡探聽到什麼。」

「如果這東西是莫拾娘讓人照著方子做出來，那麼不用問，他們兩個的關係也一定非同尋常，要不然的話，他是絕對不可能將這樣的東西拿給莫拾娘的。如果不然，那麼這個莫拾娘極有可能只是他投石問路的小石子，想用她來試探我們的反應。」相比起醴陵王妃，皇后對那個人更加地瞭解和清楚，她冷冷地道：「我覺得後者的可能性更大一些。」

「姊姊，」醴陵王妃無奈地叫了一聲，道：「我知道姊姊心裡還在惱怒當年的事情，惱怒他那麼算計您，可他不是沒有成功嗎？再說，事情都過去這麼些年了，他當時離開京城的時候又帶著傷，這些年過得一定也不舒坦，您有再大的怨氣，也該消消了。」

「除非我們倆其中一個死了，要不然的話，我是不會原諒他的。」皇后冷冷地說了一句，看到醴陵王妃一臉的為難苦惱，卻又忍不住噗哧一聲笑了起來，道：「好了好了，妳也別苦著一張臉給我看，我也就是氣他而已，不會真的把他給怎麼著的。」

醴陵王妃臉上的苦惱大半都是裝出來的，聽皇后這麼說了，也就不裝了，輕嘆一聲，道：「姊，您說，莫拾娘會和他有關係嗎？」

「怎麼，擔心到最後空歡喜一場？」皇后知道她在患得患失些什麼，其實她也是一樣的，雖然心裡惱怒那個人，卻還是希望他好好地活著。

「嗯。」醴陵王妃點點頭，道：「這麼多年沒有他的音信，但有的時候沒有消息就是最好的消息，他都能為閻家、為姑父、姑母留下退路，保他們平安，自然也會給自己留好後路。只是他和別人都不一樣，他必須消失在眾人的視線內，要不然的話……唉，這東西忽然就出現了，一點預兆都沒有，真不見得是什麼好事。」

皇后知道醴陵王妃為什麼會這般擔憂，她們口中一直沒有提及姓名的那人是她們的表兄，她們親姑姑的長子，名揚天下，至今都還人讓津津樂道的鬼才閻旻烯。閻貴妃是閻旻烯的姑母，戾王是他的表弟，當年戾王矯詔，他在其中做了不少的事情。這人不管什麼時候都不會忘記給自己、給家族留一條後路，在今上成功地拿下京城之後，他便悄然離開，雖然今上派了得力的人追緝，但最後也只得了個半真半假，說已經將他擊斃的消息。

對這消息，和他一起長大、對他知之甚深的皇后及醴陵王妃壓根兒就沒有信過——都沒有他的屍首，只是簡略粗糙地說了在青陵郡成功地堵截到他，將他一擊擊斃，別的都沒有細講，她們又怎麼可能相信呢？要知道之前那些人追緝了大半年，被他引著跑遍了大半個大楚，每次都是眼看就要抓到他卻又功虧一簣；就連今上都認定他是故意在逗弄那些人玩，要不是放不下面子，說不定早就讓人放棄追緝了。所以，她們一致認定是他玩膩了，沒有心情再玩，就乾脆地消失了，讓那些人無跡可尋之餘，報了一個今上願意接受的結果上來。

如果這莫拾娘真的和他有關係，那麼以他謹慎、護短的性子，必然會提醒莫拾娘小心行事，免得惹禍上身的。可現在，莫拾娘卻光明正大地用這些可能招禍的東西，還讓人輕易弄了出來，從關於她的那些零星的消息來看，她應該也不是那種粗心大意的人，她極有可能不知道這其中的厲害關係。這才是醴陵王妃最憂心的地方——如果不是閻旻烯還來不及交代什麼，就出了意外，那就是那方子是被莫拾娘無意中得到的，不管是哪一種，都不是個好消息。

「妳也不要太憂心了，還是等見過人再說吧。」皇后安慰一聲，笑著道：「或許是因為他相信這些東西除了我們姊妹沒有人認得出來，我雖然氣他，但也不會把他怎麼樣；而妳又一直都是向著他的，更不會讓和他有關係的人受什麼牽連委屈了。」

「但願是這樣吧。」醴陵王妃勉強地笑笑，卻又道：「雖然我有預感這莫拾娘和他定然有關係，但是我還是想不通，他怎麼會把那方子給了莫拾娘呢？這方子可是他當年苦心積慮為您專門研製出來的，就是為了討您的歡心，我原以為以他的性子，定然會將這東西毀了；可是現在……真不知道這莫拾娘到底是什麼人，能夠讓他這般對待。」

「誰知道呢？說不準是他的女兒呢。」皇后帶了幾分酸意地道。

「那怎麼可能？他若是那樣的人的話，姑姑不會至今都還耿耿於懷，更不會有那些事情發生了。」醴陵王妃卻怎麼都不相信。閻旻烯和她們姊妹的關係還真是一言兩語說不清楚。他們是在一起長大的表兄妹，年少方艾的時候，閻旻烯是她們姊妹眼中最出色的男子，她們都曾經偷偷幻想未來的夫君和他一般出眾——河西杜家有祖訓，杜家女絕對不能嫁給杜家女之子，表哥、表妹對旁的家族而言，是親上加親最好的理由，但是對杜家女卻是不可踰越的天塹。所以，就算皇后對閻旻烯有淡淡的情愫，閻旻烯對皇后也情有獨鍾，甚至為之癡狂，他們之間卻注定只能成空。

閻旻烯的性格中有著一種瘋狂的偏執，就算不能和心之所繫的女子結為連理，也絕對不會屈就他人，所以他一輩子沒有成親，就算父母也不能讓他改變主意；醴陵王妃絕對不相信，能夠為了姊姊終生不娶的閻旻烯會有女兒。

「妳啊，怎麼到現在還相信這世上有不偷腥的男人呢？」皇后搖搖頭，知道妹妹心裡堅持什麼。在妹妹眼裡、心裡，閻旻烯是最完美的男人，不光是因為情竇初開時的青澀愛慕，更因為他那麼多年的偏執。

「別人和他怎麼能一樣？」醴陵王妃堅持地道：「我可以不相信別人，但是絕對不能懷疑他，要是連他都這樣的話，那麼這世上哪裡還有真正至情至性的男人呢？」

「等見了那莫拾娘就知道了。」皇后聳聳肩，道：「都說生女肖父，生子肖母，要是這莫拾娘長得和他很像的話，那就不用懷疑了。」

第一百九十八章

「王妃設宴，請我到醴陵王府賞花？」拾娘接過請柬。

這請柬很素雅，沒有想像中的那種花稍，她還以為能養出慕姿怡那般女兒的人家，都帶著一股高人一等的優越和睥睨眾生的姿態，用得也應該是京城流行，那種一張就要十多兩銀子的金絲箋，才能顯示他們的尊貴。

「是。」趁著拾娘看請柬的工夫，將拾娘的容貌打量清楚，並和記憶中某人做了一番比較的雁落小心地掩住了眼底的訝異，神色間多了些自骨子裡散發出來的恭敬，道：「我家王妃喜愛茶花，王府中養了不少名品，這幾日正好是茶花初綻的日子，我家王妃特意請董少夫人過府賞花。」

「喔？」拾娘玩味地看著雁落，她不知道雁落的身分，但看打扮和通身的氣度也能知道，眼前這個讓她感覺很面善、很熟悉的中年婦人，定然是醴陵王妃身邊有臉面的管事嬤嬤。醴陵王妃忽然請自己到醴陵王府，還派了這麼一個態度謙和恭敬的管事嬤嬤過來送請柬，這葫蘆裡賣的是什麼藥呢？

拾娘的神態讓雁落感到有些熟稔，她的態度更恭敬謙卑了，道：「我家世子和董大人是一見如故的朋友，董少夫人進京之後，我家王妃便已經有意請董少夫人過府一敘。只是那個時候董少夫人剛剛進京，需要忙碌的事情很多，我家王妃就沒有打擾。現在，董少夫人進京也有月餘，想必也適應了京城的生活，也有了可以出門走走逛逛、串串門的閒暇時間，這才派奴婢過來給您送請柬。」

還真是體貼。只是，這醴陵王妃不知道給她帶來最多困擾的是醴陵王府的姑娘嗎？拾娘心裡冷笑，嘴上卻淡淡地說了一句：「王妃還真是心細如髮啊。」

拾娘冷淡疏遠的態度雁落並不意外，拾娘要是熱情巴結，忙不迭地應承的話才會讓她大感失望。她帶著歉意道：「董少夫人可是還在為我家四姑娘給您帶來的困擾而惱怒？這件事情確實是我家王妃的疏忽，我家王妃在知道四姑娘不顧規矩禮法、胡鬧任性的事情之後，已經訓斥了她，等與董少夫人會面之後，定然會給您一個答覆。」

慕姿怡被訓斥了？拾娘抬眼看著雁落。對於這一點她是一點都不意外，她未進京城之前，慕姿怡在董家出入有多頻繁，她雖然沒有親眼所見，但也是清清楚楚的；而她到了之後，除了當日見過慕姿怡一面，之後就再也沒有見過了。

對此，她倒是有幾分疑惑，尤其是在董夫人和董瑤琳不顧董禎毅兄弟的強烈反對，硬是為董瑤琳訂下西寧侯府這門婚事之後，慕姿怡也沒有出現，更讓拾娘意外——以慕姿怡的心性，在那個時候應該會頻繁出現，挾恩讓董夫人逼迫董禎毅和自己才是的。她可不認為慕姿怡是因為給董瑤琳介紹了一個紈袴子弟而心虛，躲起來避風頭的人；她要是那種有良心、良知的人，就不會糾纏董禎毅了。

是董禎毅為她解惑的，說他拜託了醴陵王世子幫忙，麻煩他請醴陵王妃約束慕姿怡，想來是這個拜託起了作用。董禎毅說這話的時候不無怨惱地說，要是醴陵王妃的動作稍微快一步，早幾天約束了慕姿怡，讓董夫人沒有機會認識那個李姨娘該多好，那麼就不會有這門讓他們母子吵得幾乎翻臉的婚事出現了。

對此，拾娘也只能苦笑一聲。她不敢說醴陵王妃不清楚慕姿怡的小動作，沒有及時制止，也不敢說醴陵王妃可能故意放縱，只能將之歸結到命運作弄上。何況，就董夫人和董瑤琳的性子和腦子裡那怎麼都打消不了的攀附權貴的念頭，就算沒有慕姿怡，就算沒有西寧侯府，也不見得就能如董禎毅想的那樣，給她找一個門戶相當的人家；那對董瑤琳來說是無法接受的，所以最主要的根源還是在董夫人母女身上。

這門親事，董夫人心裡沒底，董瑤琳卻是歡喜若狂，如果不是因為她年紀還小，西寧侯府也明確表示希望等她及笄再訂婚期完婚的話，她說不定都急切地催著董夫人給她置辦嫁妝，把她給嫁出去了——當然，就算還有幾年，她也已經在為自己準備嫁妝了，甚至已經開始打望遠城那些產業的主意，想把幾個盈利最大的鋪子納為囊中之物。

董夫人尚在猶豫，但也問過董禎毅兄弟的意思，透露了自己想為女兒準備一份豐盛嫁妝的意願。董禎毅和董禎誠都是冷著臉，不做應答，而拾娘則明確表示，不管董夫人做什麼決定，她都不反對，但是有一點，那就是她的嫁妝不能動，那都是要留給輕寒、棣華姊弟的——董瑤琳對此大為不滿，畢竟，最賺錢的是胭脂坊，而能夠支撐胭脂坊的卻是拾娘的方子，沒有了方子，她就算得了胭脂坊也不過是一個空殼，要來何用？但是，這樣的話她也只是私底下和董夫人抱怨，沒有敢當著董禎毅兄弟的面說什麼不中聽的，生怕因此讓他們發怒，從而影響為自己籌備嫁妝。

「聽外子提過，說他和世子一見如故，甚是相宜，便請世子爺在王妃面前說項，看來是世子爺沒有辜負外子所託。」拾娘淡淡地道，很明確地將約束慕姿怡的人情記在了醴陵王世子的身上，故意忽略了醴陵王妃。她不會記恨她之前的放縱，也不會感激她現在的約束。

「那麼，十六那日的邀請……」雁落刻意忽視了拾娘話裡的意思，微笑著看著拾娘。要是換了別人，她敢肯定接到王妃的請柬必然是欣喜若狂地前往赴宴，但眼前的女子卻不好說，她還是謹慎一些比較好。

「請嬤嬤回去稟告王妃，就說拾娘接到請柬受寵若驚，一定會如期前往，還請王妃不要嫌棄拾娘粗鄙。」拾娘微微一笑。既然醴陵王妃要見自己，那麼以她的身分和地位就一定能夠見到自己，與其毫無準備地和她見面，還不如赴宴，起碼有個預定的時間和地點，能夠做好準備。

雁落滿意地離開了，拾娘微微思索了一下，吩咐鈴蘭好好地看著院子和三個孩子，她則讓綠盈幾人陪著出門一趟——她前幾天曾拜託谷語姝代為打聽醴陵王妃的一些情況，主要是以前的情況，從而判斷醴陵王妃是個什麼樣的人，對慕姿怡又可能持有怎樣的態度，好做出更準確的應對。谷語姝答應她這幾天給她答覆，而現在，她卻等不得了，先去問問她打聽到些什麼再說吧！

卻說雁落得了拾娘的應諾之後，沒敢耽擱，立刻回到醴陵王府向醴陵王妃回話。她相信醴陵王妃一定有很多話想問，簡單地說了拾娘會赴宴之後，她便垂手等醴陵王妃問話。

「這莫拾娘氣度如何？可有他當年的幾分風采？」醴陵王妃還真沒有想過拾娘會拒絕赴宴，不是對自己的邀請太過自信，而是她相信，只要拾娘是個聰明的，就應該明白赴宴才是最好的選擇。

「氣度極佳，渾身不見半點小家子氣，坦蕩磊落，不是一般人家能夠教養出來的。」雁落對拾娘的印象極好，加上心中已經有了定論，評價也不自覺地往好了說，道：「或許過過艱難困苦的日子，但個人的氣度修養卻沒有因此受影響，還有年輕女子難得一見的氣質。」

「那麼說來，這莫拾娘和他應該是脫不開關係了？」醴陵王妃眉毛輕輕一挑。她已經確定拾娘用的是一整套的胭脂香粉，是董家自己的胭脂坊特製出來的，還是拾娘提供的方子，心裡早就有了準備。她略有不解地道：「只是不知道這莫拾娘到底有什麼非同尋常的地方，居然讓他看中，花了精力指點培養，甚至還給了她一直珍藏的東西。」

「奴婢想如果王妃見了莫拾娘，就會知道其中的原因了。」雁落不敢點頭，說拾娘和醴陵王妃口中的那人必然有關係，她男人昨兒一早才出發去了望遠城，最快也要七、八天之後才能帶著答案回來，她可不敢隨意地臆測，但是拾娘的模樣卻讓她已經做出了判斷。

「什麼意思？莫不是這莫拾娘長得很像妳熟悉的某個人？」醴陵王妃微微一怔，不期然地想到了「移情」這個詞，難道這莫拾娘和某個人長得很像，所以才讓那個人另眼相看？

「是。」雁落不敢想醴陵王妃口中的某個人指的是誰，低下頭，直接而迅速地道：「這位董少夫人左臉無瑕，右臉上則有一個幾乎占去了半邊臉的青黑色胎記，顏色很深，讓人一見之下就不想再多看。但奴婢多看了幾眼，覺得她除了眉眼之外，和杜家太夫人極像。」

醴陵王妃怔住。雁落嘴裡的杜家太夫人是她的祖母，同時也是閻旻烯的外祖母。杜家嫡支嫡出的姑娘，滿周歲之後便抱到祖母身邊教養，這是杜家不成文的規矩，她自然也不例外；而雁落五歲到她身邊伺候，對杜家的太夫人自然是十分清楚的，她說像定然錯不了。

「有幾分像？」醴陵王妃有些急切地問道，不期然地想起了皇后那日說的「生女肖父」的話來——杜家的太夫人生有兩子一女，她的女兒、閻旻烯的生母遺傳了她的相貌，而閻旻烯則是那個「生兒肖母」的人，和太夫人也十分相像，也正是因為這樣，閻旻烯自出生就深得杜家太夫人的歡喜，經常將他叫過去陪伴。

「六分。」雁落肯定地道。

「我明白了。」醴陵王妃點點頭，而後揮揮手，道：「我想單獨待一會兒，妳先下去吧。」

「是，王妃。」雁落知道這個消息給醴陵王妃帶來了一定的衝擊，照著生女肖父這個思路往下推論，那麼這莫拾娘極有可能是那個人的女兒，以醴陵王妃對那個人的感情，知道這世上還有他的血脈一定會十分歡喜；但這又打破了她對他「癡情不移」的美好印象，讓她失望，這種交錯的感情定然會讓她矛盾不已。

但是，雁落卻怎麼都沒有想到，她的話會讓醴陵王妃有了不該有的先入為主的念頭……

第一百九十九章

「醴陵王妃親自下請柬，邀妳到醴陵王府賞花？」谷語姝帶著驚訝地看著拾娘。醴陵王妃酷愛茶花，醴陵王為了博愛妻一粲，沒少為她收集名茶；醴陵王妃每年舉辦的茶花宴，也是京城年末最負盛名的賞花宴之一，京城誥命貴女都以能夠參加茶花宴為榮。但是，每年的茶花宴都在十一月九日，而現在距那個時候還有近兩個月，這醴陵王妃怎麼會忽然請拾娘去賞花呢？這太不尋常了。

「不錯。」拾娘不知道什麼茶花宴，但谷語姝的驚訝卻也在她的意料之中，她微微一笑，道：「我也很意外她會給我下請柬，卻覺得這不失為一個見她一面的好機會，所以並沒有拒絕，但是在那之前，我需要對她有更多一些瞭解，所以就來找妳了。在這京城，我除了妳之外沒認識幾個人，能夠給我幫助的就更沒有什麼人了。」

「妳讓我打聽的，我倒也打聽到了一些，但是……」谷語姝一聽就知道拾娘是想問前兩日請她打聽的那些事情，她有些不好意思地道：「到了京城之後，妳應該也就明白我的出身其實很尷尬，說高不高說低不低的，我的母親雖然是河西杜家的女兒，卻只是旁支的姑娘，和真正的權貴也就是攀個邊，我多方打聽，也只得了些不知道是真是假的消息。」

拾娘點點頭，笑著道：「妳能幫我就已經很感謝了，只是不知道妳打聽到了些什麼？」

其實沒有進京城之前，她就已經知道谷語姝的出身其實很尷尬的，說是大家族出身的，但大家族家大業大，除了嫡支嫡出的、特別優秀出眾的能夠得到家族的傾力培養之外，其他旁系的只能享受大樹底下好乘涼的便利，更多的卻還是需要自己奮鬥努力；像谷語姝這種不過是外嫁之女所出的，能夠得到的照應又更少了。如果不是這樣的話，谷語姝也不會主動選擇嫁給林永星了——林永星本身資質不錯，林家又有錢，還是林家的嫡長子，只要他能夠努力，林家定然會傾力支持培養，遲早都能出頭；而只要他嶄露頭角，杜家自然就會按照他顯露的本事，給他一定的照應。

「和河西杜家其他的嫡女一樣，醴陵王妃在閨閣之中也不出名，十六歲嫁到慕家之後也沒有什麼特別出彩的表現。在那之前誰都沒有想到，那麼一個不顯山不露水的人，居然能夠在先帝駕崩，進宮弔唁的時候感受到危機；不但及時脫身離開宮闈，更在閻貴妃和戾王的眼皮子底下將大皇子帶走，而後以迅雷不及掩耳之勢，帶著大皇子和一雙兒女離開京城，躲過戾王派遣的追兵，平安地趕到燕州，和聖上、醴陵王會合。」谷語姝將打聽到的消息娓娓道來：「今上登基之後，大封功臣，醴陵王被封為五代列侯的世襲王，醴陵王妃卻沒有得到額外的封賞，據說這是醴陵王妃自己的要求，說她只願做個夫榮妻貴的尋常女子，今上也依了她。」

看來這醴陵王妃是那種真正秀外慧中的厲害女子，對進退把握得相當純熟，這樣的女子又怎麼會養出慕姿怡那樣的庶女呢？難道慕姿怡真的讓她厭惡到了極點？拾娘思忖了一下，又問道：「妳曾經和我說過，慕姿怡雖然在外面揚言，說自己是醴陵王府最得寵的姑娘，其實卻不然。事實上，醴陵王妃對她不但沒有那麼寵愛，還很厭惡，這又是怎麼一回事？」

「這個我也是聽一個姨母說的，說當年醴陵王妃帶著大皇子和兒女前往燕州的途中和女兒失散，天下大定之後，醴陵王妃動用了常人難以想像的人力、物力尋找女兒，卻一無所獲。醴陵王妃無法接受這個事實，傷心欲絕，就在那個時候，慕姿怡的生母在醴陵王面前說這般興師動眾還沒有結果，那位姑娘定然已遭不測，與其做那些徒勞無功的事情，不如將慕姿怡掛在醴陵王妃名下，好讓醴陵王妃有個寄情的對象。醴陵王妃對此十分生氣，認為她們這是在詛咒自己的女兒，所以便厭惡上了慕姿怡母女。」谷語姝對此也不是很清楚，那些事情過去好多年了，原本就沒有幾個人知道，現在還記得的人就更不多了。

「這我倒也能理解，如果是我，也一樣會心生厭惡的。」拾娘理解地點點頭。寄情？說的倒是好聽，其實不就是貪圖寄名養在醴陵王妃名下能夠得來的好處嗎？如果是她的話，直接說明自己的意圖，成了那是兩全其美，不成也不會遭了別人的厭。由此可以推斷，慕姿怡的生母應該也不是個有大局觀的聰明人，只知道耍些小聰明，徒惹人厭惡。她略一思索，問道：「那醴陵王府的那位嫡出姑娘又是怎麼一回事？可知道她是怎麼和醴陵王妃失散的嗎？」

「這個……沒有準確的說法，但是私底下卻有人傳言，說醴陵王妃在和追兵短兵相接的時候，斷尾求生，將女兒和一干忠僕丟下，讓他們抵擋追兵，而她自己卻帶著大皇子和兒子平安脫險。」谷語姝的臉上帶了幾分神秘，道：「這些話不知道是什麼人傳出來的，但是醴陵王府的人卻從未出面對此闢謠，說不定是真的。」

斷尾求生？用親生女兒的性命換取更多人的平安？拾娘眉頭微皺。這聽起來似乎有些殘忍，卻並不見得就是他人的臆測，在絕境之中做這樣的選擇，也是可能的；更何況這醴陵王妃應該是個心性堅韌、做事極有目的性的人，這樣的人在必要的時候哪怕是再痛，也會做出必要的犧牲的。

「還有醴陵王世子……那位到現在都杳無音信的慕家大姑娘和他是雙胞兄妹，據說和他長得一般模樣，而他們兄妹的長相和大皇子也是極像的。在逃亡的路上，醴陵王妃為了掩人耳目，讓自己的兒子做女裝，讓大皇子扮成醴陵王世子，用來迷惑追兵，讓他們以為大皇子並沒有和她一道，從而放棄了對他們一行的死命追殺。」谷語姝繼續說著打聽到、不知道是真是假的舊事，道：「據說醴陵王世子現在這般不男不女的言行舉止，就是因為那個時候整天裝成女兒家，受了影響太深，想改都改不過來；還聽說醴陵王為此不知道衝著醴陵王妃和醴陵王世子發了多少次脾氣，要不是因為醴陵王妃的功績，又是皇后娘娘的胞妹，對大皇子有恩的話，說不定還會影響她在醴陵王府的地位呢。」

「這個我倒是不大相信。」拾娘搖搖頭，道：「當初戾王既然認定了大皇子的失蹤和醴陵王妃有關，又怎麼會讓醴陵王妃用這樣的小伎倆給欺騙過去？再說，從京城到燕州，就算慢慢走也不過半個月的路程，快馬加鞭的話只要七、八天，醴陵王妃沒有必要用這樣的手段掩人耳目；要是說她沒有逃出京城，而大皇子和她一道被困京城，那用這樣的手段還說得過去。」

「這些都是傳言，到底是真是假，就算是當初這些傳言最盛的時候，也沒人能夠斷定，現在又過去幾年了，更不知道真假了。」谷語姝笑了，道：「還有更離譜的呢！說是那位慕家大姑娘根本就是在醴陵王妃等人面前被人殺死，醴陵王妃這麼多年來那麼興師動眾地找人也不過是做給別人看，想要掩飾自己犧牲親生女兒性命的事情；還說醴陵王世子的怪異行徑，是因為慘死當場的慕家大姑娘的靈魂附體……真是什麼都能傳。」

還有這樣的傳言？拾娘噗哧一聲笑了出來，而後卻沈思起來，好一會兒之後，又問道：「醴陵王府的人自始至終沒有出來糾正那些傳言嗎？」

「那個還真是沒有聽說過，倒是有人試探過醴陵王妃，說傳言越來越不像話，是不是該制止一下？醴陵王妃也只是淡淡一笑，說謠言止於智者，沒有必要大動干戈。」谷語姝搖搖頭，道：「也有人認為醴陵王妃那個時候根本無力管這些事情，她當初只帶著自己的親生兒女離開京城，將醴陵王的親生母親、她的婆母和醴陵王的妾室通房以及庶出子女都丟在京城；那位老王妃雖然也很厲害，在最艱難的日子中撐了下來不說，還保全了醴陵王一脈所有人的性命，但也煎熬得厲害。今上登基之後，呈現油盡燈枯之勢，不到半年就過世了。對此，醴陵王對王妃還是很有些怨言的，加上妾室通房以及庶出子女的哭訴，很是冷落了醴陵王妃一段時間，甚至都有醴陵王想要休妻的傳言傳出來。」

「真是越傳越離譜了，連這個都傳出來了，就算醴陵王妃沒有救出大皇子的功績，憑著她是河西杜家的女兒，是皇后娘娘的親妹妹，就不可能被休出門了。」拾娘微微搖頭，連這種不可信的傳言都說出來了，看來她也沒有打聽到太多有用的。

「當時皇后娘娘的中宮之位也岌岌可危。」谷語姝搖搖頭，道：「有一種傳言，說她和鬼才閻旻烯，也就是戾王的表兄有私情，兩人原本是青梅竹馬的表兄妹，卻因為先帝將她聘為太子妃而被生生拆散，為此，無論是她還是閻旻烯心中都是有缺憾的。閻旻烯是戾王最信服的人，他為戾王策劃謀逆，為的就是和她破鏡重圓。據說，戾王在位的那幾年，皇后是被單獨幽禁在一個地方的，而那個地方只有閻旻烯可以出入……皇后娘娘被那些謠言困擾，自顧不暇，哪裡有時間關心醴陵王妃的事情啊？」

拾娘皺緊了眉頭，總覺得腦子裡有東西呼之欲出，卻又怎麼都抓不住，她忍不住伸手敲敲腦門，隨意問了一句：「皇后娘娘和醴陵王妃是一母同胞的親姊妹，她們長得應該很像吧？」

「這個我不知道。」谷語姝搖搖頭，道：「不過從未聽說她們長得相像的話，應該不像吧？」

拾娘的頭一陣疼，疼得她不得不放棄思索。她甩甩頭，和谷語姝說起另外的事情來……

第二百章

醴陵王妃對拾娘的到來十分重視，拾娘尚未到，便已經讓雁落等在王府的門房處了，拾娘的馬車剛到王府門口停下，雁落便笑盈盈地帶著幾個丫鬟、婆子迎了上來，恭恭敬敬地將拾娘迎進王府，請她上了早就準備好的青色小轎。

拾娘坐在青色小轎之中，透過半透明的轎簾將路過的景致盡收眼底，眼底的困惑越來越濃，而太陽穴傳來陣陣熟悉的痛楚也越來越尖銳，彷彿有什麼東西在腦中攪騰一般，疼得她連呼吸都感到十分困難。但是就算是這樣，她都無法控制自己用貪婪的眼神看著外面穿梭而過的景色。

這或許是第一次見到的景色是那麼熟悉，熟悉到了她就算閉上眼都能夠知道轎子路過的地方有什麼特別的景色。拾娘在進京之後，也曾在不少地方走動過，但除了城樓之外，沒有什麼地方讓她有似曾相識之感，現在這種似乎對這裡的一草一木都十分熟悉的感覺更是從未有過。

難道自己和這醴陵王府有關係？此時此刻，拾娘腦子裡怎麼都壓不住這樣的念頭——這般熟稔的感覺由不得她不往這方面去想。

她忍不住想起醴陵王府那個失蹤多年、杳無音信的嫡出姑娘，她和醴陵王世子是雙生兄妹，今年也是十八歲，和自己的情況極為相似；她是在五王之亂始起的時候和醴陵王妃失散的，而自己也恰好是在那個時間流落，遇上花兒一行的。她忽然很後悔，後悔自己沒有濃厚的好奇心，沒有見一見那個傳聞中娘娘腔的醴陵王世子，沒有打聽他的事情，甚至連他的名字都沒有問過。如果多問問，說不定能夠勾起自己某些記憶，從而記起一些什麼來，而不是像現在這樣來得這麼忽然，讓她一下子承受不住。

轎子輕輕地停下，拾娘往外隨意地一掃，腦子裡便出現「暉園」兩字，更閃現出大致的景色。她苦笑一聲，看來自己就算不是這醴陵王府那個倒楣的嫡出大姑娘，也和醴陵王府有著極為密切的關係，不然不會有這麼強烈的反應，更不會把這裡的一切記得那麼清楚，猶如刻在骨子裡一樣。

「董少夫人，到暉園了，我家王妃就在這裡等候。」雁落一邊說著，一邊輕輕掀開轎簾。這樣的事情原本用不著她來做，但她還是做了。這麼一掀簾子，她先被嚇了一跳，看著拾娘蒼白發青的臉色，透著痛楚的眼睛和已經被她不自覺地咬得鮮血淋漓的下唇，關切地問道：「您這是怎麼了？是什麼地方不舒服？奴婢這就讓人給您請太醫去。」

「不用了，我只是犯了頭疼的老毛病……」拾娘輕輕搖頭，而這麼一搖，她的頭便疼得像要裂開來一般，這讓她的臉色更加蒼白，雁落的心也提了起來。

「可是轎子裡有些氣悶？奴婢先扶您出來透透氣吧。」雁落朝身側的丫鬟使了一個眼色，讓她先進去向王妃稟告拾娘的異狀，一邊則殷勤伸手扶拾娘。拾娘也沒有拒絕，搭在她的手臂上，借力起身出轎，站定之後，往前看去。

前方是一個半合半開的雕花大門，雕得是一株盛開的茶花，拾娘知道那是請了最好的工匠照著院子裡一株紫袍雕刻出來的。那是這院子裡的第一株茶花，也是女主人最喜歡的一株，在她的精心呵護下，長得極好，連碰掉了一片葉子都會讓她心疼。但是，每次紫袍伸開的時候，她都不會忘記給自己懸一朵開得最美的簪在髮際……

用力閉了一下眼，努力地讓腦子恢復清明，拾娘扶著雁落的手緩步上前。走得越近，那種熟悉的感覺就越是強烈，她閉上眼都能熟悉描繪出大門上的每一處細節，知道大門的門軸上有很多粗糙的破損，那是頑皮的自己用夾核桃給弄出來的……

拾娘有些眩暈，不知道藏在哪一個角落，之前怎麼想都想不起來的記憶就那麼撲面而來，洶湧得讓她根本承受不住。她忍不住苦笑。如果不是自己的腦子出了問題的話，那麼今日極有可能就是自己身世大白的時候。這來得未免也太突然了些，讓她一點準備都沒有。

「董少夫人？」雁落擔憂地看著拾娘的臉色。她的臉色實在是很差，彷彿隨時都會暈倒一般，雁落都忍不住加重了扶著她的力道。

「沒事，我能堅持。」拾娘勉強扯了扯嘴角。她的頭很疼很疼，原本以為自己都已經習慣了頭疼，也能夠忍住這種疼痛；可現在才知道，真的疼起來的時候，還是難以忍受的，但是再怎麼無法忍受她都必須挺下去，直到心中的謎底揭曉。

進了門，是一個極大的花園，花園中種的都是茶花，葉子都閃爍著油光，無論是那種高大的，還是矮小的，枝頭都有花苞，有的已然吐香，有的欲開未放，但更多的還是花蕾，還需要一段時間才能綻放。莫夫子沒有專門教過拾娘怎麼辨認茶花，她也從來沒有仔細看過這方面的書籍，但是只是粗略的幾眼，拾娘便已經將眼前的幾株茶花的品名認了出來。

不過，在她看到那佇立在依然枯黃的草地上的秋千的時候，便再也沒有心思管其他的了，她閉上眼，彷彿看到了年幼的自己滿臉是笑地坐在秋千上，小手緊緊抓住，身後一個和自己一般高矮的男孩正用力地推著秋千，一邊笑著一邊揚聲問道：「曦兒，夠高了嗎？」

哥哥……

拾娘猛地睜開眼睛，但她還來不及做什麼或者說什麼，一陣眩暈便席捲而來，而後，一陣黑暗吞噬了她。

在她身子一晃而暈倒之前，看到了一張精緻的臉，臉上帶了淡淡的關懷和焦急，就那麼一眼，她便能夠肯定，這張臉和她曾經無數次夢到，卻怎麼都看不清楚、彷彿在迷霧後面的那張臉是屬於同一個人的……

「董少夫人！」雁落一聲驚叫，及時將拾娘扶住，沒有讓她摔倒。

「她這是怎麼了？」醴陵王妃沒有想到見到拾娘的第一面會是這樣的情形，她看著拾娘那張和記憶中某個人有四、五成相似的面孔，卻無意中忽略了和自己以及慕雲殤相似的地方——當然，這和拾娘臉上那怎麼都不可能忽視的胎記有關係。她的女兒雖然也有胎記，但臉上卻是白白淨淨，加上雁落的話讓她有了先入為主的念頭，她怎麼都沒有將眼前這個讓她一眼看去就想維護的女子，和自己心心念念多年的女兒聯繫到了一起。

「奴婢也不知道。」雁落苦笑一聲，道：「剛剛在府外迎接她的時候，她看起來還是好好的，才到暉園門口，扶她下轎子的時候臉色就不大好，奴婢問她，她只說是犯了頭疼的老毛病，沒想到在這裡就暈倒了。」

醴陵王妃微微皺眉，直接對身邊的清音道：「立刻去太醫院請位太醫過來好好地給她看看，這孩子一定是吃了不少的苦頭，所以才有這樣的毛病。」

「是。」清音應了一聲，卻又犯了遲疑。她和雁落不一樣，還不夠資格知道某些事情，只以為醴陵王妃是看在慕潮陽對董禎毅欣賞的分上，連帶著對拾娘也另眼相看起來，但為了她特意請太醫過來是不是有些興師動眾了？所以，嘴上雖然應諾著，卻沒有像往常一樣俐落地行動，而是故意慢了半拍，看看醴陵王妃會不會有另外的吩咐。

醴陵王妃大部分注意力都集中在拾娘身上，沒有留意到清音的小動作，她看著雁落環抱著的拾娘，道：「妳們俐落一些，把她扶到暖閣裡躺下，手腳輕點。」

「是，王妃。」雁落應聲，俐落地扶著拾娘，再指揮著一旁的幾個丫鬟、婆子幫忙，一起小心翼翼地抬起拾娘，慢慢往暉園的暖閣走去。一旁的清音看到雁落不假人手的行動，也沒有敢再耽擱，立刻快步讓人去請太醫過來給拾娘診治。

一時之間，整個暉園因為拾娘全部動了起來……

第二百零一章

拾娘的腦子中猶如一群野馬奔騰而過，帶來的不只是讓她幾乎崩潰的疼痛，還有零星的記憶，有她一臉歡笑地依偎在一臉寵溺的母親懷中撒嬌，有她一臉淘氣地捉弄滿臉無奈的哥哥，有她似懂非懂地聽著母親悉心教導的溫馨，也有她鬧騰得過了，被一臉嚴肅的父親打了板子，哭得淅瀝嘩啦的樣子……

記憶很零碎也很模糊，卻讓拾娘第一次想起自己的出身——她真是醴陵王，不，應該是醴陵侯慕雲殤和王妃杜淩玥的女兒慕姿曦，有一個比她大一個時辰的哥哥慕潮陽。

除了那些瑣碎的童年記憶，拾娘還記起了一些零碎的片段，應該是和母親、哥哥分離時的畫面——她滿眼淚水，一臉不捨地牽著母親杜淩玥的手，看著滿面肅穆的她鄭重道：「曦兒，娘這麼做也是情非得已、無可奈何的，但權衡之下，娘卻只能做這樣的選擇，妳一定要理解娘的苦衷，也一定要支持娘的決定。」

拾娘還清楚看到幼小的自己鼓足了勇氣，目送幾輛馬車離開，自己卻轉過身，和一群臉上帶了必死決心的家將迎向奔馳而來的大批人馬，那馬車的後簾被掀開，那張滿是淚水的臉龐赫然便是杜淩玥。

這些零零碎碎的記憶忽然充斥拾娘的腦子，帶來的疼痛讓陷入昏迷的她也難以承受，她的五官緊緊皺成一團，滿臉都是痛苦不堪的表情，整個人因為疼痛抽搐成了一團。母女連心，一旁的醴陵王妃雖然沒想到拾娘會是自己的女兒，卻心疼得揪心，連聲催促人去看太醫有沒有過來。

「王妃，太醫正來了。」就在醴陵王妃等得心焦的時候，清音的話讓她彷彿看到了曙光一般，立刻道：「快點請進來，讓他看看她到底是怎麼了？」

太醫正張太醫不敢怠慢，仔細地為拾娘把脈，好一會兒之後，才道：「王妃，看脈象是受刺激過度導致暈厥過去的，其他並無大礙，只要病人稍微休息適應之後，就能醒過來。」

「受刺激過度會這麼痛苦嗎？」醴陵王妃帶了喝斥的語氣，看拾娘已然被汗水浸濕的頭髮，就知道她承受著巨大的痛楚，怎麼可能只是受了刺激了呢？

「王妃有所不知，有的時候巨大的刺激會比病痛更加痛苦。」張太醫不慌不忙回話，道：「只要熬過最痛苦的這一會兒，她就會慢慢恢復，甚至可以不藥而癒。」

醴陵王妃皺緊了眉頭，不忍地道：「有沒有什麼辦法幫她止疼呢？」

「卑職可以為她扎針，讓她不要這麼疼痛，但那樣的話對她不見得就好。」雖然不能從脈象中看出拾娘腦子中正在經歷怎樣的刺激，但經驗告訴他，順其自然比較好。

醴陵王妃卻怎麼都不忍心看著拾娘繼續受罪，嘆了一口氣，道：「還是給她下針吧，讓她少遭一點罪。」

「是，王妃。」雖然不贊同這樣做，但張太醫也沒有堅持自己的意見，立刻讓隨侍取出他的針囊，雁落親自上前掀開帷帳，好讓張太醫為拾娘施針。

看見拾娘的那一剎那，張太醫微微一愣。從脈象上，他已經知道裡面躺的是一個年輕女子，原以為不是醴陵王新近納的姬妾就是醴陵王妃的晚輩，甚至有可能是醴陵王府未來的世子夫人，但怎麼都沒有想到會是一個臉上有偌大胎記的婦人。

張太醫微微一怔之後便也猜出來了——拾娘的名聲在京城可不小，誰都知道本朝唯一三元及第的狀元公娶了臉上帶了胎記的無鹽之女。張太醫甚至還自以為是地推測著拾娘受刺激昏迷的原因——定然是醴陵王妃為了庶女，親自出面逼迫這位可憐的董少夫人，讓她大受刺激之下，暈迷過去的。

心頭雖然千思百轉，但手上的銀針還是穩穩地扎在了拾娘的頭上。一連扎了十多針之後，拾娘似乎便不再疼痛一般，身子不再抽搐成一團，放鬆開來，臉上的痛苦表情也緩解了很多，呼吸漸漸平穩舒緩，如果不是因為她臉上、髮際殘留的汗漬，會讓人以為她不過是在沈睡。

張太醫從扎針到收針不過一盞茶的工夫。他將針收好，又開了一個方子，道：「這位夫人剛剛經歷了一場疼痛，可能需要稍微休息一會兒，等她睡醒之後，給她照方子服一劑安神鎮靜的藥便可。」

醴陵王妃很自然地接過方子，大概看了一下。她略懂一點點醫術，看得出來上面的藥都是些安神的，看完之後，順手遞給一旁的雁落；不用她交代，雁落便拿著方子去王府自備的小藥房取藥熬藥，醴陵王妃則淡笑著謝了張太醫兩聲，再讓清音送張太醫離開，而她就坐在一旁看著拾娘，等著她清醒過來。

等待之餘，醴陵王妃也把拾娘的身世想了一遍——拾娘手上有閻旻烯才可能有的秘方，長得和閻旻烯又這麼相似，加上她臉上的胎記……醴陵王妃想當然地認定拾娘極有可能是閻旻烯瞞著所有人，和某個女子生下的孩子，因為她臉上的胎記才沒有將她公諸於世，而是藏在暗處撫養。當年，今上帶著大軍匡正，在他們攻入皇宮的時候，自知大勢已去，無可挽回的戾王和閻貴妃兩人自焚而死；早準備好了退路的閻旻烯卻從容離開皇宮，和那群奉命追擊的兜了幾個圈子之後，使出了一個漂亮的失蹤記，然後和早就安排好、等著他的拾娘會合，之後便隱居在望遠城。

而拾娘肆無忌憚地用他曾經專門為皇后娘娘而研製的胭脂香粉，極有可能是他故意放任的，畢竟熟悉這味道的人寥寥無幾，又都有著割捨不斷的關係，就算透過這個胭脂香粉發現什麼，也不會對他、對拾娘有什麼威脅。

因為心中的那一絲期盼，醴陵王妃還是本能地將閻旻烯可能猝死，什麼都來不及交代的可能排除了，甚至連董夫人毫不諱言地到處說拾娘曾經是商賈人家的丫鬟，是作為代嫁新娘嫁到董家的事情都迴避了，絲毫不去想如果閻旻烯還在的話，怎麼都不可能讓這樣的事情發生。

醴陵王妃心中有事，倒也不覺得時間過得很慢。雁落張羅著將藥方上的藥按分量抓好，讓人看著煨藥之後，便又過來她身邊伺候。見醴陵王妃看著拾娘出神發呆，也不打擾，吩咐人端來熱水，親自為拾娘擦去臉上、脖子上，甚至頭髮上的汗漬，讓她清爽一些也更舒服一些。

所以，拾娘悠悠轉醒的時候，入眼的便是醴陵王妃出神的面孔和雁落正在小心為自己擦去汗漬的模樣。那一瞬間，她有些恍惚，分不清到底身處何方，更分不清自己是那個梳著雙髻，不知人間疾苦的小丫頭，還是已經為人妻、為人母，經歷了各種磨難滄桑的莫拾娘。

「董少夫人，您終於醒了。」第一個發現拾娘清醒過來的是雁落，她帶了提醒地道：「您忽然暈倒可把人給嚇壞了，我們王妃立刻派人去請了太醫院的太醫正為您把脈診治，還請太醫正為您施針，要不然還不知道您要受多大的罪呢！」

董少夫人？拾娘沒有聽到雁落到底在說些什麼，只抓住了這個關鍵的稱呼，她的眼神微微一黯。看來都已經面對面了，母親卻還是沒有認出自己來，她是已經忘了自己了嗎？所謂讓人滿天下地找尋自己，不過是做給別人看的嗎？心情激盪的她忘了自己臉上的胎記，掩飾了自己的天生麗質的同時，也讓原本可能再見到她就認出她的醴陵王妃有了其他的臆想。

不期然地，她又想起了剛剛憶起的，自己帶著一群視死如歸的家將迎接追兵的時候，駛離的那輛馬車露出一張滿是淚痕的臉，除了比眼前的醴陵王妃更年輕，也更憔悴之外，沒有太多的不一樣。

「人醒了就好，說那麼多做什麼？」醴陵王妃不是很認真地責怪了一聲，然後問道：

「藥煎好了沒有，快點讓她趁熱喝下，涼了藥效就不好了。」

「什麼藥？」拾娘微微一愣，順口問了一聲。

「是張太醫為妳開的藥，說妳受刺激過度，才會暈過去，給妳開了一副安神鎮靜的藥，藥方在這裡，妳要是不放心的話可以看看。」醴陵王妃將雁落又拿回來的藥方遞給拾娘。閻旻烯是什麼性格，那可是個從來都不會隨意相信他人的人，相信拾娘也差不離是這個性子。

「我那是老毛病了，不用服什麼藥，不用麻煩了。」拾娘搖搖頭，直接拒絕服藥，然後坐起來，也不管那麼多人看著，自顧自地整理了一下衣衫，順便整理了一下自己的心情，然後看著醴陵王妃，直接問道：「不知道今日您以賞花為由，將我叫過來有何吩咐，還請您直言。」

在醴陵王妃沒有認出自己，沒有確定當年到底出了什麼事情之前，拾娘不打算主動對醴陵王妃說些什麼。她想給自己一點點時間，慢慢消化這突如其來的記憶，也想給自己一點點時間，看看能不能和慕潮陽見上一面，當面問清楚當年到底發生了什麼事情，她可以不相信世上任何人，卻不會懷疑慕潮陽。

第二百零二章

拾娘的直接讓醴陵王妃略感詫異，這和閻旻烯可一點都不像，但這個念頭也就那麼轉了一下，她也沒有拐彎抹角，直接道：「我懷疑妳是故人之後，特意將妳請過來，想問妳一些問題，確認一下而已。」

故人之後？這話讓拾娘著惱起來，她冷了臉，道：「如果是這樣的話，那麼您什麼都不用說了。我敢向您保證，我絕對不會是您的故人之後。」

多少年沒有人敢用這樣的語氣對醴陵王妃這麼說話了，一旁的雁落一驚，笑著打圓場，道：「董少夫人，您還是聽王妃問一問吧。如果您真是王妃故人之後的話，以後在京城也能有個長輩照應不是？」

「嬤嬤這話說的倒也在理。」拾娘嘴角帶著冷笑，冷冷地刺道：「起碼以後不會再有什麼王府的庶女肖想我的丈夫，以勢逼人，逼我下堂給她騰地方了。」

醴陵王妃的臉也冷了下來。她對拾娘是多了一些天生的親近和憐惜之情，但也不會容忍拾娘對她冷嘲熱諷。她寒著臉道：「董少夫人是在怨恨我嗎？」

「我不能怨恨嗎？這樣的事情要是落在王妃或者王妃最親近的人身上，恐怕王妃也一樣會怨恨不已吧！」拾娘眉毛輕輕一挑，醴陵王妃還不覺得怎樣，一旁雁落的心卻微微一跳，腦子中飛快地閃過一絲靈光，卻怎麼都沒有抓住，而拾娘卻又帶了些惡意地道：「唉，我這是說什麼話呢？王妃出身名門大族，又有母儀天下的嫡親姊姊，怎麼可能遭遇那樣的事情呢？至於王妃最親近的人……那就更不該提了，聽說王妃的親生女兒與王妃失散多年，到現在都還下落不明，我這麼說不是故意讓王妃傷心難過嗎？」

拾娘的話讓醴陵王妃的臉徹底寒了，雁落也知道拾娘的話觸及到了醴陵王妃的底線，心驚地警告道：「董少夫人頭疼可是還沒有完全好？王妃，以奴婢看，還是先請董少夫人回去好好休息，等她清明一些，再請她過府一敘。」

醴陵王妃很想當場對拾娘發作一頓，讓她明白什麼叫做識時務，卻不知道為何又有些心軟。她沒意識到是母女天性，只以為是因為閻旻烯而心生不忍，點點頭，對雁落道：「妳先把她送回去，等周奇回來之後再做決定。」

周奇是雁落的丈夫，雁落知道醴陵王妃這是真的惱了，如果莫拾娘和閻旻烯真的有關係的話，醴陵王妃會看在閻旻烯的情面上放過今天的事情，但以後怎樣對她，卻要看她的表現和醴陵王妃自己的心情了。但如果莫拾娘和閻旻烯並沒有直接關係的話，那麼醴陵王妃定然會將今天的事情找回來——看她連話都不願意和拾娘說就知道，她心裡有多麼地惱怒了。

雁落心裡苦笑一聲，不明白拾娘怎麼會故意觸及醴陵王妃的逆鱗，從她對她大概的瞭解和感覺上，她應該不是那種意氣用事甚至糊塗的人啊，怎麼會這樣呢？她不知道逞一時之快的後果往往會很嚴重嗎？

看著對雁落交代一聲便準備起身的醴陵王妃，拾娘很清楚她已然著惱，但是她卻比雁落更清楚醴陵王妃並沒有看起來那麼氣惱；拾娘莫名清楚，醴陵王妃是那種越是生氣就越是溫婉和藹的人，她還能發脾氣，就證明她不是特別生氣。

所以，拾娘便故意看著醴陵王妃，道：「王妃這是表示沒有什麼話想問的了嗎？那麼，我能問王妃幾個問題嗎？」

「董少夫人……」雁落的語氣帶了祈求和警告，祈求拾娘不要再說什麼不適宜的話，也警告她別再口不擇言，要真是將醴陵王妃惹惱了，就算她是閻旻烯的女兒，醴陵王妃也有的是辦法讓她苦不堪言。

「不能問嗎？」拾娘挑眉，看似天真卻帶了挑釁，視線就那麼直勾勾地落在醴陵王妃臉上，很滿意地看到她臉上的薄怒消失，取而代之的是和緩平靜。這回她是真的生氣了。

「董少夫人有什麼疑問儘管問，我定然知無不言、言無不盡。」醴陵王妃的態度很客氣，甚至還帶了幾分微笑。

「聽說王妃往年和令嬡失散，是因為王妃讓一個稚齡女童率眾抵擋追兵，為自己、世子以及大皇子贏得順利逃出生天的時間，可有這回事情？」拾娘心裡最想知道的是腦子裡剛剛憶起的那一幕到底是怎麼一回事，那些童年的片段讓她不願意相信醴陵王妃是那樣心狠的人，但是她怎麼都無法將那張含淚遠去的臉從腦子裡抹去。

「董少夫人為什麼會對這些傳言感興趣？」醴陵王妃不答反問，眼底深處也多了一抹深思。難道所有的一切都是有人在暗中操縱，為的就是探查當年的事情真相？

「僅僅是好奇而已。不過，看來這個問題王妃是不準備為我解惑了？」拾娘心裡微微一沈。她說的是傳言而不是謠言，那麼說這些傳言未必是空穴來風了。她臉上的笑意也濃了些，道：「王妃要真那麼做，也是能夠理解的，畢竟有時候不得不做出殘酷的抉擇。只是王妃可有想過，令嫒會有怎樣的結局？她能不能活下來？」

醴陵王妃的心一陣抽疼，她不是沒有想過女兒可能早已經不在人世的可能——那一場追殺並沒有傷及女兒的性命，一來是有家將的拚死保護，二來那些追兵的將領也得了閻旻烯的私下交代，不准他們下死手，那些追兵看似來勢洶洶，卻沒有盡全力。別說提前離開的人都平安，就連留下來抵擋追兵的人也大多平安地到了燕州會合，女兒偏偏是那少數沒有會合的人之一。她也想過最壞的結果，是兒子萬分肯定地告訴她，曦兒還活著，只是不知道為什麼沒有回家而已。

醴陵王妃臉上沒有透露半點別樣情緒，但是拾娘能感受到她心裡難過傷心，這讓拾娘的心裡舒服了很多，但仍步步進逼地問道：「就算令嬡僥倖活了下來，王妃可曾想過，她一個稚齡女童會遇上什麼樣的事情？運氣好的話，可能會遇上好心的人伸出援手，要是運氣不好的話，可能只能孤身一人艱難生存了。五王之亂的那些年歲，尋常百姓自顧猶不暇，那等好運氣，令嬡未必能有。」

「董少夫人，時辰不早了，奴婢先送您出府吧。」看拾娘越說越過分，雁落急得跳腳。

「雁落，給董少夫人倒杯水，讓她潤潤嗓子慢慢說。」醴陵王妃微笑著，她早已怒不可遏，但臉上卻愈發和氣。

「我不渴，水就不用了。」拾娘知道醴陵王妃已經在暴怒的邊緣，連茶水都不願意讓自己喝一口了，她微微一笑，繼續道：「要是令嬡沒有好運氣的話，那麼就只能流浪了……唔，五王之亂的時候，除了難民、流寇、潰敗而逃的兵士之外，最多的就是叫花子了，令嬡當年年幼，想要依靠自己活下去，大概也只能乞討了。」

說到這裡，拾娘微微頓了頓，那些挨餓受凍、小心翼翼看人臉色的日子她現在都不能忘卻，她輕輕地搖搖頭，道：「乞討的日子可不好過，尤其是天寒地凍的時節，那冷風吹得人骨頭都快結成了冰，卻不得不頂著寒風出去討吃的，出去了或許還能要到一點點吃的果腹，勉強活下去，要是怕冷不出去的話，就只能生生餓死——」

「董少夫人似乎深有感觸啊。」醴陵王妃眼神微微一閃，想到一個可能——雁落只打聽到了董夫人宣揚出來的不利於拾娘的那些事情，但拾娘為什麼會成了林家的下人卻沒有說。拾娘的話讓醴陵王妃想到，拾娘賣身為奴之前會不會是以乞討為生的？要是那樣的話，她真的不大可能和閻旻烯有關係。

「親身經歷過，自然感觸良深。」拾娘微微嘆息，道：「王妃一定不知道冬天對於衣不蔽體、食不果腹，也沒有片瓦能夠容身的人來說是多麼地殘忍和絕望吧？意志力稍差一點，極難熬過一個冬天。聽說王妃滿天下在找女兒，不知道王妃可有在那些可憐的叫花子之中尋找？王妃不妨試試看，說不定還能給王妃一個驚喜呢。」

醴陵王妃的臉色微微有些變化，而拾娘卻不等她說什麼，又笑著道：「還有，看王妃的容顏儀態，就知道令嬡起碼也是清秀佳人，這樣的女子要是沒有家人庇護，還可能淪落到煙花之地，不知道王妃有沒有往這方面去尋找呢？」

拾娘的話正好戳中醴陵王妃的軟肋，她從來沒放棄過尋找女兒，而最近兩年沒有再大張旗鼓地尋找女兒，就是有這樣的隱憂。自己的女兒有多麼早慧，她是最清楚的，她確信女兒不會忘記自己的身分，也確信女兒不會忘記回家的路；她一直沒有回來，只剩最不堪的可能了，那就是女兒淪落到了煙花之地，以她的心性，恐怕是死都不會回來了。

聽到這裡，醴陵王妃不想再聽拾娘說下去了。她已經決定了，不管拾娘是不是閻旻烯的什麼人，她都不會輕輕放過今日之事了。她笑著看著拾娘，道：「董少夫人的話可說完了？」

「說完了。」說了這麼一些話，拾娘心裡的惱怒消褪了不少，看著醴陵王妃眼中蘊含的怒火和痛楚，她也忍不住有些後悔，後悔自己不該這麼刺激她，卻又怎麼都拉不下臉來道歉，更不想在這個時候和她相認。

拾娘難得識趣一次，醴陵王妃也就沒有繼續找虐，順手端起茶杯，雁落立刻如蒙大赦地上前一步，道：「董少夫人，我送您出府。」

拾娘起身，深深地看了醴陵王妃一眼，再深深地向她行了一禮，當前一步離開。雁落微微猶豫了一下，終究沒有多說什麼，跟上去送她。

一路無話，直到出了暉園，看到停在暉園外的小轎，拾娘才微微頓了頓，低聲對雁落道：「我心裡有氣，說話不中聽，王妃一定氣壞了，妳回去之後好好安慰一下她吧。」

原來您還不糊塗啊。雁落心裡的抱怨更深了，道：「您既然明白，為什麼還說那些傷人的話呢？您就不擔心王妃氣惱之下，給您難堪嗎？」

「我也是受刺激過度，加上……唉，我是故意氣她的，但……妳還是回去好好地安慰一下她，別的妳就什麼都別管，更別說什麼多餘的話。」拾娘嘆氣。有種想折返回去和醴陵王妃把話說開的衝動，但終究還是忍住了。

「您這又是何苦呢？」雁落真的覺得拾娘的行為舉止透著怪異，怎麼都不能理解她那樣做的理由，那不是明擺著給自己找麻煩嗎？

「妳以後會明白的。」拾娘搖搖頭，彎身進了轎子坐定，閉上眼。雁落只能嘆口氣，吩咐起轎……

第二百零三章

「臉色怎麼這麼不好，今天去醴陵王府很不順利嗎？」拾娘回到家，正在院子裡指導著輕寒、棣華練字的董禎毅便停下了手上的筆，關心地問道。拾娘的臉色實在是不好，不容得他不去這麼想。

「是頭疼的老毛病又犯了。」拾娘勉強地笑笑，解釋了一聲，又抱了抱一臉擔憂的兒女。進京之後，家中出了太多的事情，雖然拾娘和董禎毅都很小心地不讓那些事情影響到孩子，但是孩子是敏感的，還是察覺到了家中的氣氛和以前很不一樣，原本就很乖巧早慧的孩子似乎驟然之間又長大了不少。

「那趕緊回房躺著休息一會兒，鈴蘭，妳去給大少夫人熬藥。」董禎毅微微安心了一些。拾娘頭疼的毛病不是一天、兩天了，在望遠城請大夫看過多次，到京城之後也找了幾個頗有名聲的大夫給看過，雖然都說她的症狀藥石沒有多大效用，但也都說不礙事，小心養神就好，當然也都給拾娘開了安神鎮靜的藥方，家中也常備著照方子抓好的藥。

鈴蘭迅速去了，拾娘笑著對不再是滿臉擔心的兒女道：「讓爹爹陪著娘稍微休息一會兒，輕寒、棣華自己玩一會兒，好不好？」

輕寒、棣華齊齊點頭，輕寒更上前親親拾娘的臉，道：「娘多休息一會兒，我會陪弟弟們玩，一定不會讓他們吵您的。」

「輕寒真乖。」拾娘讚了一聲，一旁的丫鬟、婆子立刻上前牽著輕寒、棣華離開。等兒女出了院子，拾娘臉上的笑容便立刻消失，露出疲憊和傷感。

董禎毅心微微一跳，上前扶著拾娘回房，讓她躺倒在床上，又為她蓋上薄被，這才關心問道：「醴陵王妃特意請妳過去是為了什麼事情？妳怎麼看起來像是經歷了一場大戰一般？」

「她說她懷疑我是她的故人之後，想找我問幾個問題，看看她的猜測是對是錯？我想，她肯定已經派了人去望遠城查我的情況去了。」拾娘苦笑一聲。回來的路上，她將今日在醴陵王府發生的事情又仔細回憶了一遍，雖然還是不明白醴陵王妃為什麼會說自己是故人之後，卻能肯定她定然已經派了人去望遠城，而那個人應該就是她口中曾經提到過的「周奇」。

「故人之後？難不成王妃和岳父是舊識？」董禎毅微微一怔。他原以為醴陵王妃特意找拾娘過去是想和拾娘說清楚，她不會站在慕姿怡一邊，讓拾娘不用擔心慕姿怡會給她帶來更多的煩惱和威脅，所以也沒有向慕潮陽打聽什麼，卻沒有想到事情完全出乎意料。

「我不知道。」拾娘搖搖頭。她其實不敢往那方面去想的，如果說莫夫子和醴陵王妃是舊識，還是那種多年沒有聯繫卻還讓醴陵王妃記掛的舊識，那麼他極有可能是認識自己的；可是在一起相依為命幾年，他卻從來都沒有透露過，他那又是為什麼？又為什麼只給了自己一個可能找到身世的線索，多的什麼都不說呢？

「不知道就不知道了，反正事情總有查清楚的一天，等到了該到的時候自然也就知道了。」董禎毅看得出來拾娘很抗拒去想這件事情，也沒有勉強她，而是笑著道：「妳先閉上眼睛養一會兒神，等鈴蘭熬了藥過來，吃了藥再安心睡一覺，別的就別去想了。」

董禎毅的寵溺和縱容讓拾娘紅了眼，她伸手握住董禎毅的手，道：「我今天衝著她說了很多讓她生氣的話……我怎麼都克制不住自己，只想著讓她生氣、讓她惱怒，但是現在卻又很後悔，擔心真的把她給氣到了……我，我都不知道該說什麼。」

拾娘無頭無腦的話董禎毅還真的是理解不了，但是他回握住拾娘的手，笑著道：「不管今天發生了什麼，都已經過去了，妳別想那麼多，好好休息，什麼都別管，一切都還有我呢。」

「我真的靜不下來。」拾娘眼眶中的淚水滑落，道：「你不知道，我進了醴陵王府之後受到的刺激有多大，看著那熟悉的屋舍，那熟悉的一草一木，和它們有關的回憶忽然湧出來，我的腦子就像炸開一樣；我以前努力想要回想卻怎麼都想不起來的東西就那麼迸發而出，雖然只是零碎的、不完整的記憶，但給我帶來的疼痛和衝擊卻是那麼強烈，到最後我都控制不住自己暈了過去……」

這話……董禎毅呆了呆，想起了醴陵王府那個傳聞中杳無音信的嫡長女，但他看看拾娘，再想想那個和拾娘沒有多少相似的慕潮陽，道：「妳的意思是妳的身世和醴陵王府有關係？」

「嗯，如果我的記憶沒有欺騙我的話，我可能就是醴陵王府那個倒楣的嫡長女。」拾娘苦笑一聲，道：「我不記得怎麼和他們失散的，卻記得她和我說過一番話，說她的無奈選擇、萬不得已，讓我理解她、支持她。除了這個，我還清楚地記得在我和一群家將面對一群追兵的時候，她絕塵而去……所以，醒過來之後，聽她說我可能是她的故人之後，我出奇憤怒，故意說了很多刺激她的話。」

「妳說妳是醴陵王府的嫡長女，可那位和世子是雙生兄妹，妳和世子卻是一點都不像啊。」董禎毅本能說著。輕寒、棣華也是雙胞，他們姊弟倆長得就特別相像，都和拾娘相像，哪像棣青長得不像爹也不像娘，但是這個念頭微微一閃完，他卻愣住了。

「我和哥哥打小就不像。」拾娘苦笑一聲。她自然猜到董禎毅必然想到了兒女，也道：「哪像輕寒、棣華，一看就知道是雙胞胎。」

「那個……拾娘，我知道青哥兒長得像誰了。」董禎毅也是滿臉苦笑，看著臉上帶著迷惑的妻子道：「青哥兒和我們都不像，和醴陵王世子卻有七、八分相似，要是照著那句外甥像舅的老話來推測，妳和醴陵王世子還真有可能是兄妹。」

「我想見他，越快越好。」拾娘一聽這話，想見慕潮陽的心情更加急切了，恨不得現在就去見他。

「今天不行，明天吧。」董禎毅知道她的急性子上來是什麼樣子，道：「明天他應該會去茶樓雅室，我帶妳直接過去，看看能不能遇上他，要是遇不上的話我再約他，一定讓妳早點見到他。但是，妳現在最要緊的是休息，我可不希望妳的頭再疼起來。」

「嗯。」拾娘點點頭。她也知道今天是怎麼都不可能和慕潮陽碰面的，也不勉強，正好這個時候鈴蘭端來了藥，拾娘趁熱喝下，和董禎毅有一句沒一句地說著自己腦子裡想起來的那些片段，直到藥效上來，熬不過地沈沈睡去……

「母親看起來精神不佳，莫不是今日和那位董少夫人的會面出了什麼不愉快？」慕潮陽特意換了一身清爽的月白色，一點都不花稍的直裰才來見醴陵王妃。他一回府便聽說醴陵王妃見過莫拾娘之後便心情不佳，在小佛堂待了一個時辰之後才出來，便特意過來探視一下。

「別提那個不知道好歹的。」拾娘走之後，醴陵王妃在小佛堂待了那麼一段時間，所有的憤怒都已經被她成功壓了下去，表面上已經看不出來什麼異樣，她甚至都已經開始思索拾娘驟然朝她發難背後的原因——而她也更疑惑了，她不認為拾娘會因為慕姿怡而得罪自己。

「不知好歹？不知道她怎麼個不知好歹，冒犯了母親？」慕潮陽不是很在意地順口問了一聲。在他看來，這世上或許有敢冒犯母親的人，但沒靠山的莫拾娘應該不會是那樣的蠢人。

「你想知道？」醴陵王妃斜睨著兒子，忽然覺得讓兒子出面，她在暗中看看莫拾娘到底想做什麼也不錯，兒子那荒唐的名聲有的時候還是挺好用的。

「母親願意說的話，兒子洗耳恭聽。」慕潮陽一邊將手中的摺扇打開又合起，一邊隨意地道：「要是一般小事的話，還請母親寬宏大量，不要和她一般見識計較。董禎毅是表哥看中的人，也確實很有些才華和思想，是個值得培植的人。」

醴陵王妃知道雖然今上對大皇子是滿意的，但是一日沒有立太子，大皇子的心裡就一天不踏實；其他的皇子對太子之位虎視眈眈，後宮嬪妃更是想著法子地爭寵，希望為自己的兒子加分，大皇子這種為自己培植班底親信的做法是很有必要的。更何況，就算他被封為太子，就算沒有什麼有力的競爭者，為自己培植將來的班底也一樣很重要，而董禎毅這個三元及第的狀元就成了一個值得培養的對象。

不過，就算明白其中的關節，但醴陵王妃卻還是將今天拾娘的那些話原封不動地轉述了一遍。慕潮陽可沒有醴陵王妃的養氣功夫，更何況在自己的母親面前也沒有必要壓抑自己的怒氣，啪的一聲將手中的摺扇都折斷了，然後順手一丟，恨聲道：「還真是個不知好歹的，看來我得找時間好好地會一會她了！」

「你去見一見她，看看她到底吃了什麼豹子膽也好。」醴陵王妃點點頭，但卻又勸阻了一聲，道：「不過，你也不要太過分，她很有可能和你表舅有關係，我甚至懷疑她是你表舅的血脈——」

「表舅？閻旻烯？」慕潮陽冷了臉。要是那樣的話，這個莫拾娘對他來說應該是新仇舊恨都備齊了。

「他們容貌上有三、五分相似，性格也有相同之處，更主要的是她身上出現了你表舅才有的東西。具體的我已經派人去查了，還要等些時日才知道結果。」醴陵王妃如實相告。

「既然這樣，那麼我更該好好地會一會她了。」慕潮陽冷笑起來，腦子裡想著應該怎麼向董禎毅開口，務必讓他安排他和拾娘見面了……

第二百零四章

「董兄，好久不見，不知近來可好？」董禎毅和拾娘才踏進品茗樓，一個刻意拔高的聲音便響起，董禎毅微微皺了皺眉頭，順著聲音看過去，卻是見過一次就再也沒有往來的李敬仁。他身邊也有一個婦人打扮的女子，沒有像拾娘一樣戴上帷帽，正滿眼好奇和嫉妒地看過來。

「原來是李兄。」董禎毅疏遠地拱拱手。他一點都不想和這個李敬仁再有什麼交往，這人心胸狹窄，見不得別人比他好，不是可交之人。

「難得董兄飛黃騰達還不忘舊識啊。」李敬仁的話還是酸溜溜的。和董禎毅一樣，他也是狀元公的兒子，其父在戾王篡位的時候倒是識了時務，沒有像董志清一樣身死，但其父除了文章寫得好以外，別無本事，從來就沒有得到重用。

今上登基之後，其父以附逆的罪名下了獄，放出來之後，病痛纏身，沒熬多久就去世了，他只能和寡母兄弟姊妹回到故里青陵郡。回到故里之後，他發憤苦讀，可惜資質有限，又無名師指導，就算在本地的學子之中也只能勉強算是中上，好在娶了個嫁妝還算豐厚的妻子，成親之後傾力支持他，他這才能夠進京求學。可惜天資有限，就算進了京城，找了其父當年的故交相幫，拜了名師，有了不小的進步，也只是順利地過了鄉試，會試這一關還是被刷了下來。

因為心裡那怎麼都壓抑不住的嫉妒，無意中知道慕姿怡糾纏董禎毅的事情之後，他才會大肆宣揚；除了思量著名聲有礙會影響董禎毅之外，還打著將這件事情公諸於世會讓慕姿怡卻步，壞了這樁好事的主意。

「董某還有事，不能陪李兄閒聊，就此別過。」不過是一句話，董禎毅便聽出此人沒有什麼長進變化，他不想聽他說那些不順耳的酸話，打過招呼不算失禮便想離開。

「董兄何必這麼著急呢？」李敬仁卻不打算讓董禎毅順利離開，他之所以上前主動打招呼，最主要的還是好奇拾娘的身分。他不好直勾勾地看拾娘，便一直斜瞟著拾娘，拾娘戴著帷帽，別說長什麼模樣，就連梳了什麼髮式，是婦人抑是未成親的姑娘都看不出來。不過，這個人臉皮一貫不薄，看不出來便直接問道：「不知這位可是董兄的那位紅顏知己？」

這人真是無恥。董禎毅心頭恚怒，臉色也難看起來，冷淡地道：「李兄不覺得這話失禮嗎？」

「好奇、好奇而已。」李敬仁心裡立刻將拾娘猜測成了慕姿怡，眼中閃過嫉妒之色。以己度人，他覺得董禎毅定然會拋棄糟糠之妻，休妻另娶，這樣的好事實在令人嫉妒。

「董某沒有義務為李兄解惑。」董禎毅冷冷上前一步，擋了一下李敬仁的視線，而後更不客氣地道：「請李兄讓道。」

「夫君，這位就是新科狀元了吧。」一旁女子大概知道李敬仁心裡是怎麼想的，無非不過是想證明一下那個戴著帷帽女子的身分。只要不是董禎毅的妻子，李敬仁便有話可說，便能把董禎毅漸漸好轉的名聲再一次搞臭，而她是樂意見到這樣的事情發生的——她沒有讀過書，不識什麼字，更不知道什麼大道理，她只知道自己想要出頭就要抓住機會將別人給踩下去，所以她很配合地道：「傳聞中他是個謙謙君子，可說話怎麼這麼傲然無禮啊？」

「謙虛也好，尊敬也罷，都是要看人的。」拾娘冷冷看著李敬仁的妻子。雖然說經過幾年模樣長開了，有了些變化，但是眉眼間卻還是能夠清楚看得出來她就是曾經的好姊妹大喜。她沒有想到有生之年還能遇上大喜，她還是和以前一樣讓人厭惡，不，是更讓人厭惡了。

「妳的意思是我夫君不值得被人尊重？」大喜的臉色難看起來。她和拾娘原本就沒有熟悉到聽聲音便能知道對方是誰的地步，又看不到拾娘的面貌，自然也就認不出拾娘的身分，只聽出拾娘話裡的諷刺，立刻跳將起來。

「我可沒有那麼說。」拾娘冷冷看了大喜一眼。她今天沒有心思和她糾纏，轉頭對董禎毅道：「夫君怎麼會認識這樣的人？」

「無意中認識的。」董禎毅沒有說實話，本能地不想給林永星找麻煩，便順口敷衍了一聲，然後道：「也就是點頭之交。」

「那我就放心了。」拾娘故意做出一副舒了一口氣的樣子，道：「要是你和這樣的人有來往的話，我還真是不知道該擔憂成什麼樣子。」

「妳這話是什麼意思？妳給我解釋清楚！」大喜怒了。

「聽得懂就聽，聽不懂的話回去好好想想，別在這種大庭廣眾的場合撒潑，免得讓不知情的人以為全天下的舉人娘子都這般模樣。」拾娘冷冷看著大喜，就算穿著打扮看起來體面了很多，但混跡市井染上的行為習慣卻沒有多大變化，真不知道她是怎麼嫁給李敬仁這個讀書人的。

大喜僵住，和李敬仁的強烈失落不一樣，她對自己成了舉人娘子已經很是自豪了，起碼她的男人也是有功名的，拾娘這句話正中她的命門，她還真不敢再肆意下去了。

僵持間，一個冷漠的聲音在他們身後響起，道：「杵在這裡做什麼？眼睛瞎了嗎？不知道會擋路嗎？」

這聲音……拾娘呆住，這聲音和記憶中哥哥的聲音並不完全一樣，帶了些刻意裝出來的造作，少了記憶中的清亮悅耳，但她還是立刻猜出聲音的主人是誰。她猛地轉身看過去，看到的是穿了一身淺淺的粉紫色直裰，除了儒雅之外更多了脂粉氣息的慕潮陽。

慕潮陽遺傳了醴陵王妃的好相貌，長得極為英俊，尤其是一雙眼睛，帶了淡淡的蠱惑氣息，不管是男人女人，只要不是那種特別反感他這種陰柔氣質的人，一眼看過去都會生出好感來。

李敬仁從未這般接近過慕潮陽，他極力讓自己笑得不要太諂媚地上前，恭敬中帶了幾分矜持地道：「青陵郡學子李敬仁見過世子。」

「青陵郡，李敬仁？」慕潮陽輕輕瞥了李敬仁一眼，對於這個人臉上的表情神態，慕潮陽實在是太熟悉了，他不知道在多少自以為是千里馬的人身上見過這樣的表情。他冷冷淡淡地道：「我記得你。」

李敬仁一陣驚喜，強壓住又驚又喜的心情，帶了幾分自得地道：「學生不才，能夠讓世子記住，真是惶恐。」

「沒什麼才華是真的，惶恐也是應該的。」慕潮陽冷冷道：「聽說有人大肆宣揚，說醴陵王府的四姑娘不顧新科狀元有婦之夫的身分，和他私下定情，傳得繪聲繪色，讓醴陵王府蒙羞，遭人非議……你可知道是什麼人在傳這樣的謠言？」

「真是，這是什麼人啊，這麼沒有道德，什麼話都敢亂說。」李敬仁一個激靈，猛然想起傳言中醴陵王府的那位四姑娘極為得寵的事情，心裡真的惶恐起來，哪裡還敢承認？

「你不知道？」慕潮陽看著裝模作樣的李敬仁，冷冷道：「不知道最好，要是知道的話，你就轉告一聲，要是再讓我聽到一句不屬實的傳言的話，他最好給自己準備好後事。」

李敬仁連話都不敢說了，連連點頭，表示慕潮陽的話自己聽進去了。慕潮陽不再理會這個小人，轉頭看看董禎毅，再看看用那種就算隔著帷帽都能感覺到的熾熱視線看著自己的拾娘，將心頭那種一進來就強烈得讓他有些承受不住的悸動壓下，道：「董大人，我正好有事情與你說，可有時間？」

「當然有。」董禎毅看著慕潮陽，原本就覺得和他面對面有些怪怪的了，現在想到他極有可能是自己的大舅子，那種怪異的感覺就更強烈了。他微微一笑，道：「我正好也有事情想要找世子。」

這兩個人……一旁的李敬仁聽著著兩人的對話，一貫陰暗的心裡忍不住猜測這兩個人的關係，然後眼睛一亮，想到了關於慕潮陽的那些不堪傳聞。難道這慕潮陽和董禎毅……

第二百零五章

進了慕潮陽常年在品茗樓訂的雅室，慕潮陽不管雅室裡還有其他人及大皇子，轉身看著拾娘，一點都不客氣地對董禎毅道：「你身邊的這個是誰？不會是你那個膽子極大又嘴尖舌巧的夫人吧？」

「是。」董禎毅點點頭，沒來得及再說什麼，無法按捺住心情的拾娘便奔上前，不管是不是適宜也不管有多少人看著，就那麼衝到慕潮陽面前抱住他，無聲地流著眼淚……

慕潮陽看起來並不強壯，沒有什麼力道，更因為他一貫地穿著打扮和行為舉止，更讓人覺得他弱不禁風；但是深知他底細的人都知道，那看起來單薄的身體裡蘊含了多大的力量。看到拾娘奔向慕潮陽，不顧一切地抱緊他，大皇子驚得站了起來，唯恐一貫厭惡和人有肢體接觸的慕潮陽一腳將拾娘踢飛出去，惹出人命來；卻不料慕潮陽不知為何，居然就那麼傻傻呆呆地任由拾娘抱住自己無聲地啜泣。

明明不認識眼前的女子，明明已經確定她是董禎毅的妻子，那個對母親出言不遜還詛咒妹妹的人，慕潮陽卻興不起半點不好的念頭，甚至在拾娘哭泣起來之後，還心疼起來，最後更萬分不捨地伸出手，輕輕拍著拾娘的背，兩個人就那麼半擁著站在一起……

除了董禎毅之外，雅室裡所有的人都呆住了，不知道這唱的是哪一齣，和董禎毅一起出現的女子為什麼會抱著慕潮陽大哭？為什麼行為舉止陰柔，但性情其實很暴躁的慕潮陽會那麼溫情，不但不抗拒陌生女子的擁抱，還那麼含情脈脈地安撫著她？整個雅室的人你看看我、我看看你，都覺得很是詭異。

最後，還是大皇子輕輕地咳嗽一聲，董禎毅也覺得這麼哭下去不知道要到什麼時候，上前輕輕地拍了拍拾娘，安慰道：「別哭了，今天是個大喜的日子，妳應該高興才是。來，稍微平復一下心情，好好說說話。」

「嗯。」趴在那讓她無比安心的懷裡哭了一場，拾娘的心情好了很多，輕輕點頭，很順手地拿起慕潮陽的衣袖擦了擦眼淚；看著慕潮陽剛上身的新衣裳、衣袖上的那一片狼藉，眾人齊齊吸了一口冷氣，只有大皇子微微一怔，覺得眼前的這一幕異乎尋常的熟悉和協調。

慕潮陽的眼神帶著熱烈和忐忑。拾娘身上那這一輩子都不能或忘的熟悉氣息，那讓他心安的感覺，還有這在夢中都不會忘記的熟悉動作，讓他的心提到了嗓子眼兒，戰戰兢兢地看著拾娘，小心翼翼叫了一聲：「曦兒……」

這一聲在夢裡才能聽到的叫喚，讓拾娘的眼睛又紅了，剛剛站直的身子又撲向朝她伸出手的慕潮陽，叫了一聲「哥」之後，哇的一聲放聲哭了起來。這一次，慕潮陽沒有再伸手拍她的背安慰她，而是緊緊抱著她，像是抱著最珍貴的寶貝一樣，生怕一鬆手就飛走了，同時眼睛也沾染了淚意……

大皇子騰地一下站了起來。他終於明白拾娘用慕潮陽的衣袖擦眼淚的動作為什麼讓他感覺熟悉了，那是曦兒曾經不知道重複了多少遍的動作，小時候她一哭起來，慕潮陽就得站在她身邊充當她的手絹。

看著相擁而泣的兄妹倆，大皇子的眼睛也是一熱。如果真是曦兒回來的話，那可就太好了，慕潮陽一定不會再像現在這樣，醴陵王夫妻也能放下心頭的擔憂，而他和母后也不會再像以前一樣愧疚了……

「看來今天也不能說別的事情了，這雅室裡發生的事情還希望諸位守口如瓶，在一切都沒有公布於眾之前，對任何人，包括諸位最親密的人都不要提起。」大皇子知道，慕潮陽今日定然沒有心情再談任何事情了，事實上，他也沒有心情再說什麼，便淡淡下了逐客令，想讓他們兄妹有個清靜的空間，能夠好好說說話。

在場的不但是大皇子親近的人，也都是些人精，自然明白大皇子話裡的意思，也知道應該怎麼做，都默默起身，朝大皇子拱手告別，再靜悄悄地離開，沒有發出任何聲響，驚動那對久別重逢的兄妹。

直到慕潮陽和拾娘的情緒沒有那麼激動之後，大皇子才走到他們身邊，笑著道：「曦兒，妳還記得我是誰嗎？」

拾娘努力地平復了心情，偏頭看大皇子，不幾眼便將他和記憶中的一張面孔重疊起來了，脫口而出，叫道：「烈表哥——」

大皇子哈哈笑了起來，帶了寬慰地道：「多少年了，都沒有聽人這麼叫過了。」

慕潮陽這個時候卻恢復了一些精明，他沒有將拾娘推開，卻帶了一絲只有拾娘才能察覺的懷疑，上下端詳著拾娘，沒有說話。拾娘輕輕地推開他，當著他的面將戴著的帷帽取下，大大方方地看著他——雅室裡已經沒有外人，她也無須再避諱什麼。

哪怕是分離了整整十年，哪怕是臉上多了一塊不該存在的青黑胎記，慕潮陽還是一眼就肯定了眼前的拾娘就是他心心念念的妹妹。他不避諱地伸手，摸上那嚇人的印記，輕聲問道：「曦兒，妳的臉是怎麼了？怎麼會這樣？」

「美貌對於有靠山的女子而言，是錦上添花，但對於一個無依無靠的人來說卻是招禍的源頭，我經歷過切膚之痛後，在有選擇的情況下，將這個源頭給掐斷了。」拾娘不在意地笑笑，然後看著慕潮陽道：「來之前我還擔心，這個印記會讓哥哥不認我，但現在看來是我多慮了。」

「就因為沒有一眼認出妳來，妳就生氣，故意把母親給氣了一頓？」慕潮陽了然地看著拾娘，時間對於他們來說並不是距離，他們心意相通，自然能夠知道對方的心思。

「我氣憤的是娘不但沒有認出我，還把我當成了另外的人，說什麼故人之後……」拾娘輕輕地搖搖頭，嘆了一聲，道：「我當時騰地一下就氣懵了，所以口不擇言地說了許多讓娘生氣難過的話，她沒有被我給氣壞了吧？」

「母親不是那麼容易被氣壞的人……」慕潮陽笑笑，但笑容很快就凝結在他的臉上，他心疼地看著拾娘，道：「曦兒，妳為什麼會說那些話？是不是……」

想到醴陵王妃轉述的那些話，想到妹妹可能淪為乞丐，可能淪落煙花之地，慕潮陽就心疼得不得了；看著拾娘臉上的印記，慕潮陽一點都不懷疑妹妹曾經受過那些苦楚，要不然從小就愛美的她怎麼可能壯士斷腕一般地在臉上弄出這麼一個東西出來。

「一切都過去了，哥哥，一切都過去了。」拾娘輕輕地搖搖頭，曾經最在意的事情，現在回想起來不過是命運的作弄和玩笑而已，她不在意地道：「那也算是人生難得的經歷，經歷過那些，我想再沒有什麼艱難會將我嚇倒。」

「曦兒……」慕潮陽心疼地看著對往事渾不在意的拾娘，腦子裡閃過關於拾娘的各種傳言，無父無母的孤女、曾經在商賈人家為奴、被婆母嫌棄排擠……他的妹妹生來就是嬌生慣養的，應該是一輩子被人捧在手心裡疼寵的，怎麼能受那些委屈和苦難呢？

「曦兒，這些年來姨母、姨父和陽弟都在傾力找妳，幾乎都找遍了大楚，都以為找不到妳了，妳現在回來了，大家心頭最擔憂的事情也就能放下了。」大皇子笑著道。驚喜過後，他便生出一些疑惑來，讓他最為不解的是這些年她為什麼沒有回來，現在回來認親是不是有什麼目的？

「是啊，曦兒。」慕潮陽倒是沒有想那麼多，他看著拾娘道：「從我們分開之後，我能夠斷斷續續地感受到妳的情緒，一直以為妳一定會來找我們會合；但是直到皇上平亂，天下大定之後，卻還沒有見到妳的蹤影，父親、母親都以為妳遭遇了不幸，要不然妳一定會找回來的。是我堅持，所以父親、母親都派了不少的人滿天下地找尋妳的下落，卻一無所獲……」

「分開的那年冬天，我染上了風寒，燒了好幾天，好不容易活下來，卻因為燒得太厲害，忘記了一切，連自己姓甚名誰都不記得了，又怎麼知道找回家的路呢？」拾娘苦笑連連地看著慕潮陽，道：「如果不是因為昨日回去，看到熟悉的一切，受了極強烈的刺激，記起了一些事情的話，說不定我現在還懵懵懂懂的，不知道自己到底是誰呢。」

拾娘的話讓慕潮陽心疼得無以復加，他看著拾娘道：「聽母親提起過，說妳昨天才進暉園就暈倒了，還是她請了太醫院的張太醫給妳把脈，張太醫說妳是受刺激過度才暈倒過去的……唉，我真是笨，我昨天下午有一會兒也是頭疼欲裂，應該在母親說起妳頭疼暈倒的時候就反應過來的。」

「哥哥，你又說傻話呢！要是這麼簡單的話，那我們也不至於分別這麼多年了。」拾娘失笑，然後看著眼中還帶著懷疑之色的大皇子，正色道：「烈表哥，我知道您心裡現在定然有諸多懷疑，除了懷疑我的身分以外，也會覺得我出現得太過湊巧，我不想多解釋什麼，但是我可以把我這幾年的行蹤大概和您說一下，您可以讓人去查證一番。」

大皇子眼中閃過一絲訕然，拾娘不等他說什麼，便繼續道：「天下大定之後，我在青陵郡一座名為祈光的寺院指點了一個被追殺的人，而後他救了我，我隨著他從青陵郡一路顛簸到望遠城定居，我認他為義父；義父死後，我自賣自身到林家為奴，兩年後因緣際會嫁到了董家，直到現在。而天下大定之前，我則混跡青陵郡，以乞討為生，那一段生活以及之前我遺忘的一段日子，烈表哥要調查仔細的話，可以找兩個人；一個在林家給我的陪嫁莊子上，名叫花瓊，另外一個我不知道她現在叫什麼名字，但剛剛卻很湊巧地在這裡遇上了，和一個自稱青陵郡學子李敬仁的在一起，極有可能是他的妻子。」

大皇子將拾娘的話記住，慕潮陽則笑笑，道：「大表哥，事關曦兒我就不插手了，您讓別人去查查，有什麼的話和我們打聲招呼就是。」

大皇子點點頭，起身道：「你們兄妹分離多年，一定有很多的話想要說，你們好好談談，我就不打擾你們了。」

第二百零六章

「曦兒，妳還是像小的時候一樣靈心慧智。」大皇子離開之後，慕潮陽輕輕地讚了一聲。對拾娘的懷疑，大皇子雖然沒有直接表露出來，但也沒有太過掩飾，知之甚深的慕潮陽自然也看出來了，只是他不宜說什麼，只能看拾娘自己怎麼應對然後自己再做補救；而拾娘的坦蕩讓他既滿意又自豪，覺得這麼多年不見，妹妹卻還是一樣聰慧，知道應該怎麼應對最好。

只是他心裡卻還是有些不大放心，他看著拾娘，也不轉彎子，直接問道：「需要我幫妳做什麼嗎？」

「哥哥什麼都別做，靜候其音就是了。」拾娘搖搖頭。她並沒有什麼不可對人言的事情，沒有必要做那些畫蛇添足的事情——被大喜所害，賣入暗門子的事情，她一直沒有對董禎毅言明，那是因為她知道那會讓董禎毅心裡多少有個疙瘩，但是那件事情讓大皇子知道，對她卻沒有什麼不好。雖然她不大記得和大皇子的感情怎樣，但她有足夠的理由相信，大皇子不會因為那件事情就看低她，說不定還會因此對她心生憐惜，對她更好。

慕潮陽點點頭，不管一旁的董禎毅會有怎樣的感覺，直接道：「妳現在和我回家，父親、母親見了妳一定會樂瘋了的。」

「我不回去。」拾娘搖搖頭。沒有弄清楚當年真相之前，她是絕對不會回醴陵王府，雖然她現在已經可以坦然地面對曾經遭受過的苦難，卻並不意味著她就能毫無芥蒂地回去。

「為什麼？還在因為母親沒有一眼認出妳鬧小脾氣？」慕潮陽沒有猜到拾娘的心思，那些傳言都是很多年以前的事情了，他已經淡忘了。事實上，如果不是拾娘刻意地去打聽，谷語姝又盡心盡力的話，還真不一定打聽得到，所以慕潮陽怎麼都沒有想到是十多年前的流言讓拾娘對回家起了抗拒的心思。

「我還不至於因為這個就鬧小性子。」拾娘搖搖頭。她極少有意氣用事的時候，早在她淪為乞丐的時候，就已經失去了意氣用事的資格。她正色看著慕潮陽，道：「哥哥，我今日讓禎毅帶我來見你，除了想要確定我的身分不是自己的臆想之外，還有很多話想問你，其中最要緊的就是當年我們是怎麼失散的？」

「妳沒有想起來嗎？」慕潮陽微微一怔。就算拾娘說過，她因為高燒忘記了一切，但是她也說了，昨日回到醴陵王府看到了熟悉的一切，她憶起了一些事情，卻沒有想到她其實只是記起了一些零碎的事情，就連自己的身分也都不敢完全確定。

「沒有。」拾娘搖搖頭，道：「雖然受了極強的刺激，但是能夠回憶起來的事情卻不多，除了你還有和你在一起的些許事情之外，我只回憶起娘的臉。其他的，我卻是一點都沒有想起來，就連父親是什麼模樣我都沒有憶起。」

「但是剛剛妳卻一口叫出了妳對大表哥的獨特稱呼。」慕潮陽心疼地看著拾娘，正是因為拾娘不假思索地叫了大皇子，他才會以為拾娘回憶起來的事情應該很多。

「如果不是面對面的話，我定然想不起來。」拾娘搖搖頭，然後繼續問道：「哥哥，京城曾有傳言，說我之所以和娘、和你失散，是因為當年娘帶著我們逃離京城，到燕州和爹爹會合的路上被追兵追上，娘讓我斷後贏取時間才和你們分開而後失散的。這個傳言是真是假？」

「當然是假的。」慕潮陽想都不想就一口否定。他終於明白拾娘為什麼會和母親面對面卻不主動相認了，原來不是因為母親沒有一眼認出她來，而是受了謠傳的影響。他看著拾娘道：「妳打小就是娘的命根子，娘就算要斷尾求生也不會選擇妳。」

「可是我卻回憶起娘滿臉是淚，絕塵而去，我卻轉身帶著一群家將面對遠處追兵的畫面……」拾娘帶著痛苦地道。她也不希望那是真的，傳言可能有假，可她的記憶又是怎麼一回事？還有，醴陵王妃昨日為什麼連一句辯解都沒有。

「呃……」慕潮陽微微噎了一下。他沒有想到妹妹該想起來的什麼都沒有想起來，卻唯獨想起了那些會引起誤會的。他搖搖頭。這些事情雖然妹妹也是當事人，卻還真不能讓他為她解釋。他摸摸拾娘的頭髮，道：「曦兒，這其中有很多到現在都只有少數幾個人知道的秘密，不是不能對妳說，卻不應該讓我來為妳解惑，我只能告訴妳，母親絕對不會為了任何事情捨棄妳；至於妳心中的疑惑，我想讓母親和姨母同妳解釋才更妥當。」

姨母？醴陵王妃只有一個一母同胞的姊妹，那就是當今皇后，這和她又有什麼關係？拾娘腦子裡似乎閃過什麼，卻像以前一樣怎麼都抓不住。她點點頭，然後問道：「哥哥，娘昨日說我可能是她的故人之後，這又是怎麼一回事？」

「娘應該是被人誤導了吧。」醴陵王妃為什麼會認定妹妹和閻旻烯有關係，慕潮陽並沒有細問，他不經意地道：「她說在妳身上發現了一個故人才有的東西，長相性格也和那個人有幾分相似，所以才……她一定忘了，妳小的時候和那個人最親的緣故，就是因為你們長得有幾分相似。」

「那個人？什麼人？」拾娘追問道。昨天她休息過後仔細一想，覺得醴陵王妃壓抑著怒氣應該是有所顧忌的，現在看來不過是顧及情分，對慕潮陽嘴裡的那個人好奇起來。

「我們的表舅，曾經被譽為天下第一鬼才的閻旻烯。他長相肖母，而姑婆、祖父都遺傳了外曾祖母的模樣，所以妳有幾分像他也很正常。」慕潮陽雖然很不願意提起閻旻烯，但拾娘問了，還是仔細為她解惑，道：「妳和他長得很像，也很投緣，一有機會就纏著他，年幼無知的時候還說長大了要嫁給他，後來大了、懂事了，才改口說要嫁狀元郎……」

想到妹妹小時候的童言童語，慕潮陽忍不住笑了起來，道：「不說妳第一想要嫁的人是他而不是我，又和他那麼親近，每次見到他就把我甩到一邊；我對他一直都很嫉恨，沒少對他惡作劇，也沒少被他捉弄得哇哇大哭，現在想起他來都恨得咬牙。」

鬼才閻旻烯？拾娘揉著頭，這個名字給她帶了一種熟悉感，但是她怎麼都想不起來這個可能和她十分親近的人。她苦笑一聲，道：「我還是想不起來。」

「想不起來就想不起來了，反正他不重要。」慕潮陽還真巴不得拾娘永遠不要想起閻旻烯。雖然他自恃頗高，卻也是有自知之明的，知道自己在某些地方或許勝出閻旻烯，但在很多地方卻是拍馬都不及的，他私心裡可不希望有一個人在妹妹眼中比自己還要重要。

想到這裡，他忍不住地瞪著董禎毅。以前他還覺得不錯，也是個有情有義的男人，現在卻怎麼看怎麼覺得不滿——他怎麼能一聲不吭地就把妹妹給娶回家了？怎麼能讓妹妹為他辛勞奔忙？又怎麼能讓妹妹在董家受婆母和小姑的刁難？真差勁。

慕潮陽的目光讓董禎毅很無奈。他早有預感，要是拾娘真的是醴陵王府那個大姑娘的話，自己定然會被人挑剔，尤其是在拾娘口中和她心靈相通，對她千依百順的哥哥定然會將他挑剔得一無是處。他輕咳一聲，施展轉移大法，對拾娘道：「妳不是有東西要給世子看嗎？看了之後應該更能夠確定妳的身分。」

「曦兒的身分不需要什麼東西來證明。」慕潮陽冷冷道：「還有什麼比我更能證明曦兒身分的嗎？」

慕潮陽的話拾娘很贊同，但是她知道那種微妙的感應除了她和慕潮陽之外，別人卻是不一定能夠認同的。她笑著將貼身帶著的那顆金線菩提子拿出，道：「哥哥，你看這個，除了這個之外，我身上再沒有任何可以證明自己身分的東西了，你看看它有沒有什麼獨特之處。」

「是這個啊。」意外地，慕潮陽臉上帶了一絲嫌惡，心不甘情不願地取出一個貼身的荷包，取出一顆和拾娘手上一模一樣的金線菩提子，道：「這個是我們滿月的時候，那個人特意尋來的，還請了白馬寺的主持，德高望重的慧智大師開光，希望我們戴上保一世平安康健。這東西看起來並不起眼，卻很寶貴，尤其這還是兩顆罕見的雙生菩提子，說是稀世珍寶也不為過。這件東西我們打小就是貼身戴的，除了最親密的人之外無人知曉，有了它，定然不會有人再懷疑妳的身分了。」

拾娘沒想到眼前這一點都不起眼的菩提子這般珍貴還有些來歷，而董禎毅則微微一怔之後，問道：「您的意思是這東西不但珍貴，一般人還不認識？」

「那是自然。」慕潮陽點點頭，道：「金線菩提子本來就不多，而這兩顆菩提子和普通的金線菩提子又不一樣，就算見過金線菩提子也不一定能夠認識這兩顆。那個人雖然惡劣，但眼界極高，他送出的禮物豈能尋常？」

「可是拾娘的義父不但知道這是什麼，還讓拾娘拿這個上白馬寺找主持，說這是解開她身世的關鍵。」董禎毅無辜地看著慕潮陽，心裡將那個雖然從未見過，卻佩服得五體投地的岳父和慕潮陽口中的閻旻烯聯繫到了一起。他們之間有什麼關係？是不是……想到那個可能。董禎毅自己也嚇了一跳。

董禎毅都想到了這個，慕潮陽和拾娘哪能想不到？拾娘皺起眉頭思索這樣的可能以及莫夫子的用意，而慕潮陽卻咬牙切齒起來，恨恨道：「曦兒，妳把妳和妳那個義父怎麼認識的，還有他又是什麼樣子、什麼性情和我說說。」

第二百零七章

「你看起來心情很好。」看著滿臉神采飛揚的兒子，因為某些消息而傷感的醴陵王妃臉上也帶了一絲笑，道：「能和母親說說，遇上什麼好事情了嗎？」

「當然是遇上好事了，還是天大的好事。」慕潮陽快樂得都要飛起來了，雖然某些需要證實的懷疑讓他恨得牙癢癢，雖然拾娘還是不願意跟著他一起回醴陵王府；但是能夠找到妹妹、知道妹妹在哪裡，不再焦灼忐忑，不再牽掛得心神不寧，那些事情就微不足道了。

「喔？」醴陵王妃看著整個人都洋溢著快樂的兒子，一時沒有想到兒子是找回了女兒，而是想偏了，道：「難不成遇上了讓你一見鍾情的女子？我可先和你說清楚，我雖然希望你馬上成親，盡快讓我抱上孫子，卻不是什麼人都可以的。」

「您想到哪裡去了。」就算是無奈的話，慕潮陽說出來都帶著一股歡樂的氣息。他沒有直接說自己快樂的源泉是什麼，而是笑著看著醴陵王妃，道：「您呢？看起來似乎有些傷感，發生什麼事情了？是父親終於耐不住寂寞，犯老毛病了嗎？」

「他要是犯了老毛病，我由著他去就是了，有必要傷感，讓自己不自在也讓人看低了嗎？」醴陵王妃知道兒子說的是什麼意思。慕雲殤年輕的時候也是個風流的，也曾經流連花叢，但就算是年輕的時候她都沒有在意過，現在就更不會在意了。杜家姑娘不是那種會被丈夫輕易左右的，君若有情，相守相知一生固然好，君如無情也不必苛求，讓自己活得更自在一些便是。

「那母親為何事而傷感煩惱呢？」慕潮陽不過是順口一說。他可不認為父親還有膽子尋花問柳，他這些年一直為了讓醴陵王妃原諒自己的年少風流而努力，一定不敢再犯舊病。

「我剛剛接到了周奇的飛鴿傳書，信上說莫拾娘就是你表舅的女兒，兩人在望遠城過了好幾年。周奇還在莫拾娘專供寒門學子借書、看書的書房中，找到有你表舅點評的書籍，甚至還有幾卷手稿。周奇也打聽到，五年前你表舅身患重病，不治身亡。」醴陵王妃帶了深深傷感，道：「他知道這個消息對我來說很重要，便先用飛鴿傳書回來，至於他自己則會帶著那些書和手稿趕回來。」

「母親根本不該傷心。」慕潮陽咬牙切齒地道：「那個無恥的傢伙將曦兒藏了那麼多年，哪怕是要死了還遮遮掩掩的，您根本沒有必要為他的死而傷心。」

拾娘將她和莫夫子怎麼認識的，兩人是怎麼到了望遠城的，又怎麼以父女的名義在望遠城定居，以及之後發生的事情和慕潮陽仔仔細細說了，沒有半點遺漏隱瞞。心中還有些許懷疑的慕潮陽聽了拾娘的話之後，對莫夫子就是閻旻烯再無疑惑，對閻旻烯又是感激又是憤恨，感激他出現得巧，救了妹妹，要不然的話還真不知道妹妹能不能活到現在，又會變成什麼樣子；但也恨他，明明可以早早讓妹妹回家，卻偏偏什麼都不說，把妹妹藏了那麼些年，不但屈身為奴，還就那麼嫁了人。

「你說什麼？」醴陵王妃呆住，好半天才把曦兒這個名字和剛剛見過，先讓她憐惜不已又把她氣得七竅生煙的拾娘聯繫起來，她抓住慕潮陽的手，道：「你再說一遍！」

「母親，我找到曦兒了。」慕潮陽知道醴陵王妃定然是心情激盪，他扶住她的手，道：「或者說曦兒找到我了，她就是董禎毅的妻子莫拾娘，昨天和您見過面的那個莫拾娘。」

「她是曦兒？」醴陵王妃有些失神。如果是這樣的話，那麼那種無緣無故的憐惜就很好解釋了，可是女兒為什麼和她見面卻不相認呢？至於拾娘臉上的印記，醴陵王妃卻沒有去想那是怎麼一回事。

「對，她就是曦兒。我的感覺不會錯，而她身上還掛著我們滿月的時候那個人送的禮物。」慕潮陽知道母親心裡疑惑什麼，他輕聲道：「剛剛失散的那年冬天，曦兒染上風寒，生了一場重病，還發了好幾天的高燒。那個時候，曦兒已經淪落到以乞討為生，所以身邊並沒有人精心照顧，更沒有得到救治，雖然僥倖熬過一劫活了下來，卻也因為高燒而忘記了過往的一切。幸運的是她只是遺忘了過去，沒有燒壞腦子，所以曦兒還是和小的時候一樣，聰慧過人。」

兒子的話讓已經很多年沒有流過眼淚的醴陵王妃潸然淚下。她的曦兒……她含在嘴裡都怕化了的寶貝女兒居然淪落為乞丐？她死死地扣住慕潮陽的手，道：「那你們是怎麼相認的？是你去找曦兒的麻煩，卻發現她是曦兒的嗎？她認了你沒有？她怎麼沒有和你一起回來？」

「母親，您別著急，我和您慢慢說。」慕潮陽能夠理解醴陵王妃急切的心情，他沒有賣關子，將今日發生的事情大概地和醴陵王妃說了一遍，沒有絲毫隱瞞，但也沒有講得太細。說完之後，道：「母親，如果曦兒那個自稱莫雲的義父真是那個人的話，那麼曦兒流落在外面這麼多年就是他刻意為之的了。曦兒從小就和他親近，他不可能認不出曦兒，他明明可以指點曦兒直接找回家的，卻偏偏什麼都不說，只說讓曦兒去白馬寺找慧智大師。他和慧智大師的交情可不一般，不可能不知道慧智大師喜歡雲遊四方，他這是故意不讓曦兒順利回來。」

慕潮陽的敘述讓醴陵王妃的心都碎了，被她捧在手裡、一點苦都沒有吃過的寶貝女兒，她原本應該平安喜樂一生的女兒卻吃盡了那麼多的苦；這一切都怪她，如果當年她將女兒一直留在身邊的話，就一定不會發生這樣的事情，還是她思慮不深！

「曦兒呢？她怎麼沒有和你一起回來？可是還在抱怨我放縱那丫頭？」醴陵王妃很想現在就看見女兒，將她摟在懷裡，好好地看看她。都怪雁落，說了那番讓她有了先入為主念頭的話，要不然的話她也不會面對女兒卻不識。

「曦兒不是糊塗人，不會因為姜怡埋怨您的。」慕潮陽搖搖頭，道：「曦兒因為前些年謠傳甚囂的，說您為了有足夠的時間帶著我和大表哥逃出生天，讓稚齡的女兒斷後的謠言而生氣。斷尾求生實屬無奈，旁人或許會理解，但是對被拋棄的那個人而言卻不一樣。曦兒與您對面不認，還故意說那些讓您氣惱不已的話，就是因為這個。」

「曦兒什麼都不記得，會生氣也很正常。」醴陵王妃理解地點點頭。從容就義是一回事，被人推著去送死斷後又是一回事。她看著兒子，問道：「你沒有將當年的事情告訴曦兒嗎？」

「沒有，我覺得這件事情還是您和姨母一起向曦兒解釋比較好，但是我也說了，那些傳言都是假的。您也知道，就像我從來不會懷疑曦兒一般，曦兒也更相信我的話；在分手的時候，曦兒已經沒有那麼多的怨惱了，只是她需要時間慢慢理順一些事情，才沒有和我一道回來。」慕潮陽解釋一聲，也讓醴陵王妃稍微放心了一些。

「我明天一早就進宮找皇后娘娘，讓她召曦兒進宮，然後一起和曦兒解釋。」醴陵王妃點點頭。她一刻都不想耽擱，要不是因為皇宮不是想進就能進的，她恨不得現在就闖進宮去。

「是該早一點。」慕潮陽點點頭，臉上卻閃過一絲狠厲，道：「這件事情兒子就不插手了，兒子還有更重要的事情要去做。」

「你要去做什麼？」醴陵王妃看著兒子。

「青陵郡舉子李敬仁的妻子當年陷害曦兒，曦兒對此一直無法釋懷，我怎麼都不能放過她。」慕潮陽恨大喜入骨，或許正是因為她的陷害，曦兒才得以和自稱莫雲的閻旻烯相遇，但是他怎麼都不會原諒她對曦兒的傷害。

「想怎麼做就怎麼做吧。」醴陵王妃也不是以德報怨的人，她點點頭，冷冷一笑，道：

「記住，留她一條命，讓她明白什麼叫做生不如死。」

「兒子省的。」慕潮陽點點頭，然後看著醴陵王妃道：「母親，曦兒的身分還需要暫時保密，您也放姿怡出來，我倒想看看她想怎麼跳，也想看看董家那對愚蠢至極，珠玉在側卻不知，反把魚目當珍珠的母女又會怎麼鬧騰。」

「這個不用你說，我知道該怎麼做。」醴陵王妃點點頭。女兒已是董家婦，女兒不開口，她就不可能因為看不上董家的門楣、董夫人的鬧騰和短視就讓女兒與董禎毅和離，那麼就很有必要早點為女兒解決一些麻煩事情和麻煩人物了。

第二百零八章

「慕姊姊，妳終於出現了。」見到慕姿怡，董瑤琳和以前一樣親昵地湊了過去，說話卻比以前隨意了幾分，語氣中甚至還帶了從未出現過的抱怨，嗔怪地道：「妳都不吱一聲，就忽然找不到人了，讓王寶往醴陵王府送信也如石沈大海一般，妳這是怎麼了？」

慕姿怡心裡恚怒。這才過了多久，她才和西寧侯府的那個草包訂了親事，就敢用這樣的口氣和自己說話，真是個不能抬舉的。不過，心裡再怎麼氣惱，她臉上也還是帶著微笑，淡淡道：「前些日子，我去寺院清修為我那苦命的嫡姊祈福去了，不能受什麼干擾，也不方便和外界聯繫。回到府裡，聽說伯母和妳找了我好多次，這才讓人給妳們送個信，約妳們出來見一面。」

「去寺院清修？給人祈福？」董瑤琳懷疑地打量著慕姿怡。比起之前，她是清減了不少，身上的衣裳也都顯得有些寬鬆，不過氣色還好，只是她為什麼忽然去寺院清修去了？不會是犯了什麼錯，遭了醴陵王或者王妃的厭棄，所以就被送去寺院了吧？

「是啊。」董瑤琳一點都沒有掩飾自己的疑惑，也沒有掩飾那種懷疑的眼神，慕姿怡自然知道自己的輕描淡寫不足以取信她，不過她來之前已經想好了應對之法，倒也不慌不忙，淡淡道：「我打小就在母親膝下長大，知道母親心裡一直無法忘記我那苦命的嫡姊，到現在，她和母親失散整整十年了，這麼多年都沒有她的音信，母親的心都碎了；我不願見到母親整日那麼擔憂傷心，便主動請纓，去寺院清修祈福，祈求上蒼保佑姊姊平安，早點回到母親身邊。母親原本也是不同意的，說我嬌生慣養長大的，哪能吃那分苦，後來是挨不過我的苦苦哀求，才同意了。」

「是這樣啊。」董瑤琳還是不大相信，但是也不好繼續追問，便向董夫人使了一個眼色，示意她說話，自己則靜靜地看著慕姿怡，想看看能不能看出什麼來。

接到女兒的眼色，董夫人笑笑，帶著一貫地慈愛道：「姿怡啊，妳可知道瑤琳和西寧侯府的四少爺已經訂了親，現在就等瑤琳長大及笄了。」

「這個我知道。過了小訂之後，西寧侯夫人帶著李姨娘上王府了，說是為了這門親事向我和姨娘道謝，我不在府中，她們和姨娘說了，姨娘也轉告我了。」慕姿怡笑笑，然後看著董瑤琳，道：「瑤琳，真是恭喜妳了。」

董瑤琳帶了些得意和傲氣地點點頭，道：「這件事情還得謝謝慕姊姊，要不是慕姊姊幫忙的話，也不會有這麼順利。」

「是啊，還真的是要謝謝姿怡，要不然瑤琳的婚事還有得操心。」董夫人也很得意。訂親之後秦懷勇沒有少往董府送東西，送給董瑤琳的，討好董夫人的，當然也有送給董禎毅兄弟的，不過他們兄弟都不領情，直接將東西丟了出去。但秦懷勇此舉還是頗得董夫人歡心的。

「伯母這話就客氣了，不管怎麼說我們相交一場，又很合得來，能夠幫瑤琳我也很開心。」慕姿怡笑笑，然後道：「等瑤琳出嫁的時候，我一定給瑤琳準備一份禮物添妝，到時候可別嫌寒酸，也別和我客氣。」

「姿怡，妳這說的是什麼話啊？」董夫人微微一怔，覺得慕姿怡這話聽起來很有問題，似乎故意和她們劃清界限一樣，什麼叫做相交一場，很合得來；明明是她看中毅兒，想讓毅兒休妻娶她進門好不好？難不成她有了別的目標，不想嫁了？

「伯母，以後我們可能不能像現在這樣經常見面來往了。」慕姿怡苦笑一下。被禁足的日子是空虛無聊的，她有的是時間思索考慮，覺得自己糾纏那麼久還一事無成，最大的緣故就是自己表現得太急切了，意識到錯誤，她自然要換一種策略。

「慕姊姊，妳這是什麼意思？妳不想嫁給我大哥了？」董瑤琳驚呼一聲，不經腦子的話脫口而出，讓董夫人變了臉色，也讓慕姿怡冷了臉。

「瑤琳，妳說什麼傻話呢！」董夫人立刻喝斥一聲，然後看著慕姿怡道：「姿怡啊，瑤琳一向口無遮攔，妳別見怪。」

「是啊、是啊。」董瑤琳也知道自己錯了話，立刻道歉道：「慕姊姊，我給妳陪不是了。」

「我知道妳沒有惡意，怎麼會生妳的氣呢？」慕姿怡雖然惱怒董瑤琳說話難聽，也不能翻臉，而是苦笑一聲，對董夫人道：「伯母，姿怡的心意從來就沒有過變化；但是……唉，我直說了吧，這件事情母親一直都不贊同，她說過，就算是庶出的姑娘也沒有給人當繼室填房的道理，那會讓人看輕了醴陵王府。前些日子我到寺院清修，固然是因為我對姊姊的一分心意，也是因為母親希望我冷靜考慮，她素來心疼我們姊妹，不希望我們走錯路。」

「那麼，妳考慮之後決定退開，是吧？」董夫人慌了，要是那樣，所做的一切可就成空了。

「我也不想這樣，但為了不讓母親失望，我只能……對於我來說，能讓母親高興比什麼都重要。」慕姿怡嘆了一口氣，道：「前幾日，我把我的心思向母親說了，母親大感欣慰，為了我，她還特意請董少夫人到王府，希望化解我們之間曾經有過的不快。豈料，董少夫人不但不接受母親的好意，還惡言相向，說了些極為過分難聽的話，把母親氣得險些暈厥過去……」

雁落上門下請柬的事情董夫人也知道，卻不知道為什麼會請拾娘，更不知道拾娘到醴陵王府之後發生了些什麼事情，只知道拾娘回來之後氣色不好，聽了慕姿怡的話也沒有起疑心，當下發狠罵道：「這個拎不清的潑婦！連王妃都敢得罪，她這不是給董家招禍嗎？」

「我很愧疚，沒有想到自己的任性居然會讓母親受氣……就算是皇后娘娘，也從未有讓母親受過氣的。」慕姿怡眼中帶著淚，道：「以後，我只能和伯母保持距離，我實在不希望董少夫人再失去理智，給母親添堵……」

「姿怡，妳放心，我會處理好這件事情，絕對不會再讓莫氏給人添麻煩了。」董夫人這一次真的是發狠了，決定不管兒子是怎麼想的，一定要把拾娘給攆出門去。

「伯母能怎麼處理？」慕姿怡苦笑，道：「董大哥對她情深意重，她又為董家開枝散葉生養兒女，伯母還是別費心了，別因為這些事情和董大哥鬧得母子不和。」

「妳就等我的好消息吧。」董夫人心裡其實也還沒有想好應該怎麼做，卻還是死要面子地道：「我向妳保證，不出半個月一定給妳一個完美的結果。」

「還是算了吧。」慕姿怡搖搖頭。半個月？半個月還不知道又會有多少變故，她才不耐煩等那麼久。她直接道：「伯母還是什麼都別想了，就當不認識姿怡，以前所有的事情都沒有發生，董大哥是個有本事的，就算沒有什麼人提攜幫助，也一定能夠飛黃騰達的。」

「三天，三天好不好？」慕姿怡的態度讓董夫人慌了，立刻將期限縮短了。

慕姿怡笑笑，起身，道：「我還要趕回去伺候母親，伯母有要事的話，再找我吧。」

這算是同意了吧？看著慕姿怡出去，董夫人的眉頭皺成了一團。她該怎麼做呢？

第二百零九章

「夫人，您遇上什麼為難的事情了？是不是慕姑娘給您出難題了？」王寶家的小心翼翼看著董夫人。自從她出去和慕姿怡見面回來之後，眉頭就一直沒有放鬆過，顯然是遇上了大難題，只是不知道到底是什麼。

「可不是。」沒有等董夫人開口，董瑤琳就苦惱地道：「慕姊姊忽然改了主意，不想嫁大哥了，還想和我們劃清界限……都怪莫拾娘，要不是她的話哪有這麼多的事情！」

「奴婢不懂。」王寶家的有些迷惑，心裡卻挺佩服拾娘的，居然能讓那麼迫不及待想要嫁到董家的慕姿怡忽然改了主意。

「莫拾娘前兩天不是去醴陵王府作客嗎？她不知道哪根筋不對，對醴陵王妃出言不遜，把王妃氣得夠嗆，姿怡不希望再出這樣的事情，所以只能選擇和我們董家劃清界限。」董夫人恨恨道：「莫拾娘就是個掃把星，她這麼做定然將醴陵王妃給得罪死了，那是能得罪的人嗎？這個家怎麼都容不得她了！」

「夫人的意思是……」王寶家的心裡一陣快意。拾娘要是被攆出門去可就太好了，沒有她的話，他們夫妻就算不能得自由身，也能活得滋潤。

「我答應姿怡，在三天之內一定把她給攆出門去。」董夫人答應之後就後悔了——這期限訂得也太短了些，應該討價還價一番的。

「三天？會不會太倉促了？」王寶家的腦子飛快轉動著，想著能夠用雷霆之勢將拾娘掃地出門的辦法，很快地她的眼睛一亮，想到了一個兩全其美的辦法。

「所以我才頭疼啊。」董夫人揉著太陽穴，道：「這家裡除了思月、惜月和妳家兩口子之外，都是莫拾娘買進來的，身契都在她手上，想要在短短三天之內把她攆出門去，還真的是不大可能啊！」

「唉，這個家大少夫人隻手遮天也不是一天、兩天的事情了，想要達成夫人的心願，恐怕只能藉助外力了。」王寶家的一邊看著董夫人的臉色一邊說著。

「妳有主意？」董夫人精神微微一振，看著王寶家的，道：「我知道妳素來都是個主意多的，妳這一次要是能夠替我出個好主意，解決了這個心腹大患的話，我一定有重賞。」

重賞？拿什麼賞？王寶家的腹誹了一句，拾娘進京之前，董夫人手上已然沒多少餘錢，現在她沒有管家，沒有了進項，連她和董瑤琳花錢都要省著，哪有錢賞人？但王寶家的臉上卻還是帶著笑，道：「奴婢可不是那種圖重賞的，只要能為夫人排憂解難，奴婢就很開心了。」

「就妳會說話。」董夫人被王寶家的逗得笑了起來，但只笑了兩聲便止住，問道：「妳想到什麼主意了，說來給我聽聽，看看妥當不？」

「這個……」王寶家的卻突然為難起來，一副欲言又止的樣子。

「怎麼？有什麼問題嗎？」董夫人看著王寶家的的樣子，不滿地板起臉來，一旁的董瑤琳更是著急地道：「有什麼妳就說啊，平時那麼能言善道的一個人，怎麼到了關鍵的時候就成了啞巴？」

「這個……」王寶家的為難了好一會兒，然後咬咬牙，跪下，道：「夫人、姑娘，奴婢確實想到一個主意，只是一旦那樣做了，夫人和大少爺之間必然會有激烈的爭吵磨擦，會影響母子感情不說，大少爺說不定還會一輩子記恨在心。」

「他是吃了豬油蒙了心，眼睛裡只看得到莫拾娘，不管我用什麼辦法，只要是不利於莫拾娘的，他肯定會強烈反對，不用去管他。」董夫人知道董禎毅定然會強烈反對，但是她現在已經顧不得管兒子會怎麼樣了，她發狠道：「等我把莫拾娘攆了，把姿怡風風光光地娶進門，等他知道姿怡的好，嚐到娶了個高門貴女能夠帶來的好處之後，自然不會再抱怨我。」

「夫人含辛茹苦把大少爺撫養成人，大少爺就算是有怨有恨也只是一時，等氣消了，自然還是會孝順夫人的；但是奴婢……夫人，奴婢也是有家有口、有兒有女的，為了夫人，奴婢可以不管自己，卻得為他們想想。奴婢害怕大少爺一怒之下，直接將奴婢打殺了，將奴婢那口子賣去做苦力，將奴婢的兒女賣到見不得人的地方去啊！」王寶家的一臉苦相地看著董夫人。進京之前，她的兒女一直跟著王寶在莊子上，而她跟著董夫人進京的時候，和王寶商量再三之後，還是把兒女留在望遠城。

「那妳想要什麼？」董夫人一聽這話就知道王寶家的在和自己講條件，她心裡有些惱怒，卻礙於手上除了王寶兩口子再無得力的下人，只能忍住怒氣。

王寶家的在董夫人身邊伺候那麼些年，自然知道董夫人已經生氣了，但也顧不得那麼多了，誰知道錯過這次還有沒有機會？她滿臉惶恐，道：「奴婢想向夫人求個恩典，求夫人消了奴婢一家的奴籍。大少爺是個知禮守法之人，要是知道奴婢一家子已然是自由身，就算再惱怒也不會做什麼過激的事情。」

「那麼之後呢？」董夫人懷疑地看著王寶家的。要身契？這可不是個好兆頭啊。

「離開夫人，奴婢什麼都不是，根本活不下去，自然還得覥著臉求夫人收留。」王寶家的知道董夫人定然會起疑心，立刻表忠心。

「妳明白就好。」董夫人點點頭，心頭的疑惑雖然沒消卻還是稍減了幾分。她看著王寶家的，道：「先說說妳的主意吧，我聽了之後再做決定。」

「是，夫人。」董夫人沒有鬆口讓王寶家的很失望，但也不敢逼緊了，道：「奴婢的主意是這三天內想辦法讓大少夫人出門一趟，最好是在上午，等她出門之後，夫人就讓人將大少夫人所有的東西丟出門去，讓人知道她已經被您掃地出門了。大少夫人看著不顯，其實也是個心高氣傲的，被弄了這麼一齣，她又怎麼有臉進門？」

「妳說的倒是簡單，這家中的下人都是莫拾娘買回來的，要真到了那個時候，他們能不跳出來阻止嗎？」董瑤琳不屑地看著王寶家的。這是什麼破主意啊，就這麼一個點子，還敢提出要身契，真是想死。

「姑娘問到最關鍵的地方了。」王寶家的帶了義無反顧的神色，道：「這件事情就交給奴婢兩口子。奴婢可以讓奴婢那口子多找幾個孔武有力的婆子來幫忙，只要許給她們些錢財，由奴婢帶著她們，定然可以將那些眼中只有大少夫人的奴才給鎮住，也定然能夠將大少夫人的東西給丟出去。只是那樣一來，奴婢勢必成為大少爺、大少夫人的眼中釘。」

「那大哥、二哥呢？他們回來阻止怎麼辦？」董瑤琳又問道。

「只要把家裡所有的人盯緊了，不要讓任何人有機會給他們報信就好。」王寶家的不以為然地道：「等他們回來，大少夫人已經被掃地出門，他們就算想要阻止也來不及了。」

「看來只能這樣了。」董夫人真不覺得這是什麼好主意，但是她已經沒有別的辦法可選擇了，時間不等人。她咬牙對王寶家的道：「妳馬上去找王寶，讓他給我尋人，我這裡想辦法看看怎麼才能讓莫拾娘出門一趟，那也是個難題。」

「那奴婢就去了。」王寶家的點點頭，立刻去找王寶商量了。

董瑤琳則有些猶豫地看著董夫人，道：「娘，我怎麼覺得這主意不妥當呢？」

「不妥當也沒得選了。」董夫人咬牙，道：「要是這一次還不成的話我也不折騰了，由著妳大哥的性子就是。」

第二百一十章

「您說說，有他這樣的嗎？誘拐曦兒，騙著她認了義父，還取了拾娘這麼一個名字，曦兒是他拾到就能藏起來的嗎？這個混球，他明明知道我有多疼曦兒，明明知道天下大定之後，我一定會發瘋一般地到處找曦兒，卻還做這樣的事情……」醴陵王妃咬牙切齒地說著，要是閻旻烯還活著的話，她說不準要衝上去咬幾塊肉下來。

呃？皇后愣愣聽完，而後噗哧一聲笑了起來，戲謔地道：「妳不是一貫最欽佩他出人意料的做事風格嗎？怎麼這次惱怒起來了。」

「姊姊！」醴陵王妃惱羞成怒地叫了一聲。就如皇后所言，她最欽佩閻旻烯的就是他總不按牌理出牌的行事風格，讓人怎麼都抓不到他的脈絡；但是看他謀算別人是一回事，被他算計了又是一回事。要是一般的小事，在苦笑不得之餘，她也能一笑置之；但事關女兒，想到這些年對女兒的擔憂，想到這麼多年的苦苦尋找，她心裡的惱怒和委屈就怎麼都壓不下去。

「怎麼？還說不得了？」皇后大笑起來，卻又皺起眉頭，道：「曦兒又是怎麼一回事？雖然說她和那個人親近，但她打小就是個知道權衡利弊，知道輕重緩急的懂事孩子，怎麼會跟著那個人胡鬧，讓我們這麼多年來為她擔憂不已呢？」

聽了這話，醴陵王妃的眼淚唰地一下就流了出來，把皇后給嚇了一跳。她都不知道多少年沒有看到妹妹流眼淚了，就算當年骨肉分離時，她都是一臉的笑容。她慌忙問道：「怎麼了？可是曦兒出了什麼事情？」

「姊姊……」醴陵王妃撲進皇后懷裡，放聲大哭起來，哭了好一會兒，才在皇后的輕聲安慰中收住眼淚，坐直身子之後，頗有些不好意思地道：「我失態了，姊姊別笑話我。」

「我怎麼會笑話妳呢？」皇后親手為醴陵王妃擦去臉上的淚痕，關心地問道：「曦兒到底怎麼了？看妳這樣子，她一定吃了不少的苦。」

「姊姊，您一定想不到曦兒受了多少苦……」醴陵王妃閉上眼，努力平復著激盪的心情，好一會兒之後才睜開眼，道：「她先是淪落為乞丐，跟著一群小姑娘以乞討為生，然後在那年的冬天，染上風寒，燒了很多天。好在曦兒的身子打小就很好，在無醫無藥甚至都沒有人照顧的情況下，還是熬了過來；可是卻因此忘記了一切，連自己是誰都不知道了……」

醴陵王妃將從慕潮陽那裡聽到的關於拾娘的遭遇講了一遍，而後苦笑道：「曦兒不是不想回來，她一直都在找尋自己的身分，只是她連那個和她朝夕相處，生活了多年的『義父』其實是她的表舅都想不起來，又怎麼能想起自己的身分，找到回家的路呢？」

「難怪這麼多年她都沒有回來。」聽了醴陵王妃的轉述，皇后心裡也很不好受，她除了大皇子之外再無兒女，一向把曦兒當成了女兒一樣疼惜；別說曦兒對她還算有恩，曦兒這些遭遇和她有脫不開的關係，就算沒有，知道曦兒受那麼多的苦難，她也會心疼不已。

不過，皇后微微一皺眉，道：「聽說莫拾娘臉上有一塊極大的胎記，因為這個，董禎毅的母親對她甚是嫌惡，也有人嘲笑董禎毅娶了個無鹽之女。這又是怎麼一回事？」

「還不是那個可惡的混球！」想到這裡，醴陵王妃咒罵一聲，恨恨地道：「那個混球誘拐曦兒跟著他到望遠城之後，說他手上有一種秘藥，抹在臉上能夠滲入到皮膚裡，在臉上留下青黑色的印記，看起來和胎記一般無二。曦兒打小就聰慧異常，雖然忘記了自己是誰，但卻不意味著她變笨了。經歷過那些苦難之後，曦兒有了一種連我們在那個年紀都沒有的睿智和深沈，她不但將那秘藥抹在臉上，還抹了半張臉……要不是因為這樣，我豈能和曦兒對面卻不相識？我還以為曦兒是那個混球在我們不知道的情況下，和什麼女人生下的女兒，因為那猙獰的胎記而一直藏在不為人知的地方養大的。」

「所以？」皇后瞭解地看著醴陵王妃，想到她上一次進宮和自己說的那些話，她一定鬧出些現在後悔不迭的事情來了。

「我自以為是地和曦兒說她可能是我的故人之後，惹得曦兒生氣，不但不認我，還故意說了些讓我氣得冒煙的話……」醴陵王妃苦笑著將她和拾娘見面的經過大概說了一遍，說的時候，眼中幾次泛起淚光，尤其是說到拾娘就算在昏迷之後都疼得抽搐時，眼淚怎麼都忍不住地落了下來。

「曦兒惱怒妳也是正常，只是曦兒打小就不是一個任性的孩子，怎麼會……這其中是不是還有什麼事情？」皇后聽了心裡也是惻然，卻又有了別的疑惑。

「曦兒在和我見面之前打聽了很多事情，其中就包括當年的那些傳言……」醴陵王妃仔細想過之後，也就明白了女兒後來故意說那些讓自己傷心的話是為什麼了。

「她是信了那些傳言，以為是妳斷尾求生，拋棄了她？」皇后又是微微一怔，心中因為見到妹妹傷心落淚而起的愧疚更深了一些。

「不只是那樣。」醴陵王妃搖頭苦笑，道：「曦兒進府之後，看到熟悉的家，想起了一些零碎的往事，除了她記憶深處的那些快樂往事之外，還想起了我和她分離的時候說的那些話，以及當年她留下來帶著家將阻擋追兵的情景……那些回憶加深了她的誤會。」

「真是……」皇后搖頭，真不知道應該怎麼說了。她嘆了一口氣，道：「這件事情和我有脫不開的關係，這樣吧，我現在就讓人到董府下旨，明兒讓曦兒進宮來，我們兩個一起和她解釋當年的事情。曦兒小的時候隔三差五就進宮來陪我，我到時候讓人帶著她到東宮走走逛逛，說不定能讓曦兒想起更多的事情來。」

「我今日進宮見姊姊就是想請姊姊召曦兒進宮，和我一起將當年的事情原原本本告訴曦兒，不讓曦兒繼續誤會下去，至於讓曦兒去東宮走走逛逛卻不用了。」皇后既然主動說了，醴陵王妃也就將自己的來意坦然相告，但對皇后的提議卻不贊同。她憐惜地道：「曦兒和陽兒說過，每次憶起一些事情都讓她頭疼不已，想到的事情越多，疼得就越厲害。想到曦兒那天疼成那個樣子，我就心疼得厲害，我寧願她一輩子都想不起來，也不願意看到她受苦，反正最重要的，她是誰她已經想起來了，別的都不重要了。」

「既然妳都這麼說了，那就這樣吧。」皇后點點頭，然後對一旁的花容道：「這件事情妳去辦，妳現在就去，召董禎毅的妻子莫拾娘明日進宮面見。」

「是，娘娘。」花容點點頭，她在皇后身邊多年，對幼年的拾娘也不陌生，自然樂意跑這麼一趟。

「等一下。」醴陵王妃阻止了一聲，交代道：「不要大張旗鼓的，除了曦兒以外，別讓任何人知道姊姊召她進宮。」

「這又是為何？」皇后深思地看著醴陵王妃。

「在和曦兒澄清那些誤會之前，我不希望把事情鬧開，還想看看董禎毅的母親知道真相時，是怎樣一副嘴臉呢。」醴陵王妃冷笑一聲，道：「她逢人就說曦兒如何不好，嫌棄這個嫌棄那個，我的女兒豈是她能夠嫌棄的？」

「我看妳是想找機會為曦兒解決這個不省心的婆母。」皇后對醴陵王妃知之甚深，這麼一句話就知道醴陵王妃心裡在打什麼主意，甚至都已經猜到了醴陵王妃定然已經謀劃好了。她搖搖頭，卻沒有阻止，而是對一旁靜候吩咐的花容道：「就照她說的去做吧，免得壞了她的計劃又遭她抱怨。」

第二百一十一章

穿過一道又一道的宮門，拾娘在坤寧宮前站住。一路走來，所見景色讓她有一種熟悉的感覺，顯然，她是來過皇宮的，而且還不止一次。

到了正殿門口，花容讓拾娘在門外稍候，自己則進去回話，很快便出來，笑盈盈地道：「董少夫人，皇后娘娘召您進去。王妃也在。」

「謝謝。」拾娘輕聲道謝。雖然記不得了，但是她能肯定眼前的女官定然是認識的，所以對她的客氣和尊敬並沒有表現得誠惶誠恐。

花容笑笑，引著她進了殿門。皇后和醴陵王妃正坐在殿中，看她們坐的姿態，顯然將這一次召見當成了一次長輩和晚輩的會面，少了些嚴肅，多了些溫情。

見拾娘進來，皇后臉上和暖的微笑絲毫未變，而醴陵王妃則長長地舒了一口氣，似乎很擔心拾娘和她賭氣，連皇后的召見都不理會一般。

「臣妾莫拾娘參見皇后娘娘。」拾娘沒有對醴陵王妃熾熱的目光做任何回應，而是中規中矩地朝著皇后行禮。

「自家人別那麼多的禮，快點起來。」皇后自拾娘進門，視線就沒有離開拾娘的臉。說實話，她很難將眼前這個臉上帶了猙獰胎記、婦人打扮的人和腦海中那個頑皮愛嬌，總是纏著她的孩子聯繫到一起。曦兒的眼睛澄淨得如同碧空一般，而她的眼睛則是那麼深沈，猶如深不見底的一潭水，看來這些年的經歷對她來說不只是苦難，更是磨礪。

「謝皇后娘娘。」皇后這麼說了，拾娘便恭敬地起身，垂手立在一旁，等皇后發話。

皇后無奈地笑笑，對臉上帶了憐惜的醴陵王妃道：「這孩子真是……連以前最愛膩著我撒嬌也忘了，我記得曦兒在我面前可從沒這麼老實過，每次都遠遠就撲到我懷裡的。」

醴陵王妃眼眶一紅，看著拾娘道：「受了那麼多的苦，遭了那麼多的罪，曦兒怎麼可能還像小時候一樣呢？」

「唉。」皇后娘娘嘆了一口氣，然後對拾娘道：「曦兒，別這麼站著，坐吧。今天我是以姨母的身分見妳，想要和妳說說當年的事情，讓妳不要繼續誤會下去。妳這樣站著，我都不知道該怎麼說了。」

花容立刻笑著引拾娘到醴陵王妃下首坐下。她一坐下，醴陵王妃就抓住她的手，拾娘本能地一掙，卻沒有掙脫，抬眼看到醴陵王妃滿眼的祈求，她心一軟，放鬆下來，就由著她這麼握著自己的手。

「這就對了。」這一幕皇后看在眼中，她臉上帶了欣慰和贊同，道：「母女哪有隔夜的仇，妳也別為了誤會就將妳娘拒之千里之外，妳都不知道這些年她有多麼想妳，每次看到她思女成瘋的樣子，我這心裡就特別難受，也特別愧疚。要不是因為我，哪裡會讓妳們母女分離，又怎麼會讓妳吃那麼多的苦，連回家的路都找不到了。」

這話……拾娘微微一怔，頭忽然一疼，腦子裡閃現了一些什麼，速度很快，快得讓她想抓都抓不住，她只能將目光投向醴陵王妃，希望她為自己解惑。

「曦兒，聽妳姨母講就是了。」醴陵王妃看懂了女兒的眼神，她輕輕地拍拍拾娘的手，沒有任何想要搶話的意思。

終究是親母女，就算是心裡有怨恨，卻本能地依賴，皇后心裡感嘆一聲，朝花容打了個手勢，花容會意地點點頭，將殿中伺候的宮女、內侍屏退，而後自己也出去守在殿門口。

拾娘見狀，神態也凝重了一些。顯然皇后接下來要說的是機密事件，只是自己怎麼和機密事件扯上關係了呢？

「曦兒，妳看看我和妳娘長得有幾分相似？」皇后卻沒有直入主題，而是問了一個似乎風馬牛不相及的問題。

盯著別人的臉看那是極不禮貌也極不尊重的行為，何況眼前的還是整個大楚最尊貴的女人，拾娘不會也不敢盯著皇后的臉打量，還和別的人做比較。皇后這麼說了之後，她才抬眼去看，細看之後卻不由得皺緊了眉頭，思索起來。

皇后的容貌應該和醴陵王妃很像，畢竟她們是一母同胞的親姊妹，但且不說她們的氣質不一樣，妝容不一樣，就連五官似乎都不大一樣。她們身上都有一股尊貴氣息，可是皇后身上的是雍容華貴，而醴陵王妃則是清冷傲然，皇后觀之可親，讓人忍不住想要親近，而醴陵王妃身上卻是生人勿近的氣息，讓人望而卻步。

皇后今日打扮得並不隆重，一身皇后的常服，正黃的顏色透著皇家才有的威儀尊貴，衣服上的紋飾、配戴的首飾都是專屬於皇后的；而醴陵王妃則是一身正紅的裙裝，衣服上的紋飾、身上的配飾都非凡品，和皇后雖然沒有可比性，也不會被遮住光彩。但就算是一身紅豔，她那種冷清的氣質也沒有減弱，甚至更加彰顯出來。

至於兩人的五官，分開了看似乎很相似，一樣都是柳葉眉，一樣都是丹鳳眼，鼻子和嘴巴、臉型都一樣，卻都有細微之處的不同，湊到一起再看整張臉，就不一樣了。

拾娘在兩個人的臉上來回打量，最後皺眉道：「看起來似乎很像，似乎又都不像，臣妾有一種說不上來的感覺，覺得您們兩位應該十分相像，要是做一樣的裝束打扮，化一樣的妝容，就連最親近的人都不一定能夠立刻分辨出來誰是誰。」

皇后搖頭笑了起來，對醴陵王妃道：「曦兒這感覺還真是嚇人，妳說是因為她其實並沒有完全忘記，只是需要提示才能想起來，還是因為曦兒看人不是用眼睛而是靠感覺呢？」

這麼說，自己說對了。皇后和醴陵王妃看上去似乎極不相似，但實際上卻宛如一人？之所以讓人有這樣的錯覺，應該是她們刻意在梳妝打扮，甚至氣質上都做了截然不同的掩飾，讓她們看起來怎麼都不一樣了。

那麼……拾娘忽然感到一陣頭疼，她強忍著腦子裡傳來的疼痛不適，視線在皇后和醴陵王妃身上穿梭著。忽然，她脫口而出，道：「那輛離開的馬車探出的臉不是娘，是姨母？」

「曦兒。」和皇后不一樣，醴陵王妃只聽到了拾娘那一聲娘，眼淚便奪眶而出，握住拾娘的那隻手不由自主地緊了，忐忑地看著拾娘，道：「妳肯叫我了？妳不再怨恨娘了？」

「娘……」拾娘能夠感受到醴陵王妃的心情有多麼激盪，情不自禁又叫了一聲，而這一聲之後，自己的眼眶也紅了。

一旁的皇后看了心裡也酸楚難當，忍不住陪著她們潸然淚下。

「皇后娘娘，當年到底是怎麼一回事？為什麼會是您坐在馬車中？」還是急於知道當年真相的拾娘最先恢復過來，她帶了幾分急切地看著皇后。全天下的人都說是醴陵王妃機智果敢，發現有異時，果斷地帶著兒女和大皇子逃離京城；而皇后娘娘卻被困東宮，直到今上撥亂反正後才重見天日的，可為什麼……她會認定是皇后帶著他們兄妹和大皇子逃離的呢？

「當年啊……」皇后幽幽地嘆了一口氣，眼神有些飄忽，似乎重新回到了當年一般。好一會兒她才搖搖頭，幽幽道：「當年，先皇駕崩，妳娘帶著你們兄妹進宮弔唁，途中遇上了我們的表兄閻旻烯。閻旻烯告訴了妳娘戾王和閻貴妃的陰謀，要妳娘帶著你們盡快離開，免得成為威脅醴陵侯的人質。妳娘執意不肯，非要見我，還要帶走烈兒。閻旻烯深知妳娘的性格，早就猜到她會提出這樣的要求，也早就有了安排，便讓心腹掩護著她到東宮見我。見到我之後，妳娘直接和我互換了衣裝身分，她留在東宮，而我則帶著烈兒和你們兄妹，在那人的安排掩護下離開皇宮，到了醴陵侯府。之後，我帶著你們三人還有醴陵侯府的家將，離開了京城，前往燕州和皇上、妳父親會合。」

皇后的話很簡短，語氣也很淡然，但是拾娘彷彿能夠看到那日驚心動魄的場景。她的腦子忽然又是一陣疼痛，而後又忽然清明。她轉向醴陵王妃，道：「我隱隱約約記得娘和我說過一番話，說她無可奈何，還有權衡利弊，讓我理解她、支持她，可是因為這件事情？」

「不能一直陪著你們，保護你們，娘覺得很對不起你們，但是娘卻只能做那樣的選擇，所以就和你們兄妹說了那些話。」醴陵王妃點點頭，而後又張大眼睛，道：「曦兒，難不成這席話讓妳誤會了什麼了嗎？」

拾娘點點頭，道：「我隱約記起這席話，也記起姨母離開時淚流滿面的模樣，便想當然地將它們連到了一起，以為那些話是您讓我阻擋追兵之前說的。」

怪不得……醴陵王妃嘆氣，真是不知道應該說什麼了。好半天之後，她才搖搖頭，轉向皇后，道：「姊姊，曦兒已經想起一些事情來了，我們之間的誤解也已經澄清了，那麼就到此為止吧。當年的事情不宜讓更多的人知道，曦兒不知道也是件好事。」

「不，還是把所有的事情說清楚吧。」皇后卻搖搖頭，道：「因為那些事情，曦兒受了那麼多的苦，她有權利知道一切。」

「可是，姊姊——」

「我知道妳在擔憂什麼。當初我們隱瞞這件事情是因為有各種顧慮，但現在……」皇后打斷她，傲然地道：「都這麼多年了，我要是還像當年一樣，顧及這個、擔心那個的話，也白當了這麼多年的皇后。」

第二百一十二章

「曦兒現在知道自己誤會妳娘了，但是一定也更迷糊了吧？」和醴陵王妃說過話，皇后不意外地看到拾娘臉上深深的迷惑。她微微一笑，道：「反正我們今天有足夠的時間，我就和妳詳細講講當年的事情吧。雖然都過去十年了，但是當年的事情卻彷彿就發生在昨天一樣，閉上眼，我就能夠回想起那些天發生的每一件事情……」

在皇后平緩的聲音中，醴陵王妃的思緒也不禁飛回到當年的那個早晨——

那是一個起了冷風的秋日，不過寅時，杜淩玥就帶著一雙兒女到了皇宮面前，和一干面帶悲戚、神色惶惶的命婦一起等著進宮。她們昨晚都聽到了來自皇宮的喪鐘，知道皇帝已然駕崩，所以就算沒有被召見，也不約而同地到了皇宮，等著被召入宮中弔唁。

杜淩玥輕輕地撫摸著兒女的頭，無聲地安慰著深深不安的孩子，腦子也不停轉動著——皇上年事不高，身體一直不大好，夏天最悶熱的那幾日還在朝堂之上暈倒，全朝上下都為他的身體而擔憂，覺得皇帝熬不了幾年了，就連皇帝自己都有這樣的預感，已經逐步將手上的權力放給太子殿下，就連奏章也有大半是太子殿下批閱的。

但是，就算這樣，皇帝忽然駕崩還是讓人措手不及——半個月前，太子親自掛帥，帶著十萬大軍去了燕州。去年風調雨順，大楚過了一個豐年，關外的羌族也不例外，探子得來消息，說羌族已經秣馬厲兵準備好了大軍進兵的準備。太子主動請纓，請求親自率兵禦敵，皇帝欣然同意，並將她的丈夫醴陵侯慕雲殤封為副帥，一同前往燕州。太子請求領兵，那是為了將來繼位登基有更高的威望，皇帝也是出於這個考量才欣然同意的；當然，這從另外一方面也說明皇帝還有不少時日，不然絕對不會輕易地讓太子離開京城的。

可是現在，皇帝卻毫無預兆地駕崩了，就在昨天還精神抖擻上朝的皇帝駕崩了。杜淩玥心頭有一種不妙的感覺，現在最想的就是帶著兒女衝出京城，遠離這看似平靜卻不知道馬上會起多大風浪的皇宮；但是她不能，她必須進宮看看，必須和太子妃見上一面。

惶恐焦灼中，宮門緩緩打開，一個內侍出現在眾人眼前，用那種獨特的嗓音宣眾命婦進宮弔唁。杜淩玥精神微微一振，一隻手牽著一個孩子，慢慢往裡走去，她的身分不高不低，來之前又刻意打扮了一下，走在人群之中一點都不顯眼。

進了宮走不到多久，她的身邊就多了一個人，輕輕地碰了她一下，不等她有反應，就用只有她才能聽得到的聲音道：「表姑娘請跟奴婢來。」

表姑娘？一聽這稱呼，杜淩玥就知道這人是什麼人派來的。她沒有做任何的回答，卻不著痕跡地跟著那宮女悄然脫離了弔唁的命婦群，左拐右拐之後，到了一個不知名的小院子。在皇宮，這樣的小院子不知道有多少，大多是有點身分的內侍或者宮女居住的，而在這裡，她見到了那個在來的路上就已經猜到的人。

「舅舅！」一覺察到氣氛不對，一直默默地牽著她的手的女兒鬆開她，歡呼一聲奔了過去。

之前一直伏案在寫什麼，聽到他們進來才放下手中的筆，站起來的閻旻烯臉上帶了疼愛寵溺的笑，將跑過去的曦兒抱起來。曦兒帶了抱怨地控訴著：「舅舅，發生什麼事情了？陰森森的，我都被嚇得想哭了。」

「別怕，很快就會過去的。」閻旻烯輕輕地拍拍曦兒的臉，道：「曦兒一向都是個聰明膽大的，一定不會被嚇到，對不對？」

「我儘量吧。」曦兒小大人的話把滿腹心事的杜凌玥逗得笑了起來，她還牽著的兒子雖然沒有奔向閻旻烯，甚至臉上還帶了一絲嫌惡，但一直緊繃的身體卻也放鬆了，似乎看到閻旻烯就什麼都不用擔心了一樣。

「表哥，你特意把我叫過來是為了什麼？我現在應該和其他命婦一樣去哭靈的。」杜凌玥看著從小就信服的表哥，相信他一定有十足的理由讓自己不守規矩。

「別管那個。」閻旻烯眼中帶了血絲，那是好幾天不眠的結果。他正色看著杜凌玥，道：「妳現在馬上帶著陽兒、曦兒離開，出了宮之後，務必在半個時辰內離開京城，越快越好。」

杜凌玥的心怦怦地跳了起來。閻旻烯的話讓她知道，自己最擔心的事情出現了，皇帝的死有蹊蹺。她咬牙，道：「我不能就這麼離開。」

「妳必須馬上走，我不希望你們母子成為威脅慕雲殤的人質。」閻旻烯很清楚名聲不顯的表妹有多聰明，她應該已經想到發生了什麼事情，也明白後果是什麼了。他直接道：「我能夠護住妳，卻不敢說自己沒有疏忽的時候，我不希望你們有任何的意外。所以你們要馬上離開。怎麼出宮我已經安排好了，至於怎麼離開京城，我想對妳來說並不是太難。」

「我要見姊姊，我要帶著烈兒一起走。既然我們母子都有可能成為威脅別人的人質，那麼烈兒更無法避免了。」杜淩玥看著閻旻烯，道：「你應該知道對於姊姊來說，這世上最重要的人就是烈兒，如果你不想姊姊恨你一輩子的話就幫我。」

「一刻鐘的時間，見她之後馬上離開。」閻旻烯一點都不意外杜淩玥的要求，事實上，他早就安排好了，要不是因為那個女人堅持要親手將兒子交給最信任的妹妹，他現在就能讓她帶著太子的嫡長子離開。

「好。」杜淩玥乾脆地點點頭，卻又看著閻旻烯道：「是你送我們出宮嗎？」

「我還有很多事情要做。」閻旻烯搖搖頭。見杜淩玥一面已經是百忙之中抽出來的時間了，要不是知道她們姊妹都是多疑的性子，見不到自己絕對不會聽從安排的話，他連這一面都不會見。

「我知道了。曦兒，下來，我們去找姨母和烈表哥。」杜淩玥點點頭，朝女兒招招手。

曦兒不但沒有聽話地下來，反而轉身摟住閻旻烯的脖子，耍賴地道：「不要，我要陪舅舅。舅舅，讓曦兒跟著你好不好，曦兒一定會乖乖地不出聲、不搗亂。」

「乖曦兒，找妳娘去。」閻旻烯最心疼的就是這個和自己長得極像的外甥女，他輕輕摸摸曦兒的頭，道：「妳娘要帶妳去見妳姨娘，要連夜帶你們去找妳爹爹，會很辛苦，但曦兒一定不能叫苦，還要聽話，明白了嗎？」

「為什麼要去找爹爹？爹爹不是去燕州了嗎？那很遠啊。」曦兒雖然不知道眼前發生了什麼事情，卻也知道不少事情，便疑惑地問了一聲。

「這個讓妳娘路上慢慢和妳解釋，你們快點去吧。」閻旻烯拍拍她，將她放下，讓她去找杜淩玥。

「那好吧。」曦兒小大人地點點頭，卻不忘記和閻旻烯講條件，道：「舅舅，曦兒會很乖很乖的，不過等曦兒從燕州回來，你要給曦兒獎勵。」

「知道了。」閻旻烯無奈地笑了，目送母女三人離開之後，臉色一肅，開始有條不紊地下達命令。需要他做的事情還有很多很多……

「姊姊、烈兒。」看到臉色平靜的姊姊和姪兒的時候，杜淩玥一直不安的心終於平靜了一些。她對那個帶路的宮女道：「能否讓我們單獨說幾句話，然後我就帶著孩子們離開。」

「快點。」那宮女來之前就已經得了閻旻烯的吩咐，自然不敢為難，立刻出去，將空間留給他們。

「姊姊，妳什麼都不用說，趕快和我換衣裳。」等到那宮女離開，杜淩玥便低聲道，一邊說著一邊脫下身上的衣裙，連兒子和姪兒就在一旁看著也顧不上了。

「妹妹！」比起杜淩玥，太子妃更聰慧，就這麼一句話也知道妹妹在打什麼主意。

「姊姊，我知道妳的性子，如果妳留下來，妳除了以死向天下人表示清白節烈之外，再無選擇；但我不一樣，我可以坦然活著，我相信表哥一定能夠保我平安。」杜淩玥手腳很麻利，說話間就把外裳脫下，更上前去脫太子妃的衣裳。

「萬一他保不住妳呢？」太子妃抓住妹妹的手，不讓她胡來。

「那我不過是一死。」杜淩玥自然知道自己要擔很大的風險，卻沒有選擇。她笑笑，道：「妳留下必死無疑，我留下還有活命的機會。妳死了，烈兒會被人吃得連骨肉都不剩，我死了，妳卻能將陽兒和曦兒照顧得妥妥當當。姊姊，兩害相權取其輕，讓我留下。」

「孩子們呢？妳就不考慮孩子們的感受了嗎？」太子妃知道杜淩玥說的沒錯，但是她再怎麼自私也不願意讓妹妹為自己受累甚至赴死。

「陽兒、曦兒。」太子妃的話讓杜淩玥鬆了手，她將兒女拉到身邊，一臉正色地道：「宮裡出了大事，我和你們姨母必須留下一個人；我留下，或許能夠活著再見到你們，但你們姨母留下，卻不可能活著再見到我們，所以，我決定留下來。」

「娘……」雖然還不知道到底出了什麼天大的事情，但兩個孩子卻明白他們要和母親骨肉分離，說不定就此天人永隔。

「你們聽我說。」杜淩玥知道這對孩子來說太殘忍，但是她不能不做這樣的決定。她一隻手牽著一個孩子，肅穆地道：「陽兒、曦兒，娘也不想，但權衡之下，娘卻只能做這樣的選擇，你們一定要理解娘的苦衷，也一定要支持娘的決定。」

「娘！」兩個默契十足的孩子叫了一聲，異口同聲地道：「我會理解娘，也會支持娘的，娘放心，我們一定會乖乖地聽姨母的話。」

「好孩子。」杜淩玥分別親了親兒女，然後看向已經一臉淚水的太子妃，揚起一個笑容道：「姊姊，孩子們都已經做出了正確的選擇，妳不要再猶豫了，沒時間了。」

第二百一十三章

「因為這樣，娘就留下了，姨母則帶著我們逃離了京城？」拾娘忍不住打斷了皇后的話，心裡對母親佩服得五體投地。她這是在豪賭，用自己的性命做的一場豪賭。

「是。明明知道妳娘留下來可能會性命不保，我卻還是同意了妳娘李代桃僵的主意，讓妳娘裝成我的樣子，我卻以她的身分，帶著你們順利出了宮，之後更順利地帶著人離開了京城。」皇后微微頓了頓，對拾娘道：「對此，我不想為自己辯解什麼，說到底，還是因為我怕死。曦兒，要是我當初沒有同意妳娘的主意，堅持留下來的話，說不定連追兵都不會有，更不會讓妳一個稚齡幼童帶著人阻擋追兵，而後與我們失散，這麼多年來都沒有音信了。」

拾娘微微一笑，沒有說話，卻更迷惑了。為什麼皇后留下了只能死，而母親留下來卻能活呢？這又是怎麼一回事？

拾娘雖然沒有說話，卻沒有掩飾心中的疑惑。皇后淡淡一笑，道：「妳對閻旻烯還有印象嗎？」

「沒有。雖然哥哥十分肯定地說義父就是閻旻烯，但是我卻真的什麼都想不起來了。」拾娘搖搖頭。她與莫夫子生活的那些年，極少犯頭疼的毛病，也從未回憶起任何的片段，但是慕潮陽的話她卻信了，相信莫夫子就是曾經對自己很好的表舅閻旻烯。

除了她對慕潮陽天生的信任依賴之外，還有一點和醴陵王妃一樣，她也是個多疑的人，尤其是在遭遇了花瓊和大喜的背叛和陷害之後，她的疑心就更重了。跟著莫夫子逃離，還能說是在困境之中孤注一擲，但在逃出樊籠之後卻還選擇和他一起生活，卻值得思量了。她原本以為是因為從青陵郡到望遠城那一路建立的感情，讓她做出那樣的選擇；但現在看來，卻有可能是她雖然不記得人，但心裡卻相信莫夫子，所以才會做那樣的選擇。

「我和閻旻烯是表兄妹，還是青梅竹馬的表兄妹，年少方艾的時候經常在一起，彼此之間有淡淡的情愫，如果不是因為他是姑姑的兒子，不是因為杜家有杜家女不能同嫁一姓的祖訓，說不定我會嫁給他。」皇后悠悠地嘆了一口氣，道：「他是個極優秀的人，不管是出身、相貌、品行還是才能，都是無可挑剔的，全京城沒有一個女子不將他當成如意郎君。但在情感上，他也是個死心眼的。我訂了親事，嫁入皇家之後，姑姑曾放出要找媳婦的風聲，閻家的門檻都被踏破了，凡是家世尚可，女兒也不錯的人家都上門自薦，到最後都被他拒絕了，就連先皇想要將心愛的公主下嫁都被他拒絕了。」

這麼牛？拾娘咋舌。她真的無法將莫夫子和皇后口中那個風靡京城的閻旻烯當成同一個人，或者哥哥弄錯了，莫夫子根本就不是閻旻烯？

「怎麼？不相信？」拾娘臉上難以置信的表情是那麼明顯，皇后自然不可能看不出來，她笑道：「如果不信的話，妳可以問問妳娘，曾經在妳娘心中，他才是世上最完美的男人，妳父親和他一比，雖然不至於被比到塵埃中去，但也絕對不及。就算是現在，如果不是因為妳那個自稱莫雲的義父極有可能是他的話，妳娘也不改初衷地認為他最好。」

「娘……」拾娘驚訝地看著醴陵王妃，心裡卻想起母親當初誤將自己當成故人之後的事情，她口中的故人指的就是閻旻烯了吧，可是，是什麼讓娘這麼認為呢？

「咳咳！」醴陵王妃沒想到皇后會將火引到自己身上，大聲咳嗽起來，緩過來之後羞惱地道：「姊姊，好好地怎麼和曦兒說這個？」

看來是真的了。拾娘搖搖頭，不去深想，而是問道：「娘，您當初要見我，就是因為您誤以為我和表舅有關係，甚至可能是他的女兒是吧？可是，您是憑什麼判斷我和他有關係呢？」

「妳身上用的胭脂香粉都是照著他留下的方子做的，對吧？」只要不談她對閻旻烯的特殊感情，醴陵王妃的神態就自然了許多，她笑著道：「姿怡那個不爭氣的不是用了手段從妳那裡得了一罐香粉嗎？她沒有用，但是丁姨娘卻用了，我聞到了那氣味，順藤摸瓜找到了妳。」

喔？拾娘眨巴著眼睛，道：「這香粉有什麼很特殊的意義嗎？」

醴陵王妃噗哧一聲笑出來，而皇后臉上則閃過一絲難為情。和醴陵王妃一樣，她不介意和妹妹談及和閻旻烯的過往，卻覺得和一個晚輩提起很不好意思。她瞪了一眼笑得曖昧的妹妹，醴陵王妃卻故意裝作什麼沒看見，笑呵呵地道：「妳姨母年輕的時候最喜歡梅花，也最喜歡梅香，身上隨時都帶著淡淡梅香。表哥為了討她歡心，找了全天下最好的製香師父，翻遍了古籍，好不容易才研製出了一整套梅香的胭脂香粉，妳姨母訂親之前一直都在用，後來便束之高閣了。」

呃？沒想到還有這樣的故事，要是慕姿怡知道是她促使自己母女相見，讓自己恢復了記憶，會是什麼樣的心情呢？拾娘搖搖頭，而後帶著歉然地道：「我沒有想到這方子有這樣的來歷和故事，等我回去之後會將方子取來給姨母，以後也不會再用這套東西了。」

「好好的為什麼不用？」皇后卻搖搖頭，道：「我最大的遺憾是只有烈兒一個兒子，再無機會生一個貼心的女兒。妳或許不記得了，但是妳娘卻知道，我一直都把妳當成女兒一樣疼愛。妳用我曾經用過的東西，沒有什麼不妥當的。至於閻旻烯，如果他介意的話，他一定不會給妳發現並使用這些方子的機會。」

「妳姨母都這樣說了，妳就安心用著吧。」醴陵王妃笑笑，而後道：「妳姨母和閻旻烯之間的事情並無不可告人之處，但凡用些心思就能查到，所以妳姨母要是留在皇宮之中，難免會遭到猜忌，為了她自己的清譽也為了大皇子的未來，她除了自盡之外沒有更好的選擇，而我卻不一樣。再說，就算我被誤解了什麼，不還有妳姨母當靠山嗎？」

原來還有這樣的考量。拾娘隱隱約約也想到了一些，醴陵王妃這麼一解釋就更清楚當年她做那樣的選擇，考慮得多麼周全，對她越發佩服起來。從得到消息到作出決定，再當機立斷地執行，不過是一刻鐘甚至還不到的時間，這可不是一般人能做到的，這一點自己是絕對比不上的。

「我和妳姨母長得一模一樣，但從小就刻意做了完全不同的裝扮，除了特別親近的人之外，無人知道我們長得那麼像。出於很多考量，妳姨母到了燕州和皇上見面之後，一直用我的身分示人，所以我在皇宮待了三年，除了閻旻烯一眼就看出我們互換了身分之外，也只有貼身伺候的花容知道真相。」醴陵王妃冷笑一聲，道：「皇上登基之後，還有人用這個攻擊妳姨母，說妳姨母原本和閻旻烯就有私情，在那三年之間，又是閻旻烯極力回護才能平安活下來，其中定有內情，不配為一國之母。皇上是知道真相的，自然聽不得那些話，他雖然沒有將之公布於眾，卻狠狠斥責甚至懲處了一些別有用心、中傷妳姨母的人，最後態度堅定地冊封妳姨母為后。」

那些出頭的不是宮中的嬪妃就是背後站了嬪妃的吧？只是他們一定沒想到，他們那樣做不但沒有讓皇帝心裡生刺，猜忌皇后，反而讓皇帝理解了皇后的苦衷。拾娘忽然明白，他們這麼多年來一直沒有將這件事情公諸於世的原因了，要是讓世人知道，當年留在皇宮之中的不是皇后而是母親的話，對皇后的猜疑固然會少很多，但是皇后的威信卻會減弱；還不如像現在這樣，最重要的人知道真相，而不重要的人只要知道假象也就夠了。

「我被人攻擊，妳娘也沒有逃過。」皇后接著醴陵王妃的話道：「妳父親的妾室、通房和庶子、庶女在妳父親面前哭訴，說妳母親就算不能帶著他們一起離開，也能給他們安排後路的，可是她什麼都沒有做，擺明是想讓他們抵擋戾王的怒氣，讓他們送死。妳的祖母也恨死了妳娘，甚至逼著妳爹冷落她……妳父親沒有與她們解釋，而那以後也不再相信她們對妳娘的各種誣衊。

「因為皇上和妳父親的表現，倒也有幾個聰明人猜到其中定有隱情，便放出那個妳聽到的謠言，說妳娘為了斷尾求生，讓稚齡的女兒抵擋追兵，自己卻帶著烈兒和陽兒逃生，想用此來試探妳娘。」皇后繼續冷笑著道：「我和妳娘豈會上這種當，不予理會，最後是皇上和慕雲殤惱了，發作了那些製造謠言、散布謠言的，才讓事情漸漸平息下去。」

拾娘點點頭，想清楚了為什麼母親那日不對謠言做任何的辯解了，只是……她看著皇后，帶了幾分小心地問道：「那麼，導致我和姨母失散的真相又是什麼呢？」

第二百一十四章

直到出了皇宮，拾娘都還有些緩不過神來，掀開車簾，對陪她一道回董府接孩子們的慕潮陽道：「哥哥，姨母說的是真的嗎？我真有那麼勇敢嗎？那年我才八歲啊！」

「當然是真的。」雖然慕潮陽不知道三個女人說了些什麼，卻知道拾娘問的是什麼。他笑著點點頭，滿臉自豪地道：「雖然妳才八歲，但是既機智又果敢，別說同齡的人無人能和妳相比，就連娘與妳同齡的時候，也遜色幾分。」

「我還是不敢相信。」拾娘嘆息。雖然她已經憶起自己轉身和家將一起面對追兵的場景，卻仍不敢相信年僅八歲的自己有那麼大的勇氣、做那樣的決定，更不敢相信自己和母親一樣，都算是有恩於皇后和大皇子，這是不是意味著她以後能夠在這京城橫著走了？

當年，皇后帶著大皇子和他們兄妹逃出京城的第四天，就被追兵追上了——對此事，皇后和醴陵王妃各執己見，皇后說是閻旻烯認出醴陵王妃李代桃僵之後派人追擊的，為的是將他們一行，尤其是她抓回去；而醴陵王妃卻說閻旻烯雖然在當天傍晚前去探望皇后的時候，一眼便認出眼前的人是自己，但派追兵追擊卻是在閻貴妃和戾王的壓力下，不得已而為之的。還說就算派了人，閻旻烯也做了安排，要不然怎麼可能到第四天才追上他們？還被他們輕易地逃脫了？

看著漸漸逼近的追兵，皇后冷靜地讓三個孩子迅速撤離，自己則留下來與家將一起抵禦追兵——這些家將的忠心毋庸置疑，但留下一個主子當定海神針也很有必要，但最後，曦兒說服了皇后，讓她留了下來。

她說，留下來帶領眾人，當中主心骨的人非她莫屬。烈表哥不行，他是太子的嫡長子，更是太子所有子嗣中唯一一個順利逃出來的人，不能有半點閃失。哥哥也不行，他是醴陵侯府唯一的嫡子——好吧，就算母親有什麼意外的話，父親也能再娶，也能再有嫡子，但是那卻不是她的親哥哥，為了母親、為了她，哥哥都不能赴險。姨母更不行，留下來的人將要面對最大的危險，真要有個萬一，那麼誰來帶著一個十歲、兩個八歲的孩子趕到燕州呢？上了船隻能說有了九成的把握平安到達燕州，可是這世上最不缺的就是萬一，要避免那個萬一，姨母就一定得離開。

至於抵禦不過，被追兵抓到的後果，她也想到了。她說，不管追來的人是不是表舅派出來的，領頭的人必然略有耳聞表舅對她疼寵備至，知道要是傷害了她，表舅定然會震怒，所以最壞的結果是她被抓回去和母親作伴。當然，如果僥倖一些的話，她不但能抵禦追兵，為其他三人贏得足夠的時間，還能隨後追上他們，和他們會合。

曦兒最後還是說服了皇后，皇后帶著大皇子，押著掙扎不已、怎麼都不願意和妹妹分開的慕潮陽離開了，而她卻坦然勇敢地和剩下的家將並肩，等候追兵追上來。

或許是因為曦兒在場鼓舞了士氣，也或許是像醴陵王妃所說的那樣，是閻旻烯做了安排，短兵相接初始，曦兒帶領的一方略占上風，就算最後不敵潰散，也將追兵拖了近半個時辰；而這半個時辰，足以讓皇后等人平安地上了船，等追兵到了渡口的時候，他們的船已經駛出很遠，連影子都看不到了。

皇后到燕州五、六天之後，陸續有當日留下來抵禦追兵的家將趕到燕州，他們當中有人親眼看到他們的頭領和曦兒共騎一匹馬逃離。皇后大舒一口氣，以為曦兒定然平安，再過些時日就能趕到燕州。

但是日子一天天過去了，直到一個月之後，曦兒都沒有出現。這個時候，幾乎所有活下來的家將，就連那種負傷不輕的都已經到了燕州，所有期盼著曦兒出現的人都開始著急起來，他們甚至已經動用關係打聽曦兒有沒有被抓回京城。

他們是讓人直接向閭旻烯打聽消息的，結果卻讓他們更擔心了——閭旻烯一直以為曦兒已經平安到了燕州。

自此之後，不管是慕雲殤、皇后等人還是閭旻烯都沒有放棄尋找曦兒。可是如石沈大海一般，沒有打聽到任何關於她的消息，就連那個護著她離開的家將也都失蹤了一般……

今上順利地拿下京城、皇宮，將所有被幽禁的皇室之人解救出來的時候，醴陵王妃才得知女兒失蹤三年的消息。一直被閭旻烯蒙在鼓裡，一直以為女兒平安地和丈夫、兒子在一起的醴陵王妃差點發狂，她瘋了似地派人滿天下找尋女兒；可是一天天、一月月、一年年過去了，沒有任何線索，就算慕潮陽和曦兒天生就有感應，他信誓旦旦地說妹妹活得好好的，眾人也漸漸失去了希望……

「那是因為妳忘記了過去，連自己有多麼出色都忘記了。」慕潮陽看著妹妹，道：「我至今都沒有忘記妳毅然轉身，和家將並肩作戰的身影。一直以來我都很痛恨自己，痛恨自己當初那般懦弱，沒有挺身而出。」

「姨母和我說了，說你根本就不同意我留下，而是決定讓自己留下，是我說服了姨母，她讓人強行帶你離開的。」拾娘現在什麼人都不怨，自然更不會抱怨慕潮陽。如果讓她再做一次選擇，她或許不會挺身而出，但也絕對不會讓慕潮陽涉險。她笑著道：「所以，哥哥根本就不用自責和內疚，你沒有任何錯，只能說天命弄人。再說，不管我經歷了什麼，但我現在還是平平安安地站在你面前了，你就更沒有必要那麼想了。」

「妳雖然平安歸來，但是已經不再單純是我的妹妹了，還是董禎毅那小子的妻子和他兒女的母親。董禎毅勉強還過得去，但是他的那個家，還有他那個拎不清、攀附權貴的母親，愛慕虛榮、不知所謂的妹妹……如果妳當初沒有為了給我們贏得時間留下，就不會這麼委屈自己嫁進董家了。」慕潮陽已經忘記自己曾經很欣賞董禎毅的事情，不知道拾娘身分的時候，他覺得董禎毅不光是才華、能力都很出眾，德行也很好，更是個有情有義的男人；唯一可惜的就是攤上那麼一個成事不足、敗事有餘，盡給他添亂拖後腿的母親和妹妹。而現在，卻是看哪都不順眼，只差沒覺得他一無是處了，妹妹嫁給他真是受了天大的委屈。

「哥哥……」挨得這麼近，就算慕潮陽什麼都不說，光憑那種奇妙的感應，拾娘都能知道慕潮陽的心思。她無可奈何地笑了，道：「禎毅哪有你說的那麼差？除了家世門第之外，他真的沒有多少能夠挑剔的，你也別太吹毛求疵了。至於說家世門第……當初他娶我的時候，沒有介意我是一介孤女，也沒介意我曾屈身為奴，更沒有介意我容貌有瑕，我現在也不該嫌棄他，不是嗎？」

「哼，反正他就是配不上妳。」慕潮陽才不管那些，以前是以前，現在是現在。他看著拾娘，道：「妳別只會為他說好話，也別什麼都為他著想，更別在不該心軟的時候心軟，尤其是對他那個遭人厭的母親和妹妹。」

「哥哥是想說等會兒遇上什麼狀況的時候別心軟，一定要狠下心來，一次把人給收拾下來吧？」拾娘了然地看著慕潮陽。今日進宮之前，董瑤琳身邊的思月找過她，將她所知道的董夫人等人的算計一一說給了她，她一聽就知道，慕姿怡是被故意放出來惹事的，而利用慕姿怡算計董夫人母女的十有八九是醴陵王妃。而現在看來，慕潮陽也是同夥——不對，花容宣讀懿旨讓自己進宮的時候那麼神秘，皇后就算不是同謀，也是縱容者。

「妳知道了？」慕潮陽有些意外卻又忍不住自豪起來，曦兒就是不一般，才露出一點點苗頭就讓她知道了。

「不但知道了，還做了安排配合你們。」拾娘慧黠一笑，道：「我也想一勞永逸地解決某些人，就算知道她以後斷然不會再嫌我的也一樣。」

拾娘能夠肯定，董夫人知道自己的身分之後，對自己的態度絕對會來一個大逆轉，絕對不會再挑剔自己；但以她的心性絕對不會就此老實下去，絕對還會再給自己添麻煩，想要安寧地過日子，就很有必要將她一次就給拍下去。

慕潮陽大笑起來，少了一貫地陰柔卻多了男兒的瀟灑。和拾娘相認之後，拾娘直言，說她不喜歡慕潮陽的做派，讓她有一種自己沒了哥哥卻多了個姊姊的錯覺。既然妹妹不喜，那麼自然要改正，慕潮陽回去的當天就將所有花裡胡哨的衣衫和飾物丟棄，換上了正常男子才會穿戴的衣裝。煥然一新的裝束、不再陰柔造作的言行舉止，讓慕潮陽整個人都不一樣了；別說不熟悉的人會錯認他不過是個和醴陵王世子相像的人，就連熟悉他的人都會猶豫，至少皇后剛剛見到他的那一瞬間都走神兒了。

兄妹倆說笑著，很快就到了梧桐胡同。才到胡同口，就察覺到這裡的氣氛大不一樣，多了些好事看熱鬧的閒人，臉上掛著八卦的神情，湊在一起正熱烈地討論著什麼……

拾娘和慕潮陽基於默契地相對一笑，慕潮陽放鬆了韁繩，從和馬車並行變成了尾隨其後。很快，馬車到了亂糟糟的、堆了一大堆箱子、行李甚至鋪蓋的董府門口，滿臉忿忿的鈴蘭和七、八個丫鬟、婆子正在整理著行李，努力將它們歸攏打包，讓它們看起來順眼一些。一臉得意的王寶帶著幾個五大三粗的漢子守在大門口，防止她們衝進去。

拾娘整理了一下衣裳，戴上帷帽，下了車，看著一地的狼藉，又驚又怒地問道：「鈴蘭，這是怎麼一回事？怎麼我不過是出門半日，就成了這個樣子？」

第二百一十五章

拾娘的聲音讓滿臉悲憤的鈴蘭放下手上的東西，如同看見曙光般撲了上來，跪在拾娘面前，似乎強忍了很久，一直沒有落下的眼淚順著腮留下來。其他的丫鬟、婆子也一樣跪倒在地。和心中有底的鈴蘭不一樣，她們是真的很擔心，尤其是一向潑辣的鈴蘭居然抵擋不住王寶家的——鈴蘭是拾娘最信得過的，她一定知道些她們都不知道的事情，或許就是因為她知道些什麼，底氣不足，才會在王寶家的面前只抵擋了兩刻鐘，便節節敗退下來吧。

雖然是按照拾娘的吩咐故意放水，讓王寶家的費力將自己連同眼前的丫鬟、婆子成功趕出來的，但是鈴蘭心裡卻還是不怎麼踏實；見到拾娘之後，懸著的那顆心終於落了下去，配合著臉上的表情，語帶控訴地道：「大少夫人，您總算回來了！您出門不久，夫人身邊的嬤嬤王寶家的就帶了幾個從來沒有見過，不知道從哪裡冒出來的粗壯婆子闖進您的院子，不由分說地就抄家一般將您的東西往外丟，奴婢帶人阻攔，她們卻說是夫人的意思。

「奴婢怎麼都不相信這段時間對您和顏悅色的夫人會讓人這樣做，想去夫人面前和王寶家的對質，她卻說……卻說夫人是為了麻痺您，讓您以為她認命地接受了您這個沒有娘家依仗，沒有嫁妝傍身也沒有出眾容貌，讓她在眾夫人面前丟臉的兒媳婦，為的就是今天。」鈴蘭將王寶家的原話潤色之後，用不高不低的聲音說了出來，讓拾娘能夠聽得真確，也讓那些豎著耳朵的閒人大概聽了個明白。他們臉上都帶了了然，原來是之前傳言董家夫人想要為兒子另娶高門貴女，強逼兒子休棄糟糠之妻的續集；只是這一次的事情和傳聞中的另一個主角，醴陵王府的四姑娘有沒有關係？

不知道董禎毅這一次會怎麼選？若是選擇休妻，那麼之前的好名聲蕩然無存不說，還會被人非議，說他惺惺作態，實際上不過是個欺世盜名的偽君子；要是不休妻，那勢必背上忤逆不孝，違背寡母意願的名聲。不管怎麼選都是錯，嘖嘖，攤上這麼一個不著調、不省事、不顧全大局鬧騰的母親，還真是一件極之不幸的事情？所以說，投胎也是件技術活啊！

「王寶家的真這麼說？」拾娘的聲音既悲又怒，還帶了不敢置信，似乎眼前的一切無法讓她相信發生了那樣的事情。

「奴婢不敢妄言。」鈴蘭指著一地的狼藉，道：「雖然奴婢極力阻攔，但王寶家的帶過來的那些粗壯婆子不但力氣大，動起手來還一點都不留情，奴婢等抵擋不過，最後不但讓她們將奴婢等攆了出來，還只能眼睜睜地看著她們將您的箱櫃行裝丟了出來。奴婢等人想要衝回去，王管事卻帶著那群閒漢擋在門口，奴婢等哪是他們的對手，只能收拾東西，想讓您回來看見的不是那麼糟糕，也不要那麼生氣。」

「真是欺人太甚！」拾娘氣得渾身發抖，鈴蘭見狀立刻起身攙扶著她，勸慰著道：「大少夫人，您可不能氣壞了，您要是氣壞了的話，正中別人下懷不說，姑娘和少爺們可該怎麼辦呢？」

「我能不氣嗎？」就算這一切都在預料之中，就算已經做好了安排和應對，就算自己也沒有那麼無辜，但事到臨頭的時候，拾娘卻還是忍不住惱怒生氣。她把手搭在鈴蘭手上，朝大門口走去，一副討要說法的姿態。

看到拾娘走過來，一直懶散地靠在大門口的王寶站直了身子，擋住大門，極不尊重地道：「大少夫人請止步。」

「你敢擋我的路？」拾娘看著一副小人得志模樣的王寶，冷冷地道。嫁進董家三年，她見到王寶的次數寥寥無幾，但對此人是一點好印象都沒有。最初是因為王寶家的，妻子是那樣的人，丈夫又能好到哪裡去？之後則是因為王寶一連串的舉動，她在心裡已經對眼前的小人判了罪。

「有什麼不敢？」王寶笑了，語帶嘲諷地道：「大少夫人，小人知道妳是董家的功臣，但妳那點功勞可不足以讓妳一輩子高枕無憂。妳啊，還是聽小人的一句勸，帶著行李走吧，別鬧了，要不然的話，到最後吃虧受罪的還是妳。」

「讓開。」拾娘冷笑。看來王寶是得了董夫人的授意，乾脆要撕破臉了，和自己說話連敬稱都沒有了。

「大少夫人，妳怎麼一點都不聽勸呢？妳就算不為自己著想，也該為大少爺還有妳的子女著想，別為了自己的一己之私害了他們啊！」王寶知道拾娘不可能那麼輕易就離開，他不自覺地伸手摸了摸胸口。他懷裡揣著他們一家四口的賣身契，那是王寶家的帶著人將鈴蘭等人順利轟出門之後，董夫人為了讓他們夫妻安心做事，特意給了他們的。他略帶張狂地道：「夫人這一次是鐵了心一定要把妳掃地出門的，妳還是帶著東西離開，然後找個地方等著接休書吧。」

「就算離開，我也要帶著孩子們一起走。」王寶把話都說到這麼明白了，拾娘也不再堅持要見董夫人，她知道董夫人絕對不可能讓自己進去，也絕對不可能出來見她，立刻提出另外一個要求。

「這妳可別妄想了。」王寶哈哈一笑，道：「他們姓董，再怎樣都不可能跟妳走的。」

在暗處聽得差不多的慕潮陽這個時候驅馬上前，在馬車旁停下，飛身下馬，然後大踏步地走到拾娘身邊，帶了疑惑地道：「妹妹，這是怎麼一回事？」

「哥哥！」拾娘叫了一聲，帶了悲切地道：「婆母趁我外出，讓人將我的東西丟了出來，還派惡奴在此守門，說讓我帶著東西自行離開，等著接休書。我想回去接孩子，這惡奴也不讓。」

「真是豈有此理！」慕潮陽勃然大怒，對一臉疑惑地看著他的王寶喝斥道：「你這蠢奴才，還不給我讓開！」

慕潮陽這一出聲，王寶眼中的驚疑不定就去了幾分。他曾遠遠地見過慕潮陽，但他對慕潮陽的長相遠遠不如之前那種帶著女兒家嫵媚和嬌柔的舉動深刻，眼前的男子沒有半點陰柔之氣，絕對是長得有些相似的兩個人。

但是就算有了這樣的判斷，王寶也不敢輕易胡來。這裡是天子腳下，難保眼前這個男人不是什麼貴人。他小心地問道：「不知道公子是何人？這是我們董家的私事，還請公子不要干涉，束手旁觀便是。」

「你們董家的私事？」慕潮陽冷哼一聲，道：「我是你家大少夫人的親哥哥，你們董家這樁私事我還真的管定了！」

大少夫人的親哥哥？王寶微微一怔，但很快反應過來，他冷笑著道：「誰不知道我家這位大少夫人是個無親無故的，為了活命還曾賣身為奴。你說你是她的親哥哥，不知道你又是哪一家的奴才？」

「不知天高地厚的蠢奴才。」慕潮陽還真沒有見過敢在他面前這麼囂張的人，氣得笑了起來，而後在所有的人不可置信的目光下，飛身朝著王寶的心窩就是一腳。他這一腳力道可不小，王寶悶哼一聲，立刻被踹飛出去，砸在門上，一張嘴就噴出一口血來。

「哥哥！」拾娘驚叫一聲。她比較驚訝的是慕潮陽的舉動，至於王寶被踹，卻只覺得痛快，這奴才是該受到這樣的待遇。

「妹妹，妳什麼都別說，這件事情我來作主便是。」慕潮陽對拾娘說了一聲，然後對鈴蘭道：「扶著妳家主子進府接孩子們，要是有人敢阻攔的話……來人！」

「世子爺。」慕潮陽的話音一落，便有四個看起來並不強壯的男子上前。他們都是慕潮陽的隨從，因為不想帶著太多的人讓拾娘引人注意，慕潮陽就只帶了他們四個。他們都是以一擋百的好手，有他們四個，龍潭虎穴或許去不得，但區區一個董府卻還是可以做到如入無人之境的。

「你們前面開道，要是有嫌命長的敢阻攔，成全他們便是。」慕潮陽的話讓鈴蘭都忍不住打了個寒顫，心裡思忖著這個可能是拾娘親哥哥的人到底是什麼來歷，怎麼這麼狠戾，這種要人命的話說起來猶如喝水一般。

「哥哥！」拾娘驚叫一聲，她猜到慕潮陽起了殺人立威的心思，可是這府裡除了王寶兩口子之外，就剩一個不知道向著誰的思月了，她可不希望自己的人被誤傷到了。

「妳就是心軟。」慕潮陽倒真有殺人立威的意思，但見拾娘這般態度卻也知道不成了，只好冷冷地道：「今天是爺和妹妹團聚的大好日子，別出人命、別見血。」

「是，世子爺。」幾個隨從知道慕潮陽心意，立刻上前開路。王寶雖然吃了慕潮陽那一腳，疼得站都站不住了，但還是呼喝一聲，那些他花了銀子找來的閒漢雖然心生退意，卻還是看在銀子的分上，意思意思地上前攔了攔，敷衍了事的態度極為明顯，做好了幾個人靠近便一哄而散的準備。

但是，事情豈能如他們所想，不等他們臨陣逃脫，慕潮陽的四個隨從就以迅雷不及掩耳之勢，將他們一個個踹飛出去，雖然沒有慕潮陽那麼重的力道，但也絕對不輕。

而後，他們將董府的大門打開，朝著拾娘道：「姑娘，請。」

第二百一十六章

一路暢通地到了孩子們住的院子，綠盈正一臉微笑地給輕寒、棣華唸書，棣青在奶娘的懷裡睡得香，其他幾個丫鬟也安靜地待在一旁，似乎什麼事情都不知道也都沒有發生一樣，只有她們眼中的焦灼，和輕寒、棣華坐立不安的樣子，證明他們的心裡其實都不平靜。

「娘！」看到拾娘踏進院門，輕寒、棣華丟下綠盈就撲了過來。綠盈放下手上的書，一直懸著的心終於安穩了一些。就算不知道拾娘準備怎麼應對董夫人，但見到她，也等於找回了自己的主心骨兒。

拾娘蹲下將孩子們摟進懷裡，看著他們安心的神情，帶了歉疚地問道：「你們是不是給嚇壞了？沒關係，娘回來了，一切都會好起來的。」

「是被嚇到了，但是看到娘就什麼都不怕了。」輕寒緊緊地摟著拾娘，明明心裡害怕卻還是給了拾娘一個燦爛的笑容，看得拾娘心酸酸的。

棣華摟著拾娘另外一隻手臂，帶了些不安地道：「娘，怎麼了？是不是不光祖母嫌棄妳，連爹爹也不要妳了？」

拾娘心裡更難受了。輕寒則放開拾娘，轉過去狠狠地給了棣華一下，道：「你胡說什麼？爹爹怎麼會不要娘？」說完，又轉過來摟緊拾娘，道：「娘，妳還有我和弟弟們，我們都只要娘。」

拾娘點點頭，緊緊地摟著輕寒。她身後的慕潮陽輕輕地咳嗽一聲，等兩個孩子都看著他才道：「你們放心吧，他們沒有資格嫌棄你娘，只有你娘嫌棄他們、不要他們的分。」

「你是誰啊？」輕寒好奇地看著慕潮陽，雖然是第一次見面，卻覺得慕潮陽很親切，很想親近他。

「輕寒、棣華，這是娘的親哥哥，你們的舅舅，快點叫人。」拾娘立刻為孩子們介紹，而她的話也讓院子裡所有的人全部將目光集中在慕潮陽身上。

「舅舅？」輕寒又一次鬆開拾娘，走到慕潮陽跟前，仰著小臉看著慕潮陽，道：「你就是娘那個最疼她的哥哥？娘總告訴我們，說她有個對她很好很好的哥哥，只是她找不到他了。舅舅，你躲到哪裡去了，為什麼娘會找不到你呢？」

輕寒的童言童語讓慕潮陽心裡也不好受，他蹲下，將輕寒抱起來，道：「是舅舅不好，以後舅舅再也不躲了，舅舅會一直在妳娘和你們身邊，一直護著你們，不讓任何人欺負你們。」

「也包括祖母和姑姑嗎？」輕寒和董夫人、董瑤琳從來都不親，到了京城這段時間，更把最後的一絲親情給磨滅了。她不知道大人的世界裡發生了什麼事情，但卻知道祖母和姑姑對娘親充滿了惡意，只有她們才會欺負娘親。

「當然。」慕潮陽點點頭，道：「別說是欺負妳娘，就算對妳娘有什麼不敬，舅舅都不會放過她們。」

「我倒想看看你怎麼不放過我們！」充滿了憤怒的聲音出自董瑤琳之口。她和王寶家的一左一右地扶著董夫人出現，她們身後跟了十餘個粗壯的婆子，每個人手裡持了棍棒。她對拾娘怒目而視，道：「莫拾娘，妳真的是越來越膽大包天了，不但帶著這些不知道從哪裡來的野男人闖進來，還大放厥詞，妳可知道後果有多嚴重！」

看著囂張地不可一世，對長嫂直呼其名的董瑤琳，慕潮陽的眼中閃過一絲狠戾，冷冷道：「還不給我掌嘴？」

呃？打一個丫頭片子？四個隨從無奈地對視一眼，雖然是這個不知道天高地厚的丫頭片子找死，但是打一個丫頭片子卻還是讓他們覺得不自在；可慕潮陽都開口了，他們也不能不從，只能飛快地用眼神較勁，而後輸了的倒楣蛋飛身而起，一巴掌搧在董瑤琳臉上。這一掌他自覺是手下留情了，用了不到半成的力氣，卻忘了眼前的是個嬌滴滴的小姑娘，董瑤琳嗷的一聲被打了一個趔趄，半張臉用肉眼能夠看清的速度迅速腫了起來，像個形狀不規則的饅頭。

「瑤琳！」看著本能地捂住臉，卻又飛快地將手拿開，除了一個勁兒地掉眼淚之外，連哭都哭不出來的女兒，董夫人心疼得無以復加，將女兒摟進懷裡，看著她臉上那紅彤彤的五指印，怒道：「你們到底是什麼人？敢到這裡來撒野還動手傷人！」

「撒野不至於，至於說動手傷人……」慕潮陽上前一步，將原本就沒打算開口的拾娘擋在身後，冷冷地道：「長得人模狗樣，一張嘴卻只會噴糞，給她一巴掌是讓她長記性，讓她明白話不能亂說的道理，要是教好了，妳可是要好好地感激我的。」

女兒被打成這樣，不知道會不會破相，讓人下毒手的還說那樣的風涼話，董夫人都要瘋了，但她不是董瑤琳，還知道勢比人強的道理，她沒有理會慕潮陽，而是隔著慕潮陽對拾娘道：「莫拾娘，妳給我交代清楚，這到底是怎麼一回事？這些人是從哪裡冒出來的？妳到底想要做什麼？」

拾娘輕輕地一把將慕潮陽推開，冷靜地將棣華放下，牽著他，淡淡地道：「娘可還記得，我曾經說過，我也是京城人士，到京城之後想要憑些許的線索尋找失散多年的親人。而眼前，您所見的這個是我的親哥哥，和輕寒、棣華一樣，我們也是雙胞胎。至於母親的質問……一直以來，我不過是想要一家人和和美美、安安樂樂地過日子，只是樹欲息而風不停，我這一點點小小的願望卻一再被人打破。母親我倒想問您，您今天這般鬧意欲為何？」

她的親哥哥？董夫人微微一怔，這才認真打量了慕潮陽一遍，慕潮陽身上沒有配戴任何能夠讓人看穿身分的東西，但是通身的尊貴氣息還是讓董夫人心裡有些打鼓，只是事情到了這一步，她只能硬著頭皮挺下去——她就不信，莫拾娘這不知道從哪裡冒出來的親哥哥會比慕姿怡的靠山更強。

想到這裡，她心裡也就不慌了，直接道：「莫拾娘，今天我們就把話給說開了，這個家有妳沒我、有我沒妳，我這般做就是要把妳攆走，至於毅兒……我不相信他真的敢為了妳不要我這個娘。」

董夫人的話讓拾娘輕輕地搖了搖頭，冷諷道：「母親既然這麼有底氣，為什麼不等所有人都在的時候攆人呢？」

董夫人臉微微一紅，而董瑤琳這會兒已經緩過神來了，她支吾不清地道：「娘，您別和她講那麼多，先把人給攆出去……她帶著人上門行凶，還把我打成這個樣子，就算是休了她，我也忍不下這口氣。」

「忍不下又想如何？」慕潮陽冷冷看著不知死活的董瑤琳，心裡想著是不是乾脆讓她一命歸西的好，雖然就她這副德行也不能成為什麼禍患，但整天看一個跳蚤在面前，也是心煩的。

「我會讓妳付出代價的！」董瑤琳被慕潮陽看得打了一個寒顫，總覺得有一股寒意從心裡冒起來，但還是死咬著牙說狠話，她可是西寧侯府未過門的兒媳婦，豈能被一個不知道從什麼地方冒出來的傢伙給嚇到了。

「喔？讓我付出代價？是依靠董禎毅還是依靠秦懷勇那個蠢貨？」慕潮陽大笑起來。他自然看得出來董瑤琳不過是自以為有依仗才敢放狠話的。

「哥哥。」拾娘輕輕地拍了他一下，然後再看臉色越來越不好的董夫人等人，淡淡地道：「今日事情已經鬧到這一步，多說也無用，繼續耗在這裡也徒勞，我帶著孩子走便是。綠盈，收拾一下姑娘、少爺必須的東西，其他人什麼都不用收拾了，跟著我離開便是。」

「孩子必須留下。」董夫人沒有想到拾娘這一次這麼乾脆，但也沒有忘記將孩子留下，鬧得這麼大將拾娘逼走，她勢必和兒子鬧翻，要是連孩子都走了的話，那母子倆就更是連個迴旋的餘地都沒有了。

「就是。」王寶家的也跳將出來，氣焰囂張地道：「要不然的話，你們誰都別想走，我男人已經去找人了，識相的還是照著夫人的話去做。還有，你們打傷了那麼多的人，得留下銀錢做湯藥費。」

「找死。」慕潮陽冷哼一聲，指著董夫人母女，道：「除了這對蠢貨之外，全部給我把手給卸了，我倒要看看，她們那個時候還能不能嘴硬、還能不能阻攔？」

四個人無奈地相視一眼，動作極快地將那些王寶家的不知道從哪找來的婆子的手臂全部卸下了。那些婆子何曾經歷過這個，躺倒地上哼哼唧唧地哭嚎起來。最慘的是王寶家的，那幾個人特意照顧了她，別說手腳被卸了，就連下巴也被卸了，那種慘狀把董夫人和董瑤琳嚇得抖如篩糠，抱在一起，連看都不敢看過來了。

「哥哥，你也不怕嚇到孩子們？」拾娘嗔怪了一句，抱起棣華，看著董夫人，道：「孩子們和下人我都帶走了，娘如果要討公道、討說法的話，我也等著。告訴禎毅，我帶著孩子回娘家去了，孩子的外祖父、外祖母都等著見孩子呢。」

「曦兒，妳也夠狠的。」看著拾娘身後那一串人，慕潮陽笑了起來。他可知道董家大概有多少下人的，拾娘帶了這麼多人離開，這董府也差不多成了一座空府，董夫人等於什麼事情都得親力親為了。

「我很早以前就和她打過招呼，她應該知道後果的。」拾娘冷笑一聲，然後將這個話題丟開，對一臉擔憂的兒女道：「你們別擔心，娘就帶你們回外祖家小住一段時間，你爹爹會來接我們的。」

「會嗎？」棣華雖然年幼，但也知道娘這一次算是徹底和祖母、姑姑鬧翻了。

「當然會。」拾娘肯定點點頭，心裡卻冷冷一笑。回來是肯定的，但那是董夫人負荊請罪以後的事了……

第二百一十七章

聞訊趕回來的董禎誠越往裡走，心裡越是冰涼。滿院的空寂讓他心中越來越沒底，最擔心的不再是董夫人鬧了么蛾子，而是董夫人母女是否安在。

董夫人的院子裡也是一片靜悄悄，董禎誠心裡發虛，加快腳步，幾乎是跑到董夫人的房門口，一把推開門。他用力過猛，發出巨大的聲音，將屋子裡正低聲說話的幾個人嚇了一跳，以為是煞星又回來了，等到看清楚來者的容貌，都不約而同地大鬆一口氣，而董夫人更悲從中來地哭了起來。「誠兒，你終於來了……娘還以為沒命見你們兄弟倆了……」

董夫人的驚悸是那麼明顯，素來細心的董禎誠自然看在眼中，他再看看臉上紅腫未消的妹妹，看看精神萎靡的王寶家的，驚疑不定地問道：「娘，發生什麼事情了？怎麼外面一個人都沒有？」

「還不是那個喪心病狂的莫拾娘！」董夫人咬牙切齒地罵起來，道：「她帶著一個不知道從哪裡冒出來的，自稱是她親哥哥的男人闖了進來，打了瑤琳，傷了王寶家兩口子，還把孩子們和家裡的下人都給帶走了……誠兒，你都不知道那男人有多麼恐怖，說傷人就傷人，下手狠毒，娘都以為會被他殺了，再也見不到你們兄弟了……」

想到慕潮陽的狂傲和狠辣，想到拾娘袖手旁觀卻不勸阻，想到那些手臂脫臼躺了一地的婆子，再想想為了將給那些人請大夫，之後更為了順利打發他們走而花的銀錢，董夫人又是驚懼、又是怨恨、又是心疼。

看著傷心欲絕的母親，董禎誠心裡卻奇異地沒有同仇敵愾的感覺，卻對董夫人的話起了疑心。他看著董夫人，直接問道：「娘，您先別說大嫂做了什麼，您先說說您又做了什麼？我怎麼聽說您讓人將大嫂掃地出門了？您不會是以為這麼一鬧，就能讓大哥同意休妻了吧？」

董夫人沒有想到兒子沒有安慰受了莫大驚嚇的自己不說，反而質疑起自己的話來，她傷心地看著董禎誠，道：「誠兒，在你眼中，娘是那麼不著調的人嗎？是那種會說謊騙你的人嗎？」

「娘，如果是以前的話，兒子定然不敢懷疑娘，但是現在……」董禎誠苦笑地搖搖頭，直言不諱地道：「為了攀附權貴，為了不該肖想的東西，您做了太多讓我失望也讓我吃驚的事情，我真的已經無法相信您了。」

兒子的話讓董夫人傷心地哭了起來，看著她最疼愛的兒子，傷心地道：「誠兒，你哥哥被莫拾娘蠱惑了，聽不進娘的話，你怎麼也這樣呢？你應該知道，娘不管做什麼都是為了你們兄妹好啊，為了你們兄妹，娘什麼都願意去做啊！」

「娘，我知道您心裡只有我們兄妹，也知道為了我們兄妹，您什麼都願意做；但是，娘，有的時候好心不一定能夠辦好事。」董禎誠不是董禎毅，終究還是捨不得對董夫人說重話，但是他也無法忍受董夫人繼續照著自己的性子胡來了。他認真地看著董夫人，道：「我們不求娘為我們做什麼，只求娘為了我們好，什麼都別做。」

「二哥，你這說的是什麼話啊？難不成娘為了我們那麼操心還錯了？」董瑤琳對董禎誠怒目而視，她覺得兩個哥哥都是白眼狼，母親為了他們做了那麼多，不但不討好反倒遭了抱怨。

「是錯了。」董禎誠這一次沒有迴避，直接道：「娘上京之後就沒有做對一件事情。」

董夫人哭得愈發大聲了。她真的是想為兒女打算的，但是為什麼卻成了現在這個樣子呢？她不認為是自己的錯，她只能將所有的罪責推到別人身上，一邊哭一邊道：「都是莫拾娘這個禍害！要不是她的話，怎麼會鬧到現在這個地步？」

「都到了現在，娘還只會將罪責推到別人的身上，卻不想想，這一切的始作俑者其實就是娘自己嗎？」早已到家，在門外站了好一會兒，卻一直無人發現的董禎毅終於忍不住開口了。董夫人的表現讓他對母親再沒有了半點指望。

「你怪我？」董夫人淚漣漣地看著兒子，心越來越冰冷。她為了兒女吃了那麼多年的苦，眼看就要苦盡甘來，為什麼兒子卻和她離心了呢？

「我能不怪您嗎？」董禎毅看著董夫人。他現在真的明白父親當年是什麼心情了，如果是他有這樣的妻子，也會和父親做一樣的選擇。他輕輕地搖搖頭，沒有質問，而是淡淡道：「等我把拾娘接回來之後，娘還是什麼都別管了，安心地過些悠閒的日子就好。」

「都到這個地步了，你還放不開莫拾娘？你是不是要看著娘死在你面前？」董夫人沒有想到都到了這個時候，董禎毅還不改初衷，她心裡對兒子都忍不住恨上了——要是他一開始就依了自己，在莫拾娘還在望遠城的時候就把她給休了，就不會有這麼多的事情了。

「那麼依娘的意思，兒子應該怎麼做呢？」董禎毅臉上帶著冷嘲。雖然王寶見到他之後，黑白顛倒，把所有的錯都推到拾娘身上，隻字不提董夫人和他們的作為，但董禎毅對王寶本來就是不信任和厭惡的，怎麼可能偏信他的一面之詞？

「娘說的話還有用嗎？」董夫人看著兒子的表情，悽悽楚楚地道：「我看我還是死了得乾淨，不用再為你們煩憂，不用再遭人嫌……」

看著哭得傷心得不得了的董夫人，董禎毅心冰冷冰冷的。都到了這個時候，她還不忘試圖逼著自己順了她的意，她真的是自己的親娘嗎？

董禎毅冷冷道：「娘想要兒子怎麼做儘管說就是，兒子向您保證，不管您說什麼，兒子都會照您的意思去做。」

這幸福來得太突然，董夫人反倒愣住了，一旁的董瑤琳連忙道：「娘想什麼大哥心裡應該清楚，娘最希望的不過是大哥休了莫拾娘這個禍害，然後娶慕姊姊進門而已。」

「就這樣？好，我同意。」董禎毅冷笑。他就知道母親還沒有死心，她要是知道拾娘是醴陵王府這麼多年來耗費了無數的人力、財力，滿天下尋找的嫡出大姑娘，會是怎樣的心情和表情？

「你同意了？」董瑤琳也愣住了，這轉變似乎也太大了吧？

不明真相的董禎誠則著急地叫道：「大哥，不可！」

「誠兒，閉嘴！」董夫人回過神來，喝斥董禎誠一聲，而後歡喜地道：「毅兒，你真的願意聽娘的，把莫拾娘休了娶姿怡進門？」

「我可以給拾娘休書，至於娶慕姿怡……母親還是死了這條心吧！」董禎毅嘲弄地看著母親，道：「休嫡姊娶庶妹，這樣的事情兒子做不出來。」

呃？他這又是說什麼話，怎麼聽都聽不懂？董夫人和董瑤琳一時間反應不過來，而一旁的董禎誠則愣了又愣，衝口而出道：「大嫂是慕姿怡的嫡姊？大哥，你是這個意思嗎？」

什麼？嫡姊？那就是說拾娘是醴陵王府的嫡姑娘了？這怎麼可能？董夫人和董瑤琳傻了，但若是真的話，還真是天上掉金錠的好事，只是這金錠大了些，接不好就得被砸死……

第二百一十八章

慕潮陽陪著拾娘慢悠悠地往醴陵王府走的時候，醴陵王府正亂成一團——就在拾娘被慕潮陽從皇宮接走的時候，醴陵王妃也向皇后告退，一邊派人去給醴陵王送信，讓他立刻回家見女兒，一邊自己也匆匆往回趕。她要在女兒進府之前，將女兒以前住的院子好好地清理一遍。

這麼多年來，那院子裡的擺設一直沒有變過，以前是因為她思念女兒，怎麼都捨不得動那裡的一針一線；而現在女兒回來了，那些女兒用不著的東西可以先收起來，放到庫房裡，擺上女兒現在需要用的……唔，還有三個孩子的東西，第一次見外孫、外孫女，一定要給他們最好的，可不能讓他們有半點委屈。

醴陵王妃一邊想著，一邊吩咐著，而她身邊伺候的人則拿筆記著。她們相信王妃回到府裡之後吩咐的事情會更多，現在記下的事情一會兒就不用王妃再重複了。

這樣一路回到王府之後，整個王府就動了起來——大姑娘住的朝顏居裡裡外外都要清洗一遍，務必保證沒有半點塵埃；窗紗要換，就用皇后娘娘今年才賜的煙羅紗；所有的鋪蓋被褥都要換，不但保證要用最好的，還要保證有股陽光的味道；裡面的擺設物品要換，以前的都充滿了童趣，現在都換上大方華貴的；院子裡的花木要換，大姑娘和王妃一樣，都喜歡茶花，將暉園那幾株已經滿枝花蕾的名茶趕快搬過來……

這麼大動靜，把整個王府都給驚動了，留在家等著董夫人好消息的慕姿怡也不例外。她一臉不敢置信地看著豆綠，驚訝地問道：「大姊姊回來了，妳沒有聽錯吧？」

「奴婢絕對不會聽錯。」豆綠知道慕姿怡有多麼驚詫，事實上，她也不敢相信，這麼多年，用了那麼多的心力去找卻怎麼都找不到，以為已經死了的人，就這麼毫無預兆地出現了，還回來了，任誰都會覺得難以置信。她看著慕姿怡道：「奴婢是在廚房聽說的，王妃親自列了今晚的單子，說單子上的都是大姑娘以前最愛吃的，讓廚房用心做，要是做得好，讓大姑娘喜歡的話，王妃有重賞。」

那麼說是真的回來了，她怎麼沒有死在外面？慕姿怡咬牙，對那個已經完全沒有印象的大姊，她又羨又妒，羨慕她得了嫡母和嫡兄的全部關愛，也嫉妒她得了他們的全部關愛。那兩個人眼中、心中只有她，也只看得到她，恨不得將世間所有美好的事物都捧在手心裡，獻給她……嫡母和嫡兄但凡將對她的關愛分一點點在自己身上，自己也絕對不會像現在這樣，連丈夫都得自己去找。

「還打聽到什麼？」慕姿怡再怎麼怨恨和嫉妒，也不敢表露半點。

「為了迎接大姑娘，整個王府都忙起來了，大姑娘以前住的院子所有的家具、擺設，甚至一些可以挪動的花木都要換成最好的，聽說王妃還將庫房裡的煙羅紗拿出來給大姑娘當窗紗呢。」豆綠眼中閃爍著小星星，沒有說王妃最信任的管事嬤嬤還在挑選到大姑娘院子裡伺候的丫鬟、婆子，已經有丫鬟為了爭取這個機會想瘋了。能夠伺候大姑娘，那可是和伺候王妃、伺候世子爺一樣讓人羨慕的好差事啊——不，應該說比伺候王妃、伺候世子爺還要好。大姑娘流落在外面這麼多年，不知道吃了多少苦，王妃和世子爺一定會千方百計地彌補，盡其所能地對大姑娘好，連姑娘想求一點，用來做罩衫都不得的煙羅紗都給大姑娘當了窗紗，大姑娘身邊的丫鬟、婆子也一定會有不一樣的待遇和地位。

可惜……她隱晦地看了臉上掩不住嫉妒和憤恨的慕姿怡，可惜自己是四姑娘的貼身大丫鬟，自己再怎麼想辦法，也絕對不可能被調去伺候大姑娘的，只能早早熄了那個心思。

慕姿怡嫉妒得眼睛都紅了。她也知道她在一樣出身王侯人家的庶女之中，待遇已經是不錯了，起碼在吃穿用度上，比那些姊妹要好得多；可和那個那麼多年都沒有音信的姊姊一比起來，就成了小可憐。

「還有什麼？可打聽到姊姊這麼多年在什麼地方，為什麼一直都沒個音信？」慕姿怡再問，心裡不禁惡意地猜測著，嫡姊到底為什麼這麼多年來都不回來。王府的人滿天下找她可以說是大海撈針，但是她若是想找回來，卻是簡單至極的事情，或者就如那些人猜測的，她流落煙花之地，所以沒臉回來？

「這個沒有人說，奴婢也不知道。」豆綠搖搖頭。醴陵王妃沒有將拾娘就是曦兒的事情公諸於世，知道內情的只有寥寥數人，就連往回趕的醴陵王慕雲殤都不知道，她怎麼可能打聽得到？不過，她笑笑，道：「聽說還準備了些孩子的玩具什麼的，大家都猜測，說大姑娘定然是帶著孫少爺回來了。」

除了那個陰魂不散的，又多了個爭寵的！慕姿怡咬牙，卻聽見外面有問好的聲音，而後醴陵王妃身邊的清音進來了，朝著她簡單地行禮問好之後，直接道：「四姑娘，王妃有令，讓家中所有的人到二門迎接大姑娘回來。」

「大姑娘？真的找回大姊姊了？」慕姿怡滿臉的驚喜，關心地道：「不知道在什麼地方找到大姊姊的？她這些年來過得可好？」

「這個奴婢也不知曉，只聽說大姑娘這些年受了不少苦，王妃都心疼得不知道該怎麼辦。」清音自然不會告訴她內情，只敷衍地說了一句。

「那……」慕姿怡心裡轉著念頭，想要再打聽一二，清音卻沒有閒工夫和她多說，簡單地道：「奴婢還要通知其他人，先走了。」

看著轉身離去的清音，慕姿怡恨得咬牙，卻也只能眼睜睜地看著她離開。

不到半個時辰，醴陵王府所有的主子，有頭面的管事、嬤嬤和大丫鬟，都在慕雲殤和醴陵王妃的帶領下，在二門候著了。

慕雲殤一臉急切地對醴陵王妃道：「是怎麼找到曦兒的？她怎麼樣？有沒有受什麼苦？」

「著什麼急，見到曦兒不就知道了？」醴陵王妃對丈夫的急切很滿意，卻還是不緊不慢地道：「這麼多年來，曦兒確實是吃了不少苦、受了不少罪，但是她很出色，就算一直在我們身邊，也不一定就能比現在更好。」

「來了、來了！」正說著，一個管事嬤嬤滿臉是笑地快步過來報喜。她的話音一落，就看見慕潮陽陪著一個戴了帷帽的女子慢慢走來，慕潮陽的手上一左一右抱了兩個一般大的蘿蔔頭，那個女子懷裡也抱了一個孩子。不明內情的人都微微一怔。哪來這麼多的孩子？不會都是大姑娘生的吧？

「那個……」慕雲殤也愣住了，指著孩子不知道該怎麼問。

「那是我們的外孫、外孫女，大的兩個也是雙生，卻是姊弟，小的那個是今年才出生的；聽曦兒說，這孩子長得和他們夫妻都不像，卻偏偏像了陽兒，應了那句外甥像舅的老話。」醴陵王妃笑盈盈地解釋了一句，又調侃慕雲殤，道：「你應該沒有給三個外孫準備見面禮吧，這一次，我可不幫你，自己想辦法吧。」

醴陵王妃的話讓慕雲殤一陣感慨，多少年沒有被她這麼輕鬆地調侃過了，真是懷念啊……他趕快看看自己身上有沒有什麼合適的東西，可以給初見面的孩子當見面禮的。

看著越走越近的人，跟在醴陵王妃身後的慕姿怡的眼睛越瞪越大。她和拾娘也就見過那麼一次，還真的做不到一眼就看出戴著帷帽的人是拾娘，卻有一種無比熟悉的感覺，總覺得在什麼地方見過一樣……會是在哪裡見過呢？

終於，拾娘走近了，她將手上的孩子遞給身側的鈴蘭，然後將頭上的帷帽取下，朝著慕雲殤夫妻盈盈下拜，道：「女兒見過父親、母親。」

「回來就好、回來就好。」和其他人一樣，慕雲殤也看到拾娘臉上的印記了，但是他和別人不一樣，不覺得難看訝異，只覺得很是心疼。在他想來，女兒定然是被毀了容貌。他上前，和與他步調一致的醴陵王妃一人拉著拾娘的一隻手，將她扶了起來，像小時候一樣，將她連同醴陵王妃一起摟進懷裡。

「爹……」熟悉的感覺和氣息讓拾娘的眼睛一紅，眼淚也流了下來，而一旁的慕潮陽心中酸楚，也湊了上前，讓手上的輕寒、棣華一人一個摟住慕雲殤夫妻，等他們分手過來抱孩子，自己則從鈴蘭手裡接過棣青，再和他們擁成一團……

看著那抱成一團，再也插不進去外人的一家子，慕雲殤的妾室、通房眼中都是濃濃的羨慕，在場的庶子女則複雜一些，除了羨慕還有嫉妒，當然也有一種鬆了口氣的感覺——找回女兒，醴陵王妃的心情定然大好，他們以後的日子也會好很多吧？

只有一個人沒有半點羨慕也沒有半點嫉妒，她呆呆看著那被擁在中間的拾娘，腦子裡只有一個念頭：完了、完了，死定了！

第二百一十九章

如果可以的話，慕姿怡現在最希望自己馬上暈倒過去——咳咳，事實上她已經做好了兩腿一軟、兩眼一黑，拚著摔個鼻青臉腫也要暈倒過去的準備。這個小技巧，丁姨娘曾經是駕輕就熟，她雖然差了一點，但也能保證在暈倒的時候不會將自己摔得太狠。

可是就在她下定決心的時候，卻看到有兩個婆子刻意在她眼前晃悠了一下，她的眼神一凝。那是醴陵王府很有名的婆子，也是醴陵王妃手下婆子中最讓人畏懼的——王府中庶出的姑娘少爺、姨娘通房，犯了錯之後都是由她們執行家法的，慕姿怡完全相信，自己要是敢暈倒，她們就敢對自己下手，讓自己在最短的時間內清醒過來。

因為有了這樣的顧忌，慕姿怡只能硬著頭皮看著一向嚴厲的父親，滿臉慈愛地將他隨身配戴的玉珮遞給輕寒，將從不離身的一把匕首遞給棣華，想了又想，又將一把不知道是不是剛得的扇子遞給還拿不穩東西的棣青，算是給外孫們的見面禮。

慕雲殤的這些禮物讓看在眼中的人心裡都有了譜——看來不管是王妃對多年沒有音信的大姑娘重視萬分，王爺對她也很不一般，連自己最珍愛的、刻不離身的玉珮和匕首都這麼輕易拿出去當見面禮了。唔，以後對大姑娘，對這幾位小少爺、姑娘還得多敬著，可不能怠慢了。

「父親、母親，妹妹剛剛被折騰了一場，已經有些累了，先坐下再慢慢說話吧。」慕潮陽又很自然地將孩子抱了過去，意有所指地道：「妹妹離家這麼多年，很多人都記不得了，旁的慢慢再認識，但是家中的弟弟、妹妹可不能不先認識。」

「我也是這個意思。」醴陵王妃笑著點點頭，道：「我已經讓人去叫姿柔了，她應該一會兒就會回來；至於姿容，她嫁得遠，我明兒讓人給她去封家書，讓她知道曦兒回來的消息就是。」

「妳做得對。」慕雲殤滿臉是笑地點點頭，道：「曦兒回來是家中大喜事，是該讓大家都知道，一起歡喜歡喜。對了，有沒有給皇后娘娘送信？她掛念曦兒的心思可不比妳我少多少。」

「姊姊已經知道這件事情了，今天還特意將曦兒召進宮裡，和曦兒解釋了當年的事情。」醴陵王妃笑著點點頭，用身邊人都聽得見的聲音道：「曦兒對我們可有不少的怨惱和誤會，甚至到了和我面對面都不相認的地步；我這些天一直琢磨著怎麼和她解釋清楚，都忘了告訴你，陽兒前兩天就已經和曦兒見了面、相認的事情。」

慕姿怡眼前一陣發黑。早幾天他們就已經相認了？那麼說王妃是特意將自己放出來的，讓自己知道莫拾娘對她說了不少不敬的話，並不是為了讓自己給她洩憤，而是為了坑人？想到董夫人信誓旦旦地說三天之內給她答覆的話，想起王寶早上特意給自己送來的消息，慕姿怡真的是想死的心都有了。

但不管她怎麼想，一群人還是移駕到了醴陵王府的正堂。慕雲殤夫妻理所當然地坐到了上首，慕潮陽坐在慕雲殤身側，醴陵王妃身側那個從來都空空蕩蕩的位子則是由一臉坦然的拾娘坐著。

「曦兒，這些年妳到底到什麼地方去了，妳娘和我不知道派了多少人找妳，卻怎麼都沒有妳的消息……」提起這麼多年尋找女兒的辛酸，慕雲殤也忍不住嘆氣，道：「如果不是因為陽兒堅持，我們都會以為妳已經……」

「這些我也聽娘和哥哥說起過，不是我不想回來，而是女兒和娘失散那年冬天，得了一場風寒，燒了很多天，腦子給燒糊塗了，忘記了一切。」拾娘搖搖頭，將視線落在坐立不安的慕姿怡身上，輕笑一聲，道：「說到這裡，女兒還得感謝四妹妹，如果不是因為她的話，女兒哪能有機會和娘見面，又怎麼可能因為回到家看到熟悉的一切受到刺激，而後想起自己的身分來？」

說到這裡，拾娘起身，朝著慕姿怡盈盈一笑，道：「四妹妹，姊姊我在這裡向妳道謝了。」

慕姿怡僵硬地起身，僵硬地笑道：「妹妹我都不知道哪裡幫到了姊姊，哪裡當得起姊姊這一聲謝？」

「說起來也算是無心插柳了。」拾娘笑得很有深意，道：「妹妹可還記得丁姨娘從妹妹那裡拿了一罐香粉？就是瑤琳從我那裡拿給妹妹的那個。」

香粉？慕姿怡微微一怔，忽然想起那罐讓自己惱怒，卻沒有砸碎而是被丁姨娘拿走的香粉。是那罐香粉嗎？

「看樣子妹妹沒忘。」拾娘的笑容讓慕姿怡看來那麼刺眼。她笑著解釋道：「那一整套的胭脂香粉是娘特意讓人為我研製的，當年失散的時候，方子就在我身上……我也幻想過，想靠這幾個方子查到自己的身世，卻也知道那希望有多麼的渺茫，沒有想到最後陰差陽錯的，還是藉著這幾個方子找回家來了。」

拾娘的話讓慕姿怡又是一怔，要是她說的都是實話的話，那麼自己還真的算是自作自受了。

「曦兒說的這些話，我怎麼聽不懂呢？」慕雲殤迷惑地看著失而復得的嫡長女，雖然這麼多年來都沒有她的任何音信，但是在他的心中，這個女兒的分量還是最重的，比不上慕潮陽這個嫡長子，但絕對比所有的庶女加在一起的分量更重。

「爹爹聽不懂不要緊，爹爹只要知道女兒現在的身分就能明白了。」拾娘輕輕地一挑眉。醴陵王妃身後的雁落心裡暗自嘆了一口氣，大姑娘這動作和王妃如出一轍，自己看了好幾次，也都察覺了點不一樣，卻怎麼都沒有將她和失散多年的大姑娘聯繫到一起，還真是……

「曦兒現在是什麼身分？」慕雲殤心裡其實並不敢猜想拾娘現在的身分的，她都帶了三個孩子回家，那麼肯定已經嫁人，卻沒有見到應該陪著她一起回家拜見自己夫妻的女婿，那麼女兒不是年輕守寡，就是和女婿或是夫家發生了什麼不愉快；要不然的話，今天這種重要的日子絕對不可能見不到女婿。

「爹爹不妨猜猜？」一拾娘卻忽然俏皮起來，然後笑著給了個提示，道：「哥哥說過，女兒小的時候立志要嫁狀元郎，女兒現在應該也是算是得償所願了。」

狀元郎？慕雲殤微微一怔，心頭忽然想起今年那個萬眾矚目三元及第的狀元，他那個連自己都聽說過、貌若無鹽的正室，當然也想起了慕姿怡糾纏董禎毅，甚至做小動作，和董禎毅那個被人詬病的母親聯手，想讓董禎毅休妻的事情……

「看爹爹的神情，定然是想到了。」拾娘的視線一直落在慕雲殤的身上，自然將他的表情看在眼底，看到他眼中的那一絲恍然，便笑著道：「不錯，女兒便是傳聞中，新科狀元董禎毅那個出身低微的無鹽糟糠。」

如果不是因為醴陵王妃治家甚嚴，如果不是因為醴陵王府的規矩極大，這廳裡定然是一片譁然之聲；但就算不敢發出聲音，所有的人還是將目光落在了恨不得自己不存在的慕姿怡身上，心頭不約而同升起同一個念頭：四姑娘居然肖想大姑娘的夫君，她真是找死不見日子啊！

慕雲殤看著臉上帶著笑，眼神卻冰冷的女兒，再看看表情如出一轍的妻子，無聲地嘆了一口氣，真不知道該怎麼接這句話，但什麼都不說也不好，只能尷尬笑笑，道：「這還真是……對了，怎麼不見董禎毅和妳一起回來，滿京城的人都說他對妳有情有義，你們夫妻感情甚篤，怎麼今天這麼重要的日子，他卻沒有和妳一起回來呢？」

「這個……」拾娘臉上露出一個苦澀的微笑，道：「爹爹既然聽說了禎毅對我甚好，不離不棄的傳聞，那麼應該也聽說我有一個攀附權貴、不念舊情的婆母和小姑了吧？」

拾娘的話讓慕姿怡已然沈到底的心冰冷起來。以前她都抱怨董夫人當斷不斷，而現在她卻萬分痛恨董夫人在這麼不適宜的時機果斷，她這不是想讓自己死無葬身之地嗎？

「曦兒被董夫人掃地出門了。」一旁的慕潮陽解釋一聲，而後微微一頓，看向慕姿怡，道：「聽說四妹妹和董夫人來往甚密，不知道四妹妹可知道董夫人這是發了什麼瘋嗎？」

慕姿怡臉色蒼白地站起來，她能夠感受到所有人，包括慕雲殤的視線都像刺一樣地扎在她的身上，她咬住下唇，什麼都沒有說，直接跪下，砰砰砰地磕了三個頭，還沒起身就兩眼一閉，真的暈了過去……

第二百二十章

看著暈倒的庶女，看著臉上笑容不變，眼神也未變的長女，再看看妻子和長子的眼神表情，慕雲殤怎麼可能不知道拾娘被攆出門和她有必然的聯繫？他暗罵一聲自尋死路，嘴裡卻淡淡地道：「四丫頭這是怎麼了？怎麼忽然地就暈倒了？來人，扶她回去好好休息，沒有我和王妃的許可，不允許任何人打擾她。」

丁姨娘大驚，她是知道內情的，也是清楚慕雲殤脾氣的，看他的神態就知道他動了真怒，說是不讓人打擾慕姿怡，其實卻是不讓慕姿怡再和外界有任何的聯繫。慕姿怡是她唯一的孩子，也是她以後最大的指望，她也顧不得是不是不合規矩，起身上前，盈盈跪倒，道：「王爺，四姑娘確實是頭腦發昏犯了些錯誤，還請王爺──」

「丁姨娘神色看起來也不好，也扶她回去好好休息吧。」慕雲殤卻聽不進去，輕描淡寫的一句話將丁姨娘一起關了禁閉。他相信剛剛歸家的女兒定然不願意看到不順眼的人在面前晃悠。

「王爺……」丁姨娘知道就這樣被押下去，她還不知道什麼時候才能見到慕雲殤，更別說為女兒說幾句話了，自然不肯就這麼下去，還試圖做最後的掙扎；但一旁的婆子哪裡會給她掙扎的機會，立刻上前，微微用力，不用堵嘴，她就發不出聲音來，被幾個婆子帶了下去，一旁暈倒在地的慕姿怡同時也被人帶了下去。一時間，整個廳堂忽然冷下來，剩下的兩個通房和慕雲殤最小的庶子都是一副噤若寒蟬的樣子。

「爹爹，您真是的。」雖然在見到慕雲殤之後，拾娘並沒有發生什麼異狀，也沒有憶起慕雲殤來，但是在二門外的擁抱卻讓她無比地熟悉和安心，讓她對慕雲殤不但沒有陌生的感覺，反倒不自覺帶了女兒的嬌嗔。她輕聲嗔怪道：「今天可是女兒歸來的日子，被您這麼一弄，多好的氣氛都沒了。」

「就是。」醴陵王妃淺笑著附和女兒的話，道：「雖然四丫頭的任意妄為給曦兒帶去了不少的麻煩和糟心事，也讓人笑話，說我教不好庶女，才會放任她這般沒有規矩，但是就算你想發作她也不該在今天，多讓人掃興啊。」

看來妻子是不準備輕易地放過四丫頭了。慕雲殤嘆氣。

拾娘卻笑了起來，道：「娘，還是算了吧。雖然說四妹妹確實是給女兒增添了不少的麻煩，讓女兒這半年多都沒有過過安生日子，但是看在她無意中促成了讓您和女兒見面相認的分上，也不要太計較了。」

「曦兒說的沒錯，都是一家人，不要太計較了。」慕雲殤知道醴陵王妃聽了這句話心裡定然不舒服，卻不能不說。他笑笑，道：「等她醒過來好好地責罰一下，讓她改過，以後不許再犯也就是了。」

醴陵王妃眼神冷冷地看著慕雲殤，對他都知道女兒的身分，知道女兒因為慕姿怡受了不少苦之後，還為慕姿怡說話十分不滿，正想說什麼，拾娘卻拉了她一把，道：「娘，我也是這個意思，我能回來，您就什麼都別要計較了。」

「妳這孩子，都被她那麼折騰還為她說好話，妳可知道妳對人心軟可不一定能得別人感激，說不定還會讓人以為妳好欺負，越發不把妳當回事。」醴陵王妃頗有幾分恨鐵不成鋼的意思，而一旁的慕潮陽則眼神怪異地看了拾娘一眼，想起成了一座空宅的董府，心裡暗自搖頭。母親這次可看錯了，妹妹或許不是個心狠手辣的，但也絕對不會婦人之仁。

慕雲殤心裡倒是舒坦了很多，雖然在他心目中，慕姿怡遠遠比不上長女重要，但讓他眼睜睜地看著這個庶女被整治，他心裡也過意不去，不管怎麼說那也是他的骨肉。他看著拾娘笑笑，還沒等說話，外面就進來一個婆子，恭恭敬敬地道：「稟王爺、王妃，外面有一個自稱是翰林院編撰董禎毅的客人來訪，說是特意趕過來拜見王爺、王妃的。」

醴陵王府的門房可不是一般人能夠做的，需要有靈通的耳目，不但要對外界的各種消息了然於胸，對府裡的事情也不能落下——歸來的大姑娘臉上有印記，帶著三個孩子，其中還有一對雙生兒女，這一切和傳言中新科狀元的正室十分吻合，雖然不敢肯定就是同一個人，但也不敢對董禎毅有半點怠慢。董禎毅才到門房那裡上了名帖，就被請了進來，請他喝茶稍候。

「他還好意思過來？」慕雲殤冷哼一聲。沒有認女兒之前，他還覺得這新科狀元不錯，並不是誰都能抵擋住誘惑，堅持糟糠之妻不下堂的，但是現在卻不一樣了——姿怡對他那麼執著，誰知道是不是他暗地裡做了什麼、說了什麼？他沒好氣地道：「讓他到中院跪著，什麼時候我高興了，什麼時候讓他起來。」

「好端端的，拿未見過面的姑爺出氣做什麼？」醴陵王妃卻冷冷看著他。慕雲殤的微妙心思，她也能猜中八九，輕嗤了一聲，道：「別你自己心裡不自在就拿別人撒氣，就算要拿人撒氣，也看清楚對象。」

慕雲殤有些訕訕的，為自己辯解道：「我這不是看曦兒在董家受了太多的委屈，所以想為女兒出氣嗎？」

「曦兒在董家是受了不少委屈，但給她氣受的可不是董禎毅。我聽曦兒說過，說他們成親後感情一直都很不錯，曦兒懷著輕寒、棣華的時候，她那個不著調的婆婆想往兒子房裡塞通房丫頭，曦兒都沒說什麼，董禎毅就拒絕了，說不願讓妻子在最辛苦的時候還傷心……」醴陵王妃斜睨著慕雲殤，別有意味地道：「就這一點來說，董禎毅比大多數男人都更有情有義，知道心疼人，可比有些嘴上說的好聽，但實際上總是做些讓人心寒的事情的人強多了。」

慕雲殤頓時氣短，而他的那兩個通房則把頭埋得死死的，恨不得讓人看不見——她們兩個都是醴陵王妃懷孕的時候，已故的老王妃塞到慕雲殤房裡的，更在醴陵王妃順利生下嫡長子後，停了避子湯，為慕雲殤生了兒女，醴陵王妃這話明顯是在埋汰慕雲殤。

看慕雲殤不再說話，醴陵王妃才收回視線，對還在等候吩咐的婆子道：「立刻請姑爺進來，我還等著他給我磕頭行禮呢。」

「是，王妃。」那婆子立刻笑著去了。醴陵王妃這才對看著自己發威，讓慕雲殤吃癟，正和慕潮陽擠眉弄眼的拾娘道：「曦兒，妳也累了一整天了，妳先帶著孩子回去休息，娘向妳保證，一定不為難董禎毅。」

可是卻會給他出難題，是吧？拾娘了然地一挑眉，卻溫順地點點頭，朝著輕寒、棣華伸手，一左一右牽過兒女之後，才笑道：「娘這麼一說，我還真的覺得困倦起來了。爹，娘，女兒就先帶著孩子回房休息，不看你們考女婿了。」

看著女兒離開，醴陵王妃掃了不敢抬頭的通房和一臉敬畏的庶子，淡淡地道：「你們也都下去吧，別留在這裡看熱鬧了。」

醴陵王妃都下了逐客令，他們哪裡還敢留？他們很清楚有些熱鬧是不能看的，立刻起身告退。很快地，整個正廳裡就剩下夫妻倆，和明顯不願意挪窩的慕潮陽。他這個大舅子才是應該給董禎毅殺殺威棒的，可不能走。

「禎毅拜見王爺，王妃。」董禎毅很恭敬、很規矩地給慕雲殤夫妻行禮。雖然他知道拾娘就是醴陵王府的大姑娘，也肯定妻子兒女就是被那個一臉冷意的大舅子慕潮陽帶走的，但董禎毅並沒有順著杆子往上爬，而是用了一個比較中庸的稱呼。

「嗯。」慕雲殤不冷不熱地應了一聲，眼神挑剔地看著董禎毅。

董禎毅也知道定然見不得好臉色，倒也坦然自若地由著他用審視的目光上下打量。

相較於慕雲殤，醴陵王妃的臉色倒是極為和藹。她輕輕瞪了慕雲殤一眼，似乎在警告他別嚇人，然後笑盈盈地道：「之前一直聽陽兒說，新科狀元公相貌堂堂、胸有丘壑、文采絕佳，還是溫文如玉的君子，原本以為陽兒多少有些誇張，但現在看來卻還真沒有說錯。」

「長得是不錯，看起來也很不錯，但人不可貌相，誰敢保證他就是個表裡如一的？」慕雲殤冷冷潑著冷水。他素來不喜歡文弱書生，尤其是看起來一副好人像，其實卻一肚子壞水的書生。

醴陵王妃輕輕地咳嗽一聲，慕雲殤這才沒有繼續說下去。醴陵王妃則笑著道：「陽兒說，那日他和曦兒之所以能夠見面相認，是你特意帶著曦兒過去找他的，那麼想必你也知道，你的妻子就是我的親生女兒，醴陵王府的嫡出大姑娘慕姿曦了。」

「是。」董禎毅點點頭，道：「王爺、王妃和世子這些年來滿天下地尋找女兒，對於尋而不可得的滋味應該是深有感觸的。和你們一樣，拾娘這麼多年來也被這件事情困擾著，但不同的是，拾娘心裡還有一種深深的悲哀和擔憂，總擔心自己不過是被人遺棄的，總擔心就算找到親人也會被拒之門外……所以，她雖然有那麼一點線索，知道自己的親人極有可能就在京城的某一個角落，卻還是不敢拋開一切不管不顧地到京城來找尋；因為她不知道和給自己留退路相比，若被親人拒絕之後，她該怎麼活下去……」

董禎毅的話讓醴陵王妃紅了眼，心疼地道：「我知道，我知道她受了不少的苦，以後我絕對不會再讓她受半點委屈和苦楚了。」

「別把話說得那麼滿。」慕雲殤似乎下定決心和她唱反調一樣，涼涼地道：「妳可別忘了，曦兒除了是我們的寶貝女兒之外，還是董家婦，妳把她當成掌心寶，但在別人眼中說不定就是一根野草……妳也別嫌我說話難聽，事實就擺在眼前，要是別人沒有把曦兒當成野草一樣嫌棄的話，她今天遇上的又是什麼？哼，好在她已經知道自己的身分，知道回家的路了，要是不知道的話，那她是不是只能流落街頭去了？」

醴陵王妃輕輕地嘆了一口氣，看著董禎毅道：「曦兒一直和我說你對她極好，也說嫁到董家之後過得很幸福，可是今天出了這一檔子事，我怎敢相信她的話？唉，我知道今天的事情不怪你，但必須給一個交代和說法，尤其是令堂。我知道她一個婦道人家能把你們兄妹拉拔大並不容易，為了你們兄妹定然吃了不少苦，但那並不意味著她就能糟踐別人的女兒。」

「我知道。」董禎毅知道不可能輕鬆地過這一關，要不然就對不起醴陵王妃大費周折的設計了。他看著醴陵王妃，直接問道：「只是不知道要給您和王爺一個怎樣的交代和說法呢？」

「這個就看令堂自己怎麼想了，我們也只想看到曦兒和和美美地過日子，只要令堂有誠意，我們也不會為難的。」醴陵王妃笑笑，給了董禎毅一個難題。

怎樣才算有誠意，這個度，可不好把握啊……

第二百二十一章

「怎麼樣？怎麼樣？見到醴陵王和王妃了吧？」看見董禎毅進屋，董夫人連忙著急地問。董禎毅這一去就是兩、三個時辰，等得她那個著急啊！

「見到了。」董禎毅點點頭，有些疲倦地揉了揉眉心。慕雲殤從頭至尾就沒有幾句好話，醴陵王妃雖然一直笑盈盈的，沒有說半個不好聽的字，甚至還不停誇獎自己，卻更讓他頭疼；至於慕潮陽，只說了那麼幾句話，卻每一句都說到了最關鍵的地方……這一家三口沒有一個是簡單的，一個他都有些應付不過來，三個聯起手來，更是讓他沒有半點招架之力。

「見到就好。」董夫人最擔心的就是兒子被拒之門外，聽說見到了，便不自覺地帶了些喜氣，道：「他們對你怎麼樣？還滿意吧？沒有為難你吧？不過，就算不滿意也就這樣了，拾娘都嫁進董家這麼多年了，都為董家生兒育女了，他們就算不滿意也不能拆散你們夫妻。」

董夫人的話讓董禎毅一陣無言，而一旁的董瑤琳則搶著問道：「大哥，醴陵王和王妃有沒有說什麼時候請我們去王府作客？」

從董禎毅口中知道拾娘的身分之後，董夫人和董瑤琳一開始倒也生出幾分害怕和悔意，害怕她們那般對待拾娘讓醴陵王夫妻震怒，慕潮陽都那麼囂張狠辣了，誰知道養出慕潮陽的那對夫妻又是怎樣的人？越想越是擔心，對之前不留情面的舉動也頗為後悔，董夫人更將王寶兩口子叫到跟前來痛罵一頓。

王寶兩口子自然要為自己辯駁，辯駁完了後，王寶家的還寬慰董夫人，讓她不要太擔心，說不管怎麼樣，拾娘是董家的媳婦，醴陵王夫妻再怎麼生氣，為了女兒也只能忍氣吞聲；說不定為了拾娘在董家過得好，為了讓董夫人對拾娘和顏悅色，還會對董夫人客氣有加。

王寶家的也就是那麼一說，董夫人的心思就活絡開了。是啊，嫁出去的女兒潑出去的水，就算拾娘是醴陵王府的嫡出大姑娘，那也是董家的媳婦，她這當婆婆的為難一下、挑剔一下，醴陵王府又能怎麼樣？更別說，那還是在她不知情的情況下做的，醴陵王夫妻要真是為了拾娘考慮，就應該把這些不愉快的往事輕輕放下，畢竟拾娘還要在董家、在她手底下過一輩子呢。

這麼一想，董夫人也就不那麼擔心了，而董瑤琳更開始算計著拾娘的身分能夠給她帶來怎樣的好處了。首先，醴陵王妃就這麼一個親生女兒，拾娘嫁進門的時候沒帶多少嫁妝，她應該會給拾娘補上一份不菲的嫁妝。聽慕姿怡說過，她的兩個庶姊出嫁的時候，都有足足六十八抬的嫁妝，拾娘是嫡出，起碼也有八十抬的嫁妝吧？等那些東西抬進來，她怎麼著都該拿一些出來補貼自己吧？

其次就是大哥的前程了。大哥對莫拾娘那般情深意重，醴陵王夫妻應該會對大哥多加照顧吧，要是大哥能夠迅速陞官，在自己出嫁之前便官居要職，那自己的身分也就不一樣了，婆家對自己也會大不一樣。

想到這些，董瑤琳就忘記了害怕，甚至再對自己的婚事有了幾分悔意——要是自己現在還沒有訂親，憑藉著有一個前程無量的大哥，一個出身高貴的大嫂，自己最起碼也能像娘當初說的那樣，嫁個侯府嫡子吧？不過，都已經訂了親，看在秦懷勇還算優秀出色，對自己也頗為上心的分上，也就不多計較了。

「是啊，醴陵王和王妃有沒有定下請我們過去作客的日子？我們兩親家都還沒有見過面，這頭一次見面可得好好地準備準備。」董夫人點點頭，眼神和董瑤琳一般熱切。

「娘，您還是冷靜一下，別淨想著好事，先想想醴陵王和王妃會不會追究妳們兩個那麼對大嫂吧！」一旁的董禎誠實在是受夠了母親和妹妹，他一直在一旁冷眼旁觀，看著她們從害怕後悔到坦然興奮，再到現在控制不住地陷入幻想，心頭只有悲哀。

「追究？拾娘現在不是好好的嗎？有什麼好追究的？」董夫人很有些心虛，卻還強詞奪理地道：「不知者不怪，要是知道拾娘是醴陵王府的嫡姑娘，我捧著她、敬著她尚來不及，又怎麼會嫌棄她呢？這一切還不是得怪拾娘自己，要不是她連自己的身世都不知道的話，至於發生這麼多的事情嗎？」

看著母親，董禎毅輕輕地嘆口氣，道：「娘，王爺和王妃沒有請妳們過府作客的意思，事實上，王爺和王妃還在等著，等我給拾娘一紙休書，好讓拾娘和我、和董家斷絕關係。」

「這……這又是從何說起啊？」董夫人一開始還有些磕磕巴巴，但越說就越是順口，抱怨道：「他們怎麼能這樣呢？拾娘都嫁進董家這麼些年了，都為你生了三個孩子了，他們還能想著拆散你們夫妻呢？他們就不知道寧拆十座廟，不拆一樁婚的道理嗎？他們就不為拾娘、為孩子們著想嗎？他們不知道被夫家休棄的女人這一輩子也就毀了嗎？不知道沒娘的孩子有多可憐嗎？」

「原來娘也知道這些道理，那麼，娘為什麼尋死覓活地要兒子休妻，兒子不依，還鬧了今天這麼一齣？」董禎毅冷淡地看著董夫人。原來她不是不知道其中的道理，也不知道那會給拾娘和她的親孫女、親孫子帶來怎樣的影響，但還是黑著心做了那些事情。

「我……我那還不是不得已而為之的嘛！如果不是為了你好，娘怎麼可能去做那個惡人？」董夫人紅了臉，卻還不肯認錯。

「不得已而為之？娘的不得已而為之讓拾娘徹底心寒，也讓王爺、王妃怎麼都不放心女兒留下來……我真的很理解他們，我也是有女兒的，要是輕寒長大以後遇到同樣的事情，我也寧願女兒被休回家，好好地養她一輩子，也不願意讓她被人嫌棄和逼迫。」董禎毅搖頭，道：「娘，將心比心，如果瑤琳被婆母、小姑這般對待，您心裡又會是怎樣滋味。」

「大哥，好端端的為什麼扯上我？你可不能咒我。」董夫人還沒有說什麼，董瑤琳就不滿地抗議起來，然後又道：「因為今天的事情，我被人打了，臉上的紅腫到現在都還沒有消；王寶被打得吐了血，大夫說就算好好調養以後也會留下病根；王寶家的手臂都被弄得脫了臼，還要幾天才能恢復過來；娘也受了驚嚇，到現在都還有些心神不寧，這還不夠嗎？他們到底還想怎麼樣才肯甘休？」

董禎毅沒有說他們遭遇那些都是咎由自取，只是冷冷道：「不管是以前還是現在，我都不會寫休書。我向王爺、王妃表示了自己的意思，而王爺、王妃也是通情達理的，沒有堅持更沒有逼迫，但有些事情，尤其是今天發生的事情必須給他們一個滿意的、誠意十足的交代。」

「如果不然呢？」董夫人臉色難看地看著董禎毅，惱怒地道：「什麼樣的交代他們才算滿意？什麼樣的交代才算是誠意十足？他們這不是擺明了把人耍著玩嗎？」

「王爺、王妃沒有說如果不然的話，他們只說他們會耐心十足地等候回音，尤其是等著娘的回音。」董禎毅心裡也是一陣無奈。醴陵王夫妻要是說什麼狠話，他倒也不怕，可是他們沒有說什麼不中聽的，只有在他提出想見拾娘的時候被拒絕了。醴陵王妃說拾娘今日進宮面見皇后，費心費力，原本就已經很累了，回到董家又遇上那麼些糟心事，到王府之後就撐不住休息去了，還是別打擾她，讓她好好休息；還說拾娘和她失散已經整整十年，想要留拾娘多住些日子，至於是一年半載還是十年、八年再說，反正醴陵王府家大業大，也不介意多養他們母子四個幾年。一旁的慕潮陽這個時候還涼涼地補充一句，說他更願意養妹妹和外甥、外甥女一輩子，讓董禎毅一陣無言。

董夫人的臉色一陣青一陣白，知道這是什麼意思，無非是讓自己向拾娘低頭認錯，讓自己保證以後不再對那樣對她。他們也不想想，她的身分今非昔比了，自己怎麼還會像以前那樣對她呢？

咬咬牙，將難聽的話嚥下，繼續問道：「拾娘呢？她怎麼說？也等著我這個當婆婆的給她賠禮道歉甚至磕頭認錯嗎？」

「我沒有見到拾娘，也沒有見到孩子們。」董禎毅如實相告，道：「王妃說拾娘身心俱疲需要好好休息調養，所以沒有讓我見他們。」

董夫人再次咬牙，而後看著董禎毅道：「休書萬萬不能寫，但要我低頭認錯也是不可能的，頂多……我向他們承諾以後不為難拾娘就是。」

董禎毅重重嘆了一口氣，看著覺得自己已經讓步了的董夫人，輕輕地搖搖頭，道：「娘自己好好地想想吧，我累了，先去休息了。」

「等等、等等！」董瑤琳連忙阻止董禎毅離開，問道：「那些丫鬟、婆子呢？她們什麼時候回來？今兒一整天都只有惜月、思月伺候，她們兩個笨死了，連生個火、燒個水泡茶都費好半天的功夫，更別說煮飯做菜和清掃了，煮得跟豬食一樣，看了就吃不下去。」

董禎毅搖搖頭，看看董夫人，再看看董瑤琳，道：「拾娘什麼時候回來，她們也什麼時候回來，如果拾娘不回來了，那麼她們也就不會踏進這個家了。」

「那我該怎麼辦？」董夫人衝口就問。這一天都讓人無法忍受了，要是多耗幾天，她還不得暈死？

「娘該怎麼辦那是娘的事情，娘在撵拾娘出門的時候，就應該想到這些的。」董禎毅搖搖頭，轉身離開，沒有再理會她們。

「這……我這是什麼命啊，怎麼就養了這麼一個有了媳婦忘了娘的不孝子呢……」董夫人傷心起來。

「娘要是不折騰，也就不會有這麼多的事情了。」董禎誠冷冷地回應一句，然後也道：「我也回去休息了，明天還要去學堂呢。」

這……這……董夫人看著小兒子離開的背影，真被氣得腦子一片空白了……

第二百二十二章

「娘，您別只顧著哭，好好地想想怎麼做才是最要緊的。」董瑤琳一點都沒有被董夫人的眼淚影響，道：「大哥、二哥都走了，看不到聽不到，您哭也是白哭。」

董夫人微微一噎，沒有想到一向最貼心的女兒也說了這樣的話，這麼一頓之下，也不好意思繼續哭下去了。她看著董瑤琳，道：「還能怎麼辦？反正我是絕對不會上醴陵王府向莫拾娘低聲下氣地賠禮道歉，要是那樣的話，我這一輩子在她面前都會抬不起頭來了。」

「娘，您不是經常說勢比人強嗎？大嫂可是醴陵王府的嫡出大姑娘，是皇后娘娘的親姪女，她消了氣，回來之後不知道會給這個家帶來多大的好處，看在這些好處的分上，您就低一次頭又如何？不管怎麼說您都是長輩，是她的婆婆，她也不敢太過分的。」董瑤琳不以為然地看著董夫人。面子算什麼？比起實際利益，面子真的是一錢不值。

董夫人氣絕，一旁一直沈默的王寶家的立刻給她倒了一杯涼茶，讓她喝口茶消消氣，自己則為董夫人說話道：「姑娘，話不是這麼說的。」

「這裡沒有妳這個奴才說話的分！」董瑤琳現在最看不順眼的就是王寶家的了，她一點都不客氣地罵道：「要不是妳心思歹毒，出些餿主意的話，能鬧到如今這個地步嗎？大嫂帶著孩子憤而離家，還要娘去給她賠禮道歉，都是妳這蠢奴才惹出來的禍！」

王寶家的心裡暗恨，臉上卻只能陪著笑，道：「都是奴婢思慮不周，才讓夫人和姑娘為難了。奴婢該死、奴婢該死！」

董夫人雖然心裡也抱怨王寶家的，卻也不如董瑤琳那麼不講理，她搖搖頭，道：「這件事情也不能完全怪妳，雖然主意是妳出的，但拍板做決定的卻是我。」

「夫人能夠如此說，奴婢怎的不知道該怎麼感激夫人……」王寶家的裝出一副感激涕零的樣子，而後道：「夫人，奴婢和姑娘想的不一樣，奴婢覺得您怎麼都不應該低頭，要不然您下半輩子可真的是要看大少夫人的臉色過日子了。」

「妳這個奴才，都到了這個地步，妳還攛掇著娘和大嫂離心！」董瑤琳怒喝一聲，道：「娘，馬上讓人把她給綁了，直接送去醴陵王府，就說您之所以一時糊塗，頭腦發昏地將大嫂掃地出門，都是被這個陰險的小人給蠱惑的……大嫂一向不喜歡她，一定會狠狠地發落她。發作她之後，大嫂也不會那麼氣了，您再說幾句好話，說不定就能把這件事情揭過不提了。」

「要是真的像姑娘說的那麼簡單的話，哪怕是要奴婢去死，奴婢也絕無二話；但是姑娘，您覺得大少夫人是那麼就輕易放過的人嗎？」王寶家的心裡真的是恨死了董瑤琳，但臉上還是一點都不敢表現出來。她知道董瑤琳心裡在算計什麼，戳中她的心思道：「奴婢別的不擔心，就擔心夫人這麼輕易地服了軟，等到大少夫人回來之後，會將管家大權收回去，而後家中的一切事情，包括姑娘您的嫁妝都是大少夫人說了算……奴婢現在固然是大少夫人的眼中釘，但是您在大少夫人心裡可也沒有什麼好，您說大少夫人能好好為您準備一份豐厚的嫁妝嗎？姑娘，您未來的夫家可是侯府，要是沒有一份豐厚的嫁妝傍身的話，您嫁過去還不得被妯娌們笑話、看不起？那您可怎麼過啊！」

「妳別胡說，大嫂素來都不是個小氣的人，尤其是在銀錢上面，更從來沒有苛待過我。」董瑤琳心突地一跳。她還真的是很擔心這個，卻還是死鴨子嘴硬地為拾娘說了一句好話，但這句話更多的是為了自己安慰自己。

「大少夫人不是小氣的人？」王寶家的冷哼一聲，道：「如果大少夫人真的是心胸寬廣的人，家中也不至於驟然冷清成現在這個樣子，別說燒茶做飯、掃地灑水，就連看大門的下人都沒有一個。」

董瑤琳啞了，董夫人則輕輕一咳，道：「那麼妳的意思是認為我堅持不去醴陵王府向他們低頭是對的嘍？」

「那是自然。」王寶家的萬分肯定地說著自己一點都不覺得對的話，她道：「夫人，您是長輩、是婆婆，自古以來有幾個婆婆沒有為難過兒媳婦的？不能因為大少夫人的出身忽然好了，就說您錯了吧？您也別擔心您不低頭，她就一輩子不回來了。您想啊，大少爺對她情深意重、不離不棄，這樣好的丈夫，她捨得不要嗎？更別說她還有三個孩子，依照禮法，不管女的出身如何尊貴，也不管是被休回家還是和離，孩子都是跟著父親的，她怎麼捨得孩子？就算醴陵王府可以一手遮天幫她把孩子給搶走，她也不能讓孩子沒了親爹吧？」

董夫人點點頭，道：「我也是這麼想的，我就不信，莫拾娘會狠下心來不管毅兒、不管兒女，一輩子待在醴陵王府不回來。」

不回來是不可能，但是攛掇著大少爺、二少爺分家，或者開府另過倒是有可能的。王寶家的心裡撇撇嘴，卻沒有說出來，生怕董夫人聽了之後嚇到，明天就跑去醴陵王府道歉認錯，那對他們夫妻可是大為不利的。她立刻應和地點點頭，道：「所以，夫人千萬不能去醴陵王府認錯什麼的，那樣的話，您以後在大少夫人面前怎麼挺直腰桿？大少夫人是王妃的親生女兒，想必王妃一定給她準備了一大筆嫁妝，要是您連這點硬氣都沒有的話，以後又怎麼可能讓大少夫人慷慨一些，為姑娘的嫁妝也出一分力氣呢？」

王寶家的話讓董瑤琳也連連點頭，道：「娘，她說的也有些道理。大哥、二哥讀書都讀傻了，根本就不知道銀錢有多重要，更不明白嫁妝對女兒家有多重要，要是您都不能讓大嫂以後給我多添置一些嫁妝的話，他們可就更指望不上了。」

「妳終於明白娘不是為了面子，才不願意向拾娘低頭了吧？」董夫人白了女兒一眼。她剛剛還真的只想到了自己的面子，現在卻又圓了回來。她看著王寶家的，道：「好了，時候也不早了，妳早點回去休息吧。妳不是說王寶挨了那一腳受傷不輕嗎？早點回去照顧他吧。」

「謝夫人體諒，奴婢這就回去看他。」王寶家的心裡確實十分擔心丈夫，連客氣話都沒有說一聲，就匆匆忙忙告退了。

回到住處，卻見房裡一片狼藉，王寶正在翻箱倒櫃的。王寶家的被嚇了一跳，問道：「你這是要做什麼啊？」

「還能做什麼？趁著還來得及，趕緊收拾了東西走人啊！」王寶停了下來，看著王寶家的道：「大少夫人的身分可是今非昔比了，要是等她回來了，我們兩個可是首當其衝被收拾的，我可不能留在這裡等死。」

「怕什麼，我們一家子的身契都已經在自己手上了，她還能吃了我們不成？」王寶家的雖然也一樣覺得大事不妙，覺得應該趁著拾娘沒有回來早點離開，但是卻沒有王寶想得那麼嚴重。

「那又如何？她可是醴陵王府的大姑娘，別說我們這種當了董家一輩子奴才，剛剛給了身契還沒有放籍的，就算是尋常的良民百姓，弄死個人也不會受什麼責難。」王寶天天在外面轉悠，知道人命有多賤，他摸摸自己到現在還疼得厲害的胸口，道：「這一腳就是最好的證明，要不是因為現場鬧出人命不吉利的話，我現在說不定都已經一命嗚呼了。好了，妳也別磨蹭了，趕緊的，把重要的東西收拾一下，帶幾件換洗衣裳，天不亮我們就走。到莊子上接了孩子，我們一家找個地方好好過日子，以後也不用整天低三下四地討好人，看人眼色了。」

「你說的倒是簡單。」王寶家的罵了一聲，沒有忙著去收拾東西，卻看著王寶道：「我們這麼多年省吃儉用的，也不過存了一百多兩銀子，這些銀子看著倒是多，可真要靠這些銀子買房子置點田地，還真是不夠。孩子們也都不小了，該嫁人的、該娶媳婦的，你讓我拿什麼給他們張羅？」

「這個我早就想好了。」王寶已經有了打算，恨恨地道：「明兒我先去一趟西寧侯府，把大少夫人就是醴陵王府那個失散多年的大姑娘的消息賣給李姨娘，她一定會出大價錢的。」

「這個消息值什麼錢？」王寶家的不以為然地道：「今天這事情動靜可不小，說不定他們都已經知道這件事情了。」

「我剛剛出門打聽了一下，還真沒有人知道這件事情。」王寶搖搖頭，道：「這消息對旁人不一定值錢，但對李姨娘卻不一樣。妳別忘了，那位秦四少爺可是個繡花枕頭，我們這位姑娘又是個不念情分的，要是知道實情，定然會尋死覓活地要求退親。大少爺原本就不贊成這門親事，要是他也同意退親的話，大少夫人豈能不動用醴陵王府的勢力？」

「聽你這麼一說，這消息說不定還真能賣幾個錢。」王寶家的一聽，眼睛都亮了，立刻麻利地收拾起來，倒讓王寶詫異了一下，他還以為王寶家的會意思意思地抱怨自己做虧心事呢。

「怎麼了？」王寶家的俐落打包好，將包袱放到床下，卻看到王寶詫異的眼神，邊順口問了一聲。

「沒什麼，就是覺得奇怪，妳怎麼沒有像上次一樣，罵我這種錢也要賺。」王寶嘿嘿一聲笑。

「我們那位姑娘都存了將我綁到醴陵王府給大少夫人出氣的念頭，我還為她說話？我還沒有那麼賤。」王寶家的哼了一聲，道：「快點睡吧！你身上帶著傷，明天要早起、要辦事，還要趕路，可得休息好了。」

第二百二十三章

不學無術的敗類？走馬章臺（注）的紈袴？為了攀附權貴賣女兒？董瑤琳整個人都懵了。

她今日是得了王寶家的傳話，說未婚夫秦懷勇派了馬車在門外候著，說是知道她昨天受了驚嚇和委屈，特意接她去京城最負盛名的金樓挑幾樣首飾壓驚。

董瑤琳欣喜若狂，不顧思月的阻攔便打扮得漂漂亮亮地坐上了門口早已經候著的馬車，與秦懷勇會合之後，到了久負盛名的薈萃樓，而後得意洋洋地上了三樓挑選首飾——只有女眷能夠上去，和所有陪著女人來選首飾的男人一樣，秦懷勇只能在一樓喝茶稍候。

挑選首飾的時候，董瑤琳與一個姑娘同時看中一款釵環，董瑤琳自然不肯相讓，而那女子微微猶豫了一下，便探問董瑤琳的身分，知道之後，不但態度強硬、不願退讓，還說了一通諷刺的話，說她愛慕虛榮、無情無義……

董瑤琳氣紅了臉，但不等她發作，那女子另一番話便如晴天霹靂將她劈懵了。那女子說她做的唯一的好事就是和西寧侯府的敗類訂了親，還嘲笑董夫人，不但逼兒子休棄糟糠之妻，還賣女求榮……

女子的話董瑤琳一句都不願意相信，可是看著周圍那些姑娘臉上、眼中毫不掩飾的鄙薄

注：走馬章臺，章臺是漢代長安章臺下街名，舊為妓院的代稱。原意指騎馬經過章臺，後指涉足妓院。

和同情，心頭浮起董禎毅兄弟當初反對婚事說的那些話。難道……難道他們說的都是對的？

想到這裡，董瑤琳哪裡還有心思挑什麼首飾，立刻轉身下樓。她一定得把話問清楚了，不能被人當傻子耍弄。

她剛下樓，秦懷勇便體貼地迎了上來，笑著道：「妹妹這就挑好了東西？」

董瑤琳眼中冒火，毫不顧忌地開口質問道：「我問你，為什麼剛剛有人笑話我，說我和一個敗類訂了親？為什麼別人會這麼說你？」

說這話的時候，她心頭還存了最後的一絲奢念，希望那與她相爭的女子不過是出於嫉妒，嫉妒自己能夠找到一個各方面都很不錯的未婚夫，然後故意說些給人添堵的話。

「妹妹怎麼莫名其妙說這樣的話？」秦懷勇眉頭緊皺地看著董瑤琳。生母李姨娘為了能夠順利和董家訂親，做了些手腳的事情他也知道，但說出來的話，就成了騙婚，他只能裝傻。

「你還裝傻是不是？」董瑤琳這個時候再看秦懷勇，沒有之前的那種滿心的甜蜜和歡喜，而是帶了幾分怨恨。她咬牙切齒地道：「我問你，為什麼王寶打聽到那些關於你的情況，會和大哥、二哥打聽到的截然不一樣，是不是你們做了什麼手腳？」

「妹妹這話我更不明白了。」秦懷勇臉微微一沈，帶了幾分冷洌地道：「王寶是你們家的下人，我怎麼會知道他是怎麼辦事的？」

「你——」董瑤琳氣得不顧風度地伸出手指著秦懷勇，要不是思月死死地拽著她的話，她一定會撲上去抓花他的臉。

「我怎樣？」雖然李姨娘出門之前一再交代秦懷勇要好好哄著董瑤琳，別讓兩個人的婚事出任何的意外，但是秦懷勇也是有脾氣的，董瑤琳的一再質問讓他也沒有耐心，口氣也漸漸不好起來。

「秦四，這個小美人是你在哪裡認識的，這麼潑辣，你平時可不好這一口啊，什麼時候換了口味了？」董瑤琳正和秦懷勇僵持不下的時候，一個不正經的聲音插了進來，一個比聲音更不正經的少年將手搭在秦懷勇肩上，上下打量著董瑤琳，道：「嘖嘖，個子不高不矮，長得也不胖不瘦，只是不知道臉蛋怎麼樣？小美人，把那遮醜的東西取下來，給哥哥看看？」

董瑤琳作夢都沒有想過有人敢用這種調戲的口氣和自己說話，氣得臉都紅了，好一會兒才厲喝一聲：「滾！」

「小美人這是不給哥哥面子嘍？」不正經的少年也是京城出了名的紈袴子弟，他心裡將董瑤琳當成了秦懷勇不知道從什麼地方勾搭來的風塵女子，被她這麼一喝斥，臉色也難看起來，將搭在秦懷勇肩上的手拿下，道：「那麼，只能哥哥我親自動手了。」

「常三──」別說秦懷勇對董瑤琳多多少少還有些好感，就算他完全不喜歡董瑤琳，憑兩個人關係，他也不能讓常三真對董瑤琳無禮，眼疾手快地抓住常三的手，不讓他胡來。

「怎麼，連你也不給我面子？」常三的臉色越發難看起來，冷冷看著秦懷勇，大有一言不合就要動手的態度。

「不是不給你面子，而是請你給兄弟我一個面子。」秦懷勇放開常三的手，解釋道：「她是兄弟我未過門的妻子，要是讓你把她的帷帽給掀了……」

秦懷勇沒有把話說完，也沒有必要把話說完，而是說了半截就看著常三。該給的梯子他已經給了，至於要不要順著梯子下來，就看常三自己的了。

「你未過門的妻子？就是新科狀元董禎毅那個傻妹妹？」常三帶了幾分疑惑地看著秦懷勇，見他點頭肯定，便一掃滿臉的不悅，笑了起來，道：「既然是董姑娘，那麼失禮的倒是常某人了。董姑娘，常某一向胡來慣了，有什麼失禮的地方還請妳不要見怪啊！」

董瑤琳冷哼一聲，不覺得常三一句話就能把剛剛的失禮揭過。

「不過，這也不能全怪常某。」常三也是個經常混在女人堆裡的，董瑤琳是什麼心思自然能夠猜得中，他微微一笑，半是解釋半是警告地道：「常某也沒有想到，董姑娘這般不拘小節，居然會和秦四一起逛街……」

看著常三帶著不屑搖頭的樣子，董瑤琳的心微微一沈，心裡有了更不妙的感覺。她似乎犯了個不該犯的大錯誤……

「娘——」一路忐忑地回了家，沒有給送她回到董府的秦懷勇一個好眼色，甚至連一聲道別都沒有，董瑤琳就推門進去，將門死死地關緊之後，一路小跑著進了董夫人的院子，卻看到她正焦急地在院子裡轉圈，滿心委屈的董瑤琳立刻撲了上去。

「怎麼了？這是怎麼了？」董夫人正因為找不到女兒而擔心，見她這般樣子，更是嚇了一跳，將她推開了一點，一邊上下打量著她，想看看有沒有什麼不妥，一邊關心地問道：「一大早的，妳哪裡去了？一聲招呼都沒有就沒了蹤影，妳這是想嚇死娘啊？」

「娘……」董瑤琳又叫了一聲，然後委委屈屈地哭了起來，讓不知道到底出了什麼事情的董夫人更擔心了，問道：「妳快說啊，到底發生了什麼事情？妳哪裡去了？」

「王寶家的一早去我房裡……」董瑤琳將她出門赴約，和秦懷勇去薈萃樓而後發生的事情講了一遍。當然，她沒有說王寶家的不過是一說，她就忙不迭地梳妝打扮去赴約，而是說王寶家的說了無數的話蠱惑著她出了門。說完，她傷心地道：「娘，一定是王寶得了什麼好處，所以才沒良心地說把秦懷勇說的那麼好；娘，妳快把他們叫來好好審問，可不能這麼輕易放過他們！」

回來的路上，董瑤琳左思右想，萬分肯定一定是王寶那裡出了問題，心裡恨死了這兩口子，恨不得立刻將他們抓到跟前活剮了。

「怎麼會這樣？我那麼信任他們，他們怎麼能這樣？」董夫人也懵了。王寶家兩口子在她身邊這麼多年，就連董家最落魄的時候都沒有背棄離開，怎麼現在日子好起來了，卻成了這個樣子？

「娘，您先別管那個，先把他們叫過來問話。」董瑤琳只想把人給處置了，別的都不在她的考慮範圍內。

「我一早就沒有見過他們。」董夫人搖搖頭，帶了茫然地道：「家裡空空蕩蕩的，妳大哥、二哥不打招呼就出門了，妳也不見了，我嚇了一跳，讓惜月找王寶家兩口子，他們也不見了蹤影，我都嚇死了，便叫文林去翰林院找妳大哥回來——」

「怎麼會？王寶家的一早不是還在嗎？」董瑤琳打斷了董夫人的話，而後又恨恨地道：「我知道了，一定是擔心事情敗露，算計了我之後便逃走了。娘，這兩個刁奴實在是太可惡了，一定不能饒了他們，一定要把他們抓回來！」

「可是他們都已經跑了，我上哪裡找他們啊？」董夫人完全忘記了夫妻倆還有兒女在董家望遠城的莊子上，在她心裡這種跑了的下人根本就是抓不回來的，就像以前那些一樣。

「他們的兒子、女兒不是還在莊子上嗎？您快點寫封信，日夜兼程用最快的速度送回去，讓欽伯把他們給關押起來，再派人在莊子上守株待兔。我就不信他們連兒女都不管了。」大受刺激之下，董瑤琳的腦子倒是活絡起來了。

「好，我這就去寫信。」董夫人點點頭，卻又犯了愁。就算信寫好了，又怎麼送回去呢？家裡沒有使喚的人了啊！

「娘，我要退親。」沒等董夫人亂完這檔子事，董瑤琳又道：「大哥、二哥說的沒錯，這秦懷勇可不是什麼良配，我要是嫁給他的話，這輩子可就真的毀了，我要退親！」

「可是都已經過了小訂……」董夫人最後悔的是當初鬼迷心竅，信了王寶家的話，聽不進去兒子的反對。她不是董瑤琳，知道退親不是那麼簡單的事情，更知道不管是哪一方主動退親，對女子的傷害都是最大的。

「我不管，我一定要退親。」董瑤琳可沒有想那麼多。她看著董夫人，道：「娘，您是最疼我的，您一定會為我著想，把這門親事給退了的，是不是？」

「娘當然最疼妳，可是退親沒有那麼簡單。尤其秦懷勇還是侯府的少爺，更不容易了。」董夫人苦笑起來，道：「再說，退過親的女子再難找到好夫家，要是退了這門親事，妳的婚事會很難，說不定還不如秦懷勇呢。」

「哪有什麼不容易的，大嫂不是醴陵王府的嫡出大姑娘嗎？只要大嫂願意幫我，退親還不是件簡單的事情？」董瑤琳卻一點都不覺得有什麼為難，理所當然地道：「至於以後……娘，大哥是狀元公，大嫂是王府貴女，我的身分一定會水漲船高，找一門好親事那還不簡單嗎？」

「妳大嫂……可是妳大嫂現在還在和我們置氣呢。」董夫人笑得更苦了。這不是讓自己低聲下氣去求莫拾娘嗎？

「娘，我知道您在想什麼。」董瑤琳立刻上前搖著董夫人的手臂撒嬌，道：「為了女兒一輩子，您就委屈委屈自己吧！」

第二百二十四章

「娘，還是沒見到人嗎？」看著又一次失望而歸的董夫人，董瑤琳不只是抓狂，更帶了幾分絕望。她忍不住想，是不是拾娘已經決定和董家斷絕關係了，要不然為什麼董夫人連醴陵王妃的面都見不到。

為了女兒，董夫人再怎麼不甘心也還是上醴陵王府了——她是在拾娘離開的第四天上王府的，似乎這樣就能挽回一些顏面似的。她原以為，自己都捨棄了顏面，主動低頭了，醴陵王府也該順勢接受，可是……

「王府的人說王妃帶著拾娘母子回娘家了，不知道什麼時候回來。」董夫人臉上滿是頹然。第一次上門，醴陵王妃帶拾娘進宮了，第二次上門，她們進宮未歸，第三次上門，她們到白馬寺還願去了……接連四、五次，董夫人都撲了個空，今日更是給了她一個遙遙無期的回答。

「娘，您說是不是大嫂不想回來了，所以才會不見您？」董瑤琳慌亂地看著董夫人。要是那樣的話，別說她不可能退了這門現在想來很可怕的親事，恐怕連這個家都要散了……第一次，她為自己的任性無知和妄為感到後悔。

「我也不知道。按理來說，她都已經是董家的媳婦了，和妳大哥感情深厚，又有了孩子，不會有什麼別的念頭；可是……可是……」董夫人茫然地搖搖頭。她真的不知道事情會往哪個方面發展，心裡也一樣沒底，但是她真的不知道該和什麼人商量——兩個兒子現在心裡都怨她瞎折騰，除了問安之外，什麼話都不和她說；而女兒已經被自己的婚事擾得六神無主，還需要她安慰，哪裡還能和她商量呢？

「娘，如果萬一……萬一她真的不回來了，那該怎麼辦？」董瑤琳很是惶恐不安地看著董夫人。

「不，不會的，我們別自己嚇自己。」董夫人不知道是在安慰董瑤琳還是在安慰自己，道：「就算為了孩子，拾娘也會回來的。」

「為了孩子？可是孩子都被她帶走了啊。」董瑤琳一句話戳中了董夫人的軟肋。她也慌張起來了，是啊，孩子都在拾娘身邊，她真的要是狠心在醴陵王府待上個十年八載也不是不可能的。

「那該怎麼辦？我們該怎麼辦？」董夫人終於在女兒面前也慌張起來了。要是拾娘的身分和以前一樣，那現在的情況她是求之不得，但現在的情況已經完全不一樣了。

「我也不知道啊。要不，您找個人商量一下？」董瑤琳哪是個有腦子能給她好建議的人，不添亂就已經很不錯了。

「找誰啊？我原本就沒有幾個相熟的，現在就更找不到什麼能說話商量的了。」董夫人苦笑起來。之前她還會參加一些小官吏的夫人們的聚會，還和一些官家夫人來往；但自從鬧了那麼一齣，拾娘憤而離開之後，別說是沒有人再邀請她參加什麼聚會，就算她上門也都避而不見。她終於知道自己的行為已經讓人看不起且排斥，這還是因為拾娘就是醴陵王府那位失散多年的大姑娘的消息還沒有傳開來，沒有幾個人知道內情，要是讓人知曉的話，還不知道有多少人會往自己身上砸石頭，然後討好醴陵王妃呢。

「要不去方家問問外祖母？不管怎麼說您也要叫她一聲母親，她不至於又見死不救吧。」董瑤琳不敢肯定地道。她可知道上次董夫人把方老夫人氣得夠嗆，誰知道董夫人會不會被拒之門外。

「她？她會見我才怪。」董夫人一樣不抱希望。她覺得方老夫人一定很樂意見到她現在這種求助無門的窘態。她搖搖頭，道：「還是別去碰那個釘子了。」

「娘，不去試試，您怎麼知道就不行了？」董瑤琳卻覺得自己應該抓到了最後的救命稻草。她看著董夫人，道：「在別人眼中，您不光是董家的夫人，還是方家的姑娘，要是您過得不好、名聲不好，難免會影響到方家，他們想必也不想那樣，一定會見您，也一定會給些指導的。」

「這……我先想想。」董夫人猶豫了。

「娘，您別想了。」董瑤琳可不敢讓董夫人再猶豫下去。「多耽擱一天就多一些變數，誰知道明天以後又會發生什麼事情呢？」

「那好吧，我明天回去一趟就是。」董夫人嘆口氣，心裡實在是不情願，但也只能答應了。

「別明天了，還是現在就去吧。我陪您一起去。」董瑤琳實在是不想等了，這樣熬著的日子實在是太難受。她看著董夫人。「要是外祖母不見您的話，我們還能多一個晚上想想別的辦法啊！」

唉。董夫人再嘆一口氣，無奈地點點頭，吩咐惜月準備出門了……

「無事不登三寶殿，有什麼事情就直說吧！」方老夫人臉色淡淡地看著顯得有些狼狽的董夫人。董夫人會帶著董瑤琳上門求見，她很意外，也很不想見她們。這對母女做的那些糊塗事情實在讓人看不上眼，她也不想再和她們有任何交集。

但董夫人是她的繼女、是方家的姑娘，都是無法否認的事實，不是她想撇清就能撇清的。事實上，董夫人和董瑤琳的作為已經給她、給方家，尤其是方家的姑娘帶來了極惡劣的影響，這也是她對董夫人恨得咬牙卻又不得不見她的原因。

「我……」董夫人看著臉色不好的方老夫人，知道自己是不受歡迎的，她咬咬牙，也豁出去了，直接道：「我遇上了難事，不知道應該怎麼做，還請母親指點。」

「遇上了難事？」方夫人冷嗤一聲。比起方老夫人，她現在更厭惡這個從來就沒有親密過的大姑子。她冷冷地道：「可是令嬡的親事還是毅兒的家事？」

「妳們知道了？」董夫人愕然，本能地以為所有的事情都已經傳開了，只是自己沒有了可以打探消息的人，當了一回聾子。

「能不知道嗎？」方夫人冷冷看著董瑤琳，「大姑姊教養出的好女兒，不知廉恥和男人幽會也就罷了，還在大庭廣眾之下鬧出來，讓人嘲笑董家的家教不說，還質疑我們方家，甚至還連累了方家的姑娘，害得她們最親密的閨中姊妹都不敢和她們來往了，我們能不知道嗎？」

想到因為董夫人和董瑤琳的臭名聲給方家姑娘，尤其是自己的親生女兒帶來的惡劣影響，方夫人的氣就不打一處來。她冷冷道：「真不知道我們方家是欠了妳什麼，為什麼會出了妳這樣的姑奶奶——」

「好了。」方老夫人同樣痛恨董夫人的行為給方家帶來的影響，但是她沒有方夫人那麼激動，淡淡地道：「這件事情我不是說過了嗎？這都是我的錯，是我沒有盡心教養繼女，然後報應到了自己的孫女身上，讓她受了那麼多無故的冤屈，險些被退了親。」

「娘，我不是抱怨您……」這件事情方老夫人和方夫人沒少說，方老夫人這麼一說，方夫人也就啞了。

「這……發生什麼事情了？是不是因為我給家裡添麻煩了？」董夫人有求於人，說話也委婉客氣了很多，態度更謙遜起來。

「添麻煩？是一句添麻煩就能撇清的嗎？」方夫人臉色冷冷地道：「大姑姊好大的威風，不顧體面地將與毅兒從貧寒位微就相扶相持的兒媳婦掃地出門，這樣的奇景在京城可不多見；現在京城都在說，嫁女兒一定得睜大了眼睛，千萬別給女兒找一個像妳這樣的婆婆，與其將女兒嫁到這樣的人家被人糟踐，還不如養她一輩子不嫁人，免得看了心疼又欲護不能。人家不但笑話大姑姊，不看好大姑姊的好女兒，連方家姑娘都不被看好，我那苦命的大姊兒就受了連累，要不是娘豁出去老臉，又是保證又是說情的，就要被夫家給退了親了……」

想到女兒無辜被連累，想到女兒那些以淚洗面的日子，方夫人心裡就是一陣心疼，眼淚也忍不住地落了下來。

「對不起，我……我也知道錯了。」董夫人低下頭，道：「我現在也很後悔一時衝動做了那種不經大腦的事情，也已經想要努力彌補了，可是我真的不知道怎麼做才能彌補回來。今日過來，就是請母親教我。」

「知道錯了？彌補？」方老夫人看著董夫人，也冷哼一聲，問道：「既然知道錯了，那麼妳這些天天天往醴陵王府跑又是怎麼一回事？」

慕潮陽接拾娘和孩子們回府並沒有大張旗鼓，醴陵王妃又特意封鎖了拾娘回家的消息，除了極少數人之外，還真沒有幾個人知道王府失蹤多年的大姑娘已經回家的消息，方家自然也不知道。

但董夫人這些日子天天往醴陵王府跑卻不是秘密——董家的下人能用的就那麼小貓兩、三隻，董夫人連出個門都得讓惜月去雇馬車，趕車的嘴巴不嚴又什麼都不知道，隨意猜測不說還胡亂編些出來胡說一氣。所以，京城不少人都聽說了，董夫人狠著心將兒媳婦攆走，然後天天往醴陵王府跑，想求娶醴陵王府那位盛傳和董禎毅一見鍾情的庶出姑娘當兒子繼室，可惜醴陵王府並不買帳，一直冷著她。

「我不就是想向王妃和拾娘表示我的歉意，然後接拾娘回來嗎？我還能怎樣？」董夫人一直沒有反應過來，傻愣愣地看著方老夫人道：「可是王妃自己避而不見，拾娘和孩子們也不露面。之前還有人告訴我她們去了什麼地方，現在卻是連敷衍一聲都沒有了；我這心裡發慌，不知道應該怎麼做才能讓王妃見我，所以就回來請母親指點了。」

方老夫人微微一愣，一時間有些反應不過來，但是她臉色不變，仔細地將董夫人的話再琢磨了一遍，而後淡淡地道：「妳以為妳只要往醴陵王府多跑兩趟就行了，就能把以前發生的事情都一筆勾銷了嗎？」

「那還要怎樣？我娘也不知道大嫂居然會是醴陵王府的大姑娘，要是早知道的話，捧著她、敬著她都還來不及，又怎麼會鬧出讓我們現在都追悔莫及的事情呢？」董瑤琳有些著急地為董夫人辯解著，卻不知道她的話給方老夫人婆媳倆帶來怎樣的震撼……

第二百二十五章

「早知道？不是早知晚知的問題，而是人品的問題。」方老夫人搖搖頭，沒有繼續責難，而是淡淡問道：「那麼，妳有沒有想到怎麼向醴陵王妃和孫媳婦表示歉意了嗎？」

「這個……」董夫人微微猶豫了一下，終究還是不怕丟臉地將自己這幾天左思右想之後的決定說了出來，道：「我能夠向王妃保證，以後一定將拾娘當女兒一樣疼愛，絕對不會讓她再受任何委屈，更不會再給她氣受。」

「就這樣？」方老夫人嗤笑出聲，道：「以前的孫媳婦需要看妳的臉色過日子，醴陵王府的嫡出大姑娘還需要看妳的臉色過日子嗎？」

董夫人微微一滯，吶吶地道：「只要她回來，我就把家交給她來管，自己什麼都不管了，這總行了吧？」

方老夫人搖搖頭，道：「就這樣？妳以為她很稀罕管家嗎？如果是這樣的話，我可以告訴妳，王妃還會慢慢拖著，不見妳的。」

「那我該怎麼辦？」董夫人真的是被拖怕了，她真的擔心就這樣被拖上一輩子，想想那個空空蕩蕩、一點人氣都沒有的家，看看女兒滿是哀求的眼睛，她真的是怕了。

「說實話，我也不知道怎麼辦比較好。」方老夫人輕輕地搖搖頭，看著滿臉失望的董夫人，道：「但是，最起碼要表示自己最大的誠意出來才行。」
「我當然是有誠意的。」董夫人立刻道：「可是我怎麼表示才能讓她滿意呢？」
「這個說難也不難，說簡單也不簡單。」方老夫人嘆了一口氣，不帶多大希望地道：「首先，有必要讓醴陵王妃知道，妳確實已經認識到自己的錯了，以後定然不會再為難拾娘；其次，將管家的權力放給孫媳婦也是有必要的，這當媳婦的，只有真正管了家，腰桿才能直起來。最後，妳還要保證不給孫媳婦添麻煩，尤其是不讓她為誠兒和瑤琳的事情繁忙奔走……」
「為什麼？為什麼說不讓大嫂幫我？」董瑤琳沒有想到最後會提到自己，她現在最期望的就是拾娘回來之後為她解決麻煩的，怎麼能聽得這樣的話。
「為什麼要幫妳？」方夫人不屑地看著董瑤琳。她可知道她和董夫人聯手做的那些事情，人家憑什麼被她那麼對待了還要幫她？
「我是她的小姑子！」董瑤琳衝口而出，似乎當了她的大嫂就該給她收拾爛攤子一樣。
「我想拾娘就和我一樣，恨不得從來沒有什麼大姑姊、小姑子存在。」方夫人冷冷看著董瑤琳，道：「要是有機會的話，我還得提醒拾娘一聲，告訴她小心提防一些，別讓出嫁了的小姑子影響自己女兒的名聲，我就是那個前車之鑒啊！」
「妳——」董瑤琳跳了起來。
「好了，瑤琳，別大呼小叫的，也別插話。」董夫人輕聲斥責了董瑤琳一聲，而後帶著期望地看著方老夫人，道：「如果我這樣和醴陵王妃說了，她就能放拾娘和孩子們回來，董家以後也就能否極泰來了，是不是？」

「我不敢保證。」方老夫人搖搖頭，道：「但是，如果妳連這些都做不到的話，那麼是必然見不到王妃的。」

「那我要做到什麼樣的程度才夠呢？」董夫人一身疲倦地看著方老夫人，道：「如果換成是您的話，您會怎麼做？」

「如果是我的話，我會離開京城，回望遠城去，給自己一個清靜的晚年，也不再給兒女帶來麻煩。」方老夫人沒有想到董夫人這次還真的準備聽自己的建議，她微微思索了一下，就給了一個醴陵王妃聽了絕對會原諒她的建議，只是這分建議卻多少帶了些私心——要是這個繼女離開了京城，那麼因為她給方家帶來的影響也會慢慢消失，也不會給那幾個沒有訂親的孫女再造成傷害了。

「回去望遠城？」董夫人呆住了。讓她回那個她從來就沒有喜歡過的地方？

「是。這對妳、對毅兒，尤其是對誠兒都是最好的選擇。」方老夫人點點頭，仔細解釋道：「發生了那麼多的事情，大家心裡其實都已經有了芥蒂，這種芥蒂不是道個歉，給一些甜頭就能消除的。妳留在京城，如果真能保證不違背自己的承諾還好一些，但如果不能，那麼就是新仇舊恨一起湧上心頭了。到時候，毅兒夫妻不能安生，妳也一樣不能過個清靜的晚年。與其留下那麼大的隱患，還不如乾脆一些，帶著妳最熟悉也最親近的丫鬟、婆子回望遠城去，將地方騰出來給孩子們，這樣的話，他們還能念著妳的好。這人啊，越是天天湊在一起，也是容易鬧各種矛盾磨擦，感情也會越發不睦，還不如離得遠一些，反倒親了起來。」

「我怎能放心？我可以不再為毅兒擔心，可是誠兒呢？他連親事都還沒有訂，要是我不在的話，誰來為他張羅婚事？」董夫人真的是不想回去，就算覺得方老夫人說的似乎很有道理也不願意接受，為自己找著理由，道：「還有瑤琳——」

「妳有沒有想過，妳離開其實對誠兒還是最好的。」方老夫人打斷董夫人的話，問道：「誠兒在國子監過得並不如意，妳可知道？」

「呃？他在國子監過得不好？為什麼？難不成是他的學業跟不上，讓夫子和同窗看不起了嗎？不會啊，誠兒素來用功，不可能跟不上的。」自打進京之後，董夫人忙著和慕姿怡勾勾搭搭、交際往來，忙著為董瑤琳張羅親事，還真的是沒怎麼關心小兒子。

「誠兒聰慧，是個好學上進的孩子，在同窗之中也是佼佼者，學業怎麼可能跟不上進度呢？」方老夫人搖搖頭，道：「讓誠兒在國子監過得不如意，被人嘲笑看不起，無人與他交往，是因為有妳這麼一個母親，人人皆嘲弄他，說他的母親無情、無義、無德，不屑與他往來，唯恐髒了自己。」

董夫人心裡是真的疼愛兒女的，一聽這話，眼淚就下來了，道：「怎麼會怎樣？以前我孤傲高潔，不屑攀附權貴、屈膝媚顏，讓夫君被人排斥；而現在，我放棄了以前的一切，努力與人交好，努力往上爬，卻又讓兒子被人看不起？為什麼會這樣？」

「與人的交際往來其實很有講究也很有學問的，妳生母早逝，來不及教妳，我和妳一向不親近，也沒有教妳……大姊兒因為妳而名聲有損，我只能說一句報應，要是當年我對妳多上一分心的話，就不會有這些事情了。」方老夫人苦笑一聲，道：「妳苛待兒媳的名聲在京城算是頭一分了，為了攀附權貴逼兒子休棄患難之妻……試問，哪家還敢再將女兒嫁到董家？他們可不想自己的女兒有一天也落到拾娘的境地啊。」

董夫人心裡酸楚的感覺更重了，眼淚更是嘩嘩嘩地往下落。方老夫人知道話說到了她的心坎上，再接再厲道：「如果妳離開了京城，將董家的事情都交付拾娘……人都是善忘的，他們會逐漸忘了妳做的那些事情，衝著拾娘這個長嫂，說不定還能給誠兒找一門稱心如意的婚事。」

想到自己給兒子們帶來的不良影響，想到自己會拖累兒子，董夫人就傷心得難以抑制，一邊哭一邊點頭道：「我走、我走，不再拖累他們……」

方老夫人心裡微微一喜，一旁的董瑤琳卻急了，一邊瞪著方老夫人，一邊拉著董夫人道：「娘，您可別聽她的，您要是走了的話，這個家怎麼辦？我又怎麼辦啊？」

是啊，自己走了女兒怎麼辦？董夫人立刻從悲傷中振作起來，看著方老夫人，道：「母親，我一時糊塗，被昧了良心的下人蒙蔽，給瑤琳訂了西寧侯府這門親事……想必母親也知道，那西寧侯府的四少爺並非良配，我怎麼都不能看著女兒被自己推進火坑啊！」

「那麼妳想怎麼辦？」方老夫人輕輕地掃了方夫人一眼，讓她不要多話，自己則淡淡地道：「是不是想退了這門親事？然後再給她找一門更好的親事？是不是還打算依靠醴陵王府的威勢，讓西寧侯府善罷甘休，再依仗著醴陵王府將她嫁進王侯人家……唔，對方人才品貌都要好，最好還是嫡子，我猜得可對？」

被方老夫人說中了心思的董夫人也有些赧然，卻還是點點頭，道：「我就這麼一個女兒，打小又沒有過過什麼好日子，我真的很想給她一門好親事，讓她一生平安喜樂無憂。」

方老夫人搖搖頭，道：「我且問妳，醴陵王府憑什麼幫妳們退了這門親，又憑什麼給她找一門更好的親事？就因為拾娘是毅兒的妻子嗎？」

「為什麼不可以？她是我大嫂，長嫂如母，她應該管我的事情啊！」董瑤琳還是一臉的理所當然，一點都不覺得有什麼不好意思的。

「好個長嫂如母？」方夫人忍不住冷笑，質問道：「不知道妳和大姑姊聯手算計人家，逼迫人家的時候，有沒有想過長嫂如母？現在需要人家幫忙了，就說這個，虧得妳好意思說。那是不是幫著把妳不滿意的親事退了之後，還得給妳找一個出身好、相貌好、人才好、心眼好的夫君？得保證人家對妳關懷體貼、真心疼愛？得保證妳嫁過去就能一舉得男、站穩腳跟？得保證生出來的兒女個個聰明伶俐、聽話孝順？」

「我可沒有那麼想，我只是希望她多幫幫我而已。」董瑤琳還真是沒有那麼想，不是她的奢求少，而是她還沒有腦子去想那麼長遠的事情。

「人家憑什麼幫妳？幫了妳，妳會感激嗎？我看不會。相反地，妳會覺得理所當然，然後會得寸進尺，最後不知節制。」方夫人一語道破董瑤琳的本性，而後又淡淡打破她的幻想，道：「更何況，妳以為妳的事情是別人想幫就能幫的嗎？妳的親事已成定局，與其想著怎麼退親，還不如想著怎麼適應接受呢。」

已成定局？無法再改變？這怎麼會？董瑤琳完全呆住了，而董夫人也怔住了，然後看著方老夫人，拜了下去，道：「女兒愚笨，還請母親解惑！」

第二百二十六章

「騙婚？」方老夫人苦笑一聲，道：「誠兒曾經四處打聽秦懷勇的事情，不少人都知道這門親事是在他打聽到秦懷勇的底細之後才訂下的，都笑話妳不光是逼子休妻再娶，還笑話妳賣女求榮……妳說，人家會相信妳們是被騙婚的嗎？」

「可是，真的是被騙了的啊！」董夫人著急地將王寶家兩口子的事情說了一遍，而後道：「毅兒已經讓人日夜兼程地去望遠城了，只要那一對狗奴才去接兒女就一定會被抓回來，到時候一切就都真相大白了。」

「且不說他們到了那個時候，會不會拚個魚死網破也不為你們說話，就算會，那又怎樣？」方老夫人看著幼稚的董夫人，搖搖頭，道：「兩家訂了親是事實，瑤琳沒有矜持和秦懷勇把臂共遊，秦懷勇還帶著她去買首飾也是事實，這些都是有人看見的。」

「我那不是被騙了嗎？」董瑤琳滿腹委屈。她也就和秦懷勇私下見過那麼一次，說是去買首飾，最後卻被氣得一肚子的火，什麼都沒有買就回來了。

「那也是妳活該。」方老夫人瞪了她一眼，道：「未婚的姑娘家哪能夠隨意出門的？妳倒好，不但隨隨便便往外跑，還和男人一起，更鬧得人盡皆知。妳以為退了這門親事，還有人會願意要一個閨譽全毀的女子嗎？」

董瑤琳死死咬著下唇，咬出了血都不知道。董夫人心疼地看著女兒，然後再看看方老夫人，道：「請醴陵王妃幫忙呢？難道也沒有用嗎？」

「沒用的。」方老夫人心裡清楚醴陵王妃定然不會幫忙——杜家的教養多嚴啊，杜家的姑娘在未出嫁之前，半點名聲都不會傳出來，她打心裡就看不起董瑤琳，哪裡會為了董瑤琳出頭？但是，這樣的話她卻不會說，要是不小心傳到了醴陵王妃的耳中，可就是給自己找麻煩了。她苦笑一聲道：「說實話，拾娘就是醴陵王府那位失散多年的大姑娘的消息還沒有傳來，要不是妳們說了，我也是一點都不知曉的，但西寧侯府的那位李姨娘和秦懷勇定然知道了。」

「他們怎麼會知道？」董瑤琳驚訝地問了一聲，而後又恍然道：「我知道了，一定是那對狗奴才說的，他們一定得了西寧侯府的好處。」

還算沒有笨到家。方老夫人點點頭，道：「這是很明顯的事情，他們一定是在最短的時間內做好了離開董家的準備，也做好了離開之前再撈一筆的打算，將這件事情透露給西寧侯府的李姨娘，讓他們把握先機，必然能夠得到一筆不菲的報酬。秦懷勇為什麼會在拾娘離開的第二天一早邀約瑤琳出門？不就是擔心僅僅是訂親和私相授受，不足以保住這門親事嗎？」

「難道他們以為來這麼一招就能保住這門親事？」董瑤琳咬牙切齒地道：「只要我鐵了心，只要大嫂的娘家能幫我，這些又算什麼？」

「妳以為醴陵王府就是萬能的嗎？如果是那樣的話，他們就不會在知道真相之後還算計妳了。」方老夫人冷笑一聲，看兒媳婦說的沒錯，這個名義上的外孫女就是個得寸進尺的白眼狼，她冷冷地道：「而且，妳以為這樣就完了嗎？妳以為一個能在西寧侯府站穩腳跟，榮寵十多年的姨娘就這麼一點點手段嗎？」

「難道她們還能逼著我去死不成？」董瑤琳咬牙。她才不信他們還有什麼更厲害的手段。

董夫人卻是臉色一白，似乎想起了什麼可怕的事情一樣。

「豈止是逼著妳去死，他們還能讓妳死了都不得安寧。」方老夫人看著董瑤琳。真是太幼稚了，比當年目空一切的繼女還要幼稚，看來就算有親娘，親娘不得力，這女兒一樣也教不好。「那對逃了的狗奴才是妳娘身邊的老人了，那女的應該知道妳身上私密處的胎記吧？如果他們把那些私密的東西也告訴了李姨娘母子，妳說會有什麼事情發生？」

董瑤琳還沒有想清楚方老夫人話裡的意思，董夫人就驚呼出來，然後哀求地看著方老夫人，道：「母親，難道除了將瑤琳嫁過去之外，就沒有別的辦法了嗎？我就這麼一個女兒，我怎麼忍心看著她掉進火坑呢？」

「看來妳沒有忘記當年震驚全京城的事情。」方老夫人一看董夫人的表情就知道她反應過來了。她看著還雲裡霧裡的董瑤琳，簡單講了一件二十年前發生在京城的事情。

那是一個出了名的浪蕩子，自稱和禮部一位員外郎的嫡出女兒有私情，請了媒人上門說媒。那位員外郎的夫人自然不願意將女兒嫁給他，矢口否認有這麼一回事，更說女兒從來就沒有出過府門一步，絕對不會和外男有接觸，更不會有私情。而那個浪蕩子也不著急，先是出示了一件女兒家的貼身衣服，而後準確無誤地說出了那姑娘身上的紅痣。那夫人雖然相信女兒沒有離開過自己的視線，但面對證據也懵了，最後將自己如珠似玉的女兒嫁給了那個浪蕩子。

那姑娘也是個烈性子，雖然礙不過父母之命嫁了過去，卻在嫁過去的當天晚上，趁著浪蕩子拜完堂出去敬酒的空檔，懸梁自盡，留下一份自示清白的遺書，說自己從未認識此人，更不用說私情，她是被人陷害的，還請父母為她雪冤。

失了女兒的員外郎夫人十分傷心，便開始徹查這件事情，這一查，還真的給查了出來，卻是那姑娘身邊一個丫鬟的哥哥欠了那浪蕩子一筆賭錢，為了救無力還債的哥哥，那丫鬟不但將姑娘的貼身衣服偷了出來，還將姑娘的隱私透露給那個浪蕩子，這才導致了這場悲劇。

真相大白之後，那浪蕩子被判了個充軍，而那出賣主子的丫鬟和其兄也被判了個秋後處斬；但是那姑娘終究是死了，也自那之後，京城稍微有些身分、身價的，都更小心謹慎起來，生怕自己嬌養的女兒也遭了那樣的橫禍。

方老夫人將那件往事說完，董瑤琳也被嚇得臉色發青，道：「您是擔心這樣的事情發生在我身上？但是有前車之鑒，我若是叫冤枉的話，一定會有人相信我的——」

「當然會有人相信妳是冤枉的，但是比起相信妳的，更多的還是懷疑妳，甚至相信妳清白不保的。」方老夫人打斷了她的希望，道：「別忘了，妳和他私會可是被人看到了。」
「也就是說我除了認命嫁過去之外，只能選擇一死以示清白了？」董瑤琳臉上再無一絲血色。兩樣她都不甘心啊！
「如果妳娘回望遠城的話，妳還可以跟著她一起離開，然後就在望遠城找一個合適的人家嫁了……」方老夫人給了她另外一條路，道：「但必須在西寧侯府察覺之前嫁出去，要不然的話，恐怕那個也是奢望了。」
回望遠城？董瑤琳咬牙。她死都不會回望遠城的，她就算是死也要在京城死！
「沒有更好的主意了嗎，母親？」董夫人這一次真的是萬念俱灰了，整個人都蒙上了一層死氣。她真的不是個好母親，破壞了長子的幸福家庭，成了次子幸福的絆腳石，還將女兒推到絕境，她這個母親豈止是不稱職啊！
「我沒有更好的主意了。」方老夫人搖搖頭。她是真的沒有什麼好主意了，她知道如果有貴人相助，不會像自己說的那麼悲觀，但這話怎麼都不能說。她可以不去巴結討好醴陵王妃，但也絕不能交惡於她，那是給方家找麻煩。
「那我……那我該怎麼辦啊！」董夫人六神無主地哭了起來。
「妳回去再好好地想想，或者再找人討個更高明的主意，或者回去和毅兒、誠兒好生商量一下，說不定能有什麼好主意也未知。」方老夫人知道這些事情都不好做決斷，董夫人需要好好再思索，也需要找個完全相信的人商量。

是啊，還有兒子們呢！董夫人眼中閃過一絲光。雖然兒子們都已經惱了她，也已經惱了瑤琳，但是他們終歸是血脈相連的一家人，不會眼睜睜地看著卻見死不救的。

想到這裡，董夫人誠心誠意給方老夫人磕了一個頭，道：「謝謝母親指點，不管能不能讓女兒順利過了這一關，女兒都會感激您的。」

「感激就不用了，我是妳的繼母，指點妳原本就是我該做的事情，只是晚了很多年而已。」方老夫人搖搖頭，看看天色，道：「妳們還是回去好好商量一下吧，這些事可拖不得。」

「是，母親。」董夫人點點頭，牽著也恨不得腳下生風的董瑤琳告辭離開。

方老夫人嘆口氣。這人啊，真是不能自作孽啊！

第二百二十七章

「妳總算來了。」回到家，驚喜地發現馮嬤嬤和欽伯居然已經來了，喜出望外的董夫人握著馮嬤嬤的手，心裡百感交集。要是當初自己沒有一時頭腦發昏，沒有將她留在望遠城守家而將王寶家的帶在身側，有她像以前一樣在一旁勸著，給一些中肯的建議，所有的一切是不是又都不一樣了？

「奴婢得了信之後，將家裡的一切都打點好，就跟著欽伯一起趕來了。」馮嬤嬤輕描淡寫地道，沒有提他們收到信之後有多麼驚詫，也沒有提他們為了盡快趕回來，幾天幾夜都沒合眼的忙碌，更沒有提這一路日夜兼程有多麼辛苦。

「那對狗奴才有沒有回去？有沒有抓到？」董瑤琳咬牙切齒地問道。她現在最關心的就是害了她的王寶家兩口子，別的與之相比都不重要了。

「文林日夜兼程趕了回去，欽伯看了信之後，沒敢耽擱就去了莊子，正好撞到接了孩子、帶了細軟準備離開的王寶家兩口子……」馮嬤嬤的回答讓董瑤琳臉色一喜，而馮嬤嬤卻又稍微猶豫了一下，道：「奴婢等將王寶一家四口都帶來了，還有……儷娘。」

儷娘？董瑤琳微微一怔，而後皺起眉頭。馮嬤嬤把她帶過來做什麼？給她添堵嗎？

「妳把儷娘帶來做什麼？」董夫人也愣住了，很快又問道：「難不成她在莊子上待著還不老實，又出了什麼么蛾子？」

「這個……」馮嬤嬤看了董瑤琳一眼，湊過去在董夫人耳邊輕聲道：「儷娘一個月前躲著生了一個孩子，孩子是王寶的。」

「什麼？」董夫人不敢置信地看著馮嬤嬤。一個月前生了孩子，現在可才十月分，儷娘被她發落到莊子上還不足一年，這……這……這到底是怎麼一回事？

「唉，還是夫人親自去問問吧。」馮嬤嬤嘆氣。她真的不想一見到董夫人就給她些不好的消息，但是這些事情遲早都要讓她知道，那麼早點知道早點處理也好。

董夫人點點頭，馮嬤嬤扶著她到廳裡坐下。她原本不讓董瑤琳跟著，但董瑤琳卻不肯迴避，還直接說道：「娘，女兒已經不小了，沒有必要什麼事情都迴避了，您還是讓女兒一起吧。」

董夫人想想也是，便也同意了。

欽伯的動作很快，董夫人才坐下，喝了一口熱茶，渾身狼狽的王寶、一臉怨恨的王寶家的，還有明顯豐腴了不少的儷娘就都被帶上來了。見到董夫人，王寶家的撲通一聲就跪了下去，哀叫道：「夫人啊，求夫人饒命啊！都是王寶這個狼心狗肺，黑了心肝地逼著奴婢對您說那些話，慫恿著您對付大少夫人的，那些事情真的都不是出自奴婢的本意……」

「給我掌嘴！」再見王寶家的，董夫人只覺得滿腔的怒氣，恨不得立刻將她杖斃了，聽她這麼喊冤，更是氣不打一處來，當下便不留情。

董夫人的話一落，押著王寶家的進來的婆子當下就啪啪地給了王寶家的好些個耳刮子。她手下不留情，王寶家的臉很快就腫了起來，等到董夫人覺得解了氣，讓她住手的時候，王寶家的臉都腫了，不敢再叫冤，也叫不出來了。

「活該。」看王寶家的那個樣子，儷娘盈盈笑了起來，雖然知道自己的下場一定會更慘，但她一點都不擔心害怕，還笑盈盈地道：「夫人，這般惡奴早就該這麼狠狠收拾了，您要是早一點這麼做，樹立了威信，哪至於像今天這樣，出了這麼多的事情。」

董夫人冷了臉，問道：「我且問妳，妳和王寶是怎麼一回事？」

「能怎麼一回事？」儷娘眼中閃爍著深深的恨意，道：「我不被夫人發放到莊子上了嗎？您不是說只要我出不了莊子，不管發生什麼事情，哪怕是死了都無所謂嗎？王寶得了這話，自然毫無顧忌地逼我委身與他……像他這樣的奴才，我自然是看不上眼的；可勢必人強啊，如果不從的話，到頭來除了多吃些苦頭，多受些凌辱之外，結果也不見得有什麼不一樣。所以，我從了他。」

「胡說，明明是妳勾引我的！」王寶哪裡敢認，立刻反駁，而後朝著董夫人連連磕頭，道：「夫人，真的是她勾引小人的，小人和屋裡的十天半個月都見不了一次，空虛得慌……」

「被我勾引的？那麼，到了京城之後，你和你那婆娘都天天在一起了，為什麼還掛記著我呢？」儷娘笑盈盈地看著王寶道：「你以為你這麼說就能為你脫罪了嗎？你還是別癡心妄想了，反正逃不過一個死，你還是老老實實地交代了吧！」

「妳這個賤人！」看著儷娘笑顏如花，王寶只有深深的怨恨和無盡的懊惱。要不是聽了這個賤人的蠱惑，被這個賤人描繪出來的美好生活迷惑的話，他也不至於一步一步走到今天。這個時候，王寶完全忘記了，如果沒有他的逼迫，儷娘怎麼會成了他的女人，又怎麼會有那些事情？

「看來你是不準備主動交代了？夫人，您是想聽我原原本本地將事情的原委說給您聽呢？還是想聽著他們兩口子喊冤，然後將所有的罪過推到別人身上？」儷娘看著王寶，眼中充滿了恨意，道：「如果想聽我說的話，那麼就讓這個色膽包天的狗奴才住嘴。」

「把王寶先拉出去打二十板子。」董夫人恨極了王寶，也很想聽聽儷娘怎麼說，就淡淡吩咐了一句，等王寶被捂了嘴拖下去之後，再看著儷娘，道：「妳可以說了吧。」

「事情很簡單。」儷娘笑得很燦爛，道：「委身王寶之後，我沒有尋思自己未來的出路，我知道我的身契在你們手上，你們是絕對不會放了我，就算你們某一天忽然發了善心，王寶也絕對不會讓我脫開他的手掌心，我這一輩子算是毀了。我一生完了，自然也不會讓別人好過，尤其是不想讓害過我的人好過。知道王寶要跟著大少爺上京，我就和他說，說大少爺相貌堂堂、文采出眾，極有可能被高門貴女看中，要是有那樣的事情，可一定得和我吱一聲，那可是一個讓他立功，然後出面向夫人討了我的機會。」

「所以，在這樣的事情真的發生之後，王寶搶了大少爺寫回家的家書，私自回到望遠城，但是他回到望遠城先去看的卻是我。」儷娘臉上帶了幾分得意，道：「當時，我已經懷了他的骨肉，我心裡真的很恨，想了很多辦法卻沒有把那個孽種打掉，而王寶見到之後卻險些樂瘋了，他歡歡喜喜地看著我，恨不得把我捧上天去。京城發生的所有事情，他全部都告訴我了，是我讓他瞞著大少夫人將家書送給夫人的，也是我讓他告訴夫人有高門貴女不計較大少爺的身分，想要嫁給大少爺為繼室的，還是我讓他把娶了那位姑娘進門的好處誇大了十倍……果不其然，夫人心動了，一點都不念情分地帶著二少爺和姑娘，帶著董家的金銀細軟錢財和一群下人進了京，而將兒媳和孫子、孫女丟了下來。至於馮嬤嬤，她和欽伯是董家腦子最清明的人，如果不是因為她一直勸說著，幫著張羅，董家還不知道會被弄成什麼樣子。我特意交代了王寶，說不能讓他們跟著壞事……知道他們都被丟下來的時候，我就在等，等著看董家被折騰得不成樣子，也等著你們飽嚐自作自受的苦果。」

董夫人看著儷娘，恨不得一把將她掐死，而儷娘卻一點都不在意，笑笑道：「夫人心裡一定恨極了儷娘，甚至可能還覺得今天的一切都是儷娘造成的。儷娘不想辯解什麼，畢竟看到董家亂成這樣子，看到妳們母女這般地狼狽，我心裡真的是很痛快。但是，我想問一聲，夫人可想過自己的錯？如果不是那兩年，夫人毫不掩飾自己對大少夫人的不滿，讓闔府上下都知道妳對她不喜，就算她改善了董府的窘境，就算她將董家打理得井井有條，就算她為大少爺生兒育女都無法改變妳的態度，我會起那樣的心思，做那樣的事情嗎？我之所以讓王寶那麼做，是因為我知道只要給夫人足夠的誘惑，妳就能將大少夫人所有的功勞都給抹殺，然後毫不猶豫地將她拋棄。而我更清楚，大少夫人不是那種能夠被人隨意拋棄的，妳不能，大少爺一樣不能。所以，知道夫人帶著想帶的人離開，將不想帶的和可能會勸阻妳別做傻事的人留下之後，我就知道，董家亂起來只是時間問題了。」

儷娘的話讓董夫人沈默了。是啊，做那些事情固然有王寶的謊言，王寶家的蠱惑攛掇，但是無可否認的是，王寶家的也好，王寶也罷，他們說的那些話，做的那些事情，都落在了她的心坎上，讓她覺得對了味，所以才會越做越錯，越走越彎，而後到了今天這個地步。

「至於姑娘的婚事，那只能說是意外之喜了。」儷娘看著董瑤琳，笑著道：「我之前還真沒有想過怎麼算計妳，我知道，夫人會不管大少爺、二少爺的意願，給他們娶一個出身好，別的都不如意的妻子回來，但是絕對不會將妳隨隨便便地嫁了人。兒子娶錯了兒媳婦不要緊，大不了納一個對的妾室回來就可以彌補，但是女兒卻不可以。可沒想到掉下來那麼一門親事，妳不知道吧，那慕姑娘和妳說起這門親事的當天，西寧侯府就有人找上王寶，給了他兩百兩銀子，讓他在夫人面前說一番早就潤過色的話，促使夫人答應那樁婚事。就算兩個少爺努力阻止，可夫人被蒙蔽，妳為了榮華富貴不惜一切，加上王寶家的賣力遊說，親事還是成了。」

「妳以為我除了嫁過去之外，就沒有別的出路了嗎？」董瑤琳看著儷娘，真的是恨不得將她千刀萬剮。

「如果姑娘不怕死的話，當然還有別的路。」儷娘笑得張狂，道：「妳可知道為了離開董家能夠找一個安身立命之地，有足夠的銀錢活下去，在離開的那天，王寶將大少夫人的出身這個消息賣給了李姨娘？而王寶家的則將妳的貼身衣服以及她所知道的所有私密也賣給了李姨娘……要是妳不嫁西寧侯府，妳的名聲會臭大街，到時候就算婚事取消，妳這一輩子也別想嫁人了。還有董家以後好幾代姑娘的名聲，也會被妳連累……」

沒想到方老夫人最擔憂的事情果然發生了。想到那個被逼在洞房之夜自盡的可憐女子，覺得自己未來一片黑暗的董瑤琳再也撐不住了，她撲進董夫人的懷裡，放聲大哭起來。董夫人輕輕拍著她的背，安慰道：「莫怕、莫怕，娘不會眼睜睜地看著妳走上絕境的，大不了妳跟著娘先回望遠城幾年，等一切都平息下去之後再說。」

回望遠城嗎？真的要回去嗎？董瑤琳哭得更傷心了。她回去之後還能再回來嗎？

看著傷心欲絕的女兒，董夫人也沒有心思再問什麼了，她輕輕嘆口氣，對馮嬤嬤道：「先把他們都押下去關起來吧，等大少爺、二少爺回來之後再做發落，我想靜一靜。」

第二百二十八章

「娘，您……您說什麼？」董禎毅和董禎誠相互看了看，都懷疑自己聽錯了。他們不敢置信地看著董夫人，都不相信董夫人會做這樣的決定。

「你們沒有聽錯，我已經做好了決定，我會繼續上醴陵侯府求見，等見到王妃和拾娘之後，我會為我這段時間做下的那些事情向她們，尤其是向拾娘道歉，然後接拾娘和孩子們回來。他們回來之後，我會帶著瑤琳回望遠城，而後一直留在望遠城。」董夫人臉上的表情淡淡的。一個下午，她都在思索是不是該聽了方老夫人的建議回望遠城去，也和馮嬤嬤商量了。馮嬤嬤自然是連聲贊同她回望遠城，說因為董禎毅科舉順利，又順利進了翰林院，前途見好，董家族人在望遠城再度揚眉吐氣，對六房也心存感激，要是回去的話，日子過得會很好。

還說，不管她喜不喜歡望遠城，那都是董家的祖籍、是董家的根，董禎毅兄弟在外為官，總有疲倦了，想要回故里的時候，也總會有遇上不如意需要回故里休養生息的時候。她這個當娘的要是能夠在望遠城給他們留一塊最後的棲息之地，會讓兩位少爺一輩子都感恩的。

當然，馮嬤嬤也表示，她也一把老骨頭了，也不想留在京城這種地方忙碌，她寧願跟著董夫人一起回望遠城去，伺候她一輩子。

「娘，這可使不得。」董禎毅第一個開口。他早厭倦了董夫人整天找麻煩，也希望早點過上清靜和美的正常日子，但他希望的是一家人團團圓圓在一起，那才是真正的幸福美滿。他正色看著董夫人，道：「娘，您為了這個家、為了兒子們操勞了那麼多年，現在正是兒子該好好孝順您的時候，您怎麼能回望遠城，過那種孤單冷清的日子呢？」

「就是。」董禎誠也跟著應和，說話比董禎毅更直接了一些，道：「娘，您可不能走，我和哥哥都希望一家人和和美美地過日子，缺了誰都不行。再說，您這樣回去的話，不知道的人還以為我和哥哥不孝順您呢！」

「娘已經決定了，你們就不要勸我了。」董夫人搖搖頭。從本心來說，她是不願意回望遠城的，她對那個地方既沒有認同感又沒有歸屬感，真的是一點都不想回去。但是，方老夫人的話說得沒錯，為了兒女，她真的不宜留在京城了。

「娘……」看著董夫人堅決的態度，董禎誠想了想，而後道：「娘怎麼會做這樣的決定，是誰說了什麼嗎？」

董禎毅微微一皺眉，知道弟弟這是在懷疑醴陵王府或者拾娘給董夫人開了條件、出了難題，心裡微微有些不悅。他不相信拾娘會提這樣的條件，她不會這麼狠心更不會這麼傻，提這種於己有礙的條件出來。但是，他也就是皺皺眉頭，卻什麼都沒有說，看著董夫人，想聽她怎麼回答。

「我今天一早去了你外祖家，見了你外祖母。」董夫人輕輕地嘆口氣，道：「她說，醴陵王妃避而不見是因為心中惱怒，不想就這麼輕易算了，但又不想將關係鬧得太僵，影響拾娘和你大哥、和這家人其他人的感情，所以才冷著我。她還說，醴陵王妃是個極厲害但也極有分寸的，只要我答應以後不再輕易干涉你大哥房裡的事情，她就不會繼續為難。」

「既然如此，娘為什麼決定會回望遠城去呢？」董禎誠心裡大鬆一口氣的同時，心裡也升起淡淡的歉意，對自己猜忌拾娘有些抱歉。

「你外祖母也說了，我和瑤琳現在在京城已經成了一個笑話，尤其是我……」董夫人苦笑著搖搖頭，道：「她說人家見了我對你大嫂那般，心裡都已經把我當成了最勢利眼，也最沒有人情味的婆婆，家裡有好女兒的，對董家都會避而遠之。誠兒，你已經十五歲，也不小了，是該考慮婚事的時候了。娘原本是想等你考個功名之後再說，但現在……就算你像你大哥一樣爭氣，考了個狀元回來，那些家裡養了好姑娘，真心為女兒著想的人家，也會因為娘而不將你當成合適的對象。但娘回望遠城就不一樣了，拾娘進門之後，你和你大哥一樣總是護著她，你們也很親厚，她是醴陵王妃的掌上明珠，有她為你操持，又沒有我礙眼礙事，你的婚事一定會更好、更順利。」

「娘是為了兒子才決定回去？」董禎誠的眼淚都出來了。他知道董夫人或許勢利、糊塗，但是她對自己兄妹卻是恨不得將心都掏出來的，只是經常會好心辦壞事而已。

「你們兄妹好了，娘才能好啊！娘也是為了自己能夠安享晚年，才做了這樣的決定的。」董夫人看著董禎誠，不想讓他太過內疚，笑笑道：「你可要好好地讀書，你和你大哥爭氣，娘在望遠城、在族人面前也能揚眉吐氣，過得更好。」

「娘，沒有您在身邊，我和大哥這心裡沒底啊！」董禎誠看著董夫人，道：「不管兒子多大年紀，都需要娘在身邊照顧提點。」

董禎誠的話讓董夫人心微微一動。是啊，她怎麼能就這麼將兩個兒子丟下呢？但是不等她說什麼，一直在她身邊的馮嬤嬤就輕輕咳嗽一聲，道：「夫人，大少爺已經成了家，不用您操心太多，但二少爺還有很多需要您費心的地方。不過，話又說回來了，兩個少爺從小就極少讓您操心費神，這一點和姑娘完全不一樣了。」

馮嬤嬤的話讓董夫人熄了剛剛起來的心思。她知道馮嬤嬤說這話是在提醒她，幼子說的雖然好聽，但實際上她這個當娘的能為兩個孩子做的，遠遠比不上她可能給孩子們帶來的麻煩，為了孩子著想，她最需要做的不是為他們做什麼，而是不要再拖累他們。

想到這裡，董夫人笑笑，對董禎誠道：「誠兒，你什麼都別說了，娘知道你心裡捨不得娘離開，也知道你擔心娘回去之後吃苦受累，但是，娘這一次真的是已經下了決心，不會再改。娘現在就盼著你好好地讀書，以後能夠像你大哥一樣為董家爭光，再給娘娶一個賢慧的兒媳婦回來。」

「娘……」董夫人最後一句話讓臉薄的董禎誠臉色大紅，但他還是不放棄說服董夫人，看著董夫人道：「兒子知道娘做這個決定都是為了兒子們考慮，但是娘可想過瑤琳……」

「離開京城不光是為了你們，也是為了瑤琳。」董夫人輕輕地嘆口氣，道：「都怪我信了王寶兩口子的話，才給瑤琳訂了那麼一門親，瑤琳自己又不小心，不知道避諱著，鬧出些……唉，現在要是和西寧侯府提出退婚，還不知道他們會怎樣為難，更不知道他們會不會一不做二不休，放出些不利瑤琳的風聲，但是讓瑤琳嫁過去我也不願意。你外祖母給我出了一個主意，讓我帶著瑤琳回望遠城，等過兩年，那些不好的傳言被人忘卻之後，再和西寧侯府談退親的事情，說不定他們看在我們已經避了回去的分上，會放過瑤琳。」

「這倒不失為一個好辦法。」董禎誠對董瑤琳的親事也是一百個不滿意，聽董夫人這麼一說，倒也軟化了下來，道：「秦懷勇不是良配，瑤琳不能嫁給他。」

「娘有沒有想過，退了親之後再為瑤琳找一門怎樣的親事呢？」董禎毅想得卻更多了一些。他看著董夫人，道：「瑤琳年紀已經不小了，和二弟不一樣，可不能耽擱太久了。」

「高門侯府我是不敢再想了，別說那種好的不一定能看中瑤琳，就算能，我想西寧侯府一定不會眼睜睜看著瑤琳退了親之後嫁得更好。依我看，還不如給她找一個門戶相當，祖籍不在京城，不知道我做的那些丟臉事情的人家，別讓人家因為我看輕了瑤琳。」董夫人在方老夫人那裡大受打擊，回來之後又被馮嬤嬤勸說了一番，總算是認清楚了自己的位置，知道怎樣做才是對女兒最好的了。

董禎毅點點頭，和董禎誠對視一眼，都看到對方的如釋重負和欣慰。他笑著道：「娘能這麼想最好不過，那麼我和二弟會為瑤琳留意著，給她找一個各方面都合適的人家。」

「嗯，這件事情交給你們我最放心不過，我相信你們的眼光定然比我的好。」董夫人點點頭，然後又道：「另外，離開的時候，我還準備給瑤琳請兩個厲害一點的教養嬤嬤。瑤琳真的是被我給寵壞了，在她及笄之前，應該好生教導，要不然還不知道要犯多少錯，吃多少虧呢。這件事情還需要等拾娘回來之後麻煩她，我想她這點忙還是會幫的。」

「娘放心好了，這件事情就交給我吧。」董禎毅點點頭。妹妹是該好好接受教養了，不然她這一輩子可怎麼過下去？不過，他看著董夫人道：「帶著瑤琳回望遠城的事情，娘和瑤琳商量過了嗎？她是什麼意思？」

「這……我還沒有和她正式說，但這件事情由不得她任性了。」董夫人搖搖頭，卻又態度堅決地道：「不管怎麼樣，就算是押也要把她給押回去。」

「就算是死我也不回去！」董夫人的話音一落，董瑤琳便在門外對上了。她已經在門外聽了好一會兒的話了，聽到這裡，再也無法保持沈默，這才出聲。

「瑤琳。」董夫人看著女兒，帶了幾分懇求地道：「娘做這樣的決定也是為了妳，也是希望妳能夠好好的，妳聽話——」

「我不聽、我不聽！」董瑤琳要是能夠理解董夫人的苦衷，就不是董瑤琳了。她拚命搖頭，道：「我不回望遠城，我不回去！好不容易我們才到了京城，眼看就要過上了娘您說的真正的好日子了，您卻要帶著我回那個鄉下地方。我喜歡京城，喜歡和那些出身好的姑娘們來往，喜歡參加那些集會，我不想回去，不想整日待在家裡不能出門，更不想成為一個渾身土氣的鄉下丫頭。」

「瑤琳，回望遠城只是權宜之計，等妳大哥、大嫂想辦法把妳和西寧侯府的親事退了，等退親帶來的影響平息了，娘自然會帶著妳回京城的。娘還想給妳找一門妥帖的婚事呢。」看著董瑤琳倔強的樣子，董夫人心裡嘆息著。她知道女兒的脾氣，也知道她現在定然聽不進去什麼，但還是努力解釋著，希望能有那麼一點點用處。她向董瑤琳保證道：「娘答應妳，一定會帶著妳再回京城的。」

「然後呢？」董瑤琳臉上帶著嘲諷地看著董夫人，道：「就像您對大哥說的，讓大哥隨隨便便找個人家把我給嫁了出去？」

董瑤琳的話讓董禎毅兄弟倆都皺了皺眉頭，覺得她的話真的不順耳，卻還是念在董夫人的決定對她而言是一種打擊的分上，沒有出言斥責。董禎誠更耐著性子安慰著她道：「瑤琳，妳就放心好了，我和大哥一定會小心謹慎，絕對會找一個人才、相貌、家世都不錯的，不敢保證大富大貴一輩子，但絕對能和妳和和美美，相扶相持生活的──」

「我不要。」董瑤琳沒有耐心聽完董禎誠的話，毫不猶豫地道：「我只嫁王侯人家，別的再好我也都不考慮，我才不要嫁了人就受苦。」

「瑤琳！」董夫人知道女兒是受了自己的影響，心裡只想著攀高枝。曾經，她真不覺得那有什麼錯，但是在方家受了打擊，回來之後又被馮嬤嬤苦口婆心地勸說了一通之後，已經打消了那種不切實際的念頭。她看著女兒道：「瑤琳，嫁到王侯人家沒有妳想得那麼好，人多是非多，勾心鬥角的事情更多，妳根本就不知道應該怎麼應付……」

「不是還有娘嗎？娘可以教我啊。」董瑤琳自懂事起，董家就母子幾人相依為命，別說是見識，就連聽都沒有聽說過什麼叫做內宅的爭鬥，根本就不知道那有多麼殘酷。她理所當然地看著董夫人，道：「娘，我還小，還要好幾年才能出嫁，您有時間教我的，對吧？」

「可問題是娘也不懂啊。」董夫人第一次在董瑤琳面前露了怯，實話實說道：「你們也知道，娘的親生母親早亡，根本就沒有人教娘那些，娘拿什麼來教妳呢？」

董瑤琳呆住，但也就呆了那麼一下，就又道：「娘不懂的話，不是還有大嫂嗎？長嫂如母，她也能教我啊。」

「那些都是母女相傳的，別說妳大嫂自幼沒有在醴陵王妃跟前長大，不一定懂那些東西，就算懂，她也不會——咳，不能越俎代庖啊。」董夫人原本想說拾娘就算懂也不會教她，但話到嘴邊還是又換了一個說辭，但是董瑤琳還是聽出來她原本想說什麼。

她直接看著董禎毅道：「大哥，你說說，大嫂是不是也不願意教我？」

董禎毅冷了臉，而董禎誠則搶過話道：「娘不是說了嗎？那是母女相傳的東西，大嫂沒有責任要傳授妳什麼。更何況，妳忘了妳之前對大嫂有多麼無禮了嗎？大嫂更沒有必要管妳那麼多。長嫂如母？用得著的時候就說這樣的話，用不著的時候就一口一個莫拾娘，妳這樣子，就算學了點東西，就算有王侯人家願意接納妳，我們也不放心妳嫁過去。就妳的能耐，不出一年半載，就能讓人吃得骨頭都不剩。」

董瑤琳的臉色難看起來，吵嚷著道：「我有什麼不好？都是一個娘生的，為什麼你們就能娶高門貴女，而我就不能嫁到高門去？都是抬頭嫁女、低頭娶婦，怎麼到我們家就完全相反了呢？我不管，反正我只嫁高門，哪怕是將錯就錯地嫁給秦懷勇，我也不會跟著娘回望遠城，然後讓你們隨隨便便找個人家把我給打發了……」

看著開始胡攪蠻纏的董瑤琳，董禎毅冷冷道：「這件事情容不得妳再任性妄為，妳願意也好不願意也罷，都由娘和我們當兄長的作主。來人，扶姑娘回房休息，沒有我的話，不准她踏出院子半步。」

「你敢這樣對我！」雖然董禎毅的臉色難看得讓董瑤琳有些發怵，但是她還是不甘願就這樣就被人決定了終生，她跳將起來。但不等她做什麼，門外聽到招呼的丫鬟、婆子就進來，強行扶著她離開。她一邊掙扎著，一邊叫人放手，但那幾個丫鬟、婆子對她的聲音充耳不聞，很快就將她扶了出去。

「這……」都已經看不到人了，卻還是聽得到女兒淒厲的叫喊聲，董夫人又忍不住有些心軟了。她看著董禎毅，道：「這對瑤琳是不是太嚴厲了些，她還小，可以慢慢的……」

「娘，這樣的話您說了好幾年了。」董禎毅搖搖頭，道：「在您的眼裡，不管她幾歲，都是那個需要疼愛的小女兒。我不是不疼她，但是我們不能一輩子疼著她、寵著她，放任著她啊！要是三年前，我堅持意見，給瑤琳請了教養嬤嬤或者狠心讓拾娘好好教導她的話，她或許就不會像現在這樣，不知道天高地厚、輕重分寸。娘，瑤琳已經到了談婚論嫁的年紀，要是再由著她的話，真的是會害她一輩子的。」

「唉……」董夫人嘆了一口氣，終究沒有揪著不放，而是道：「明天我再去醴陵王府，如果王妃願意見我最好，如果不願意見我的話，那我也將我的決定說了，讓人轉告王妃。」

「明天兒子正好休沐，就陪娘一起去吧。」董禎毅想了想道。他實在是不願意也不忍心看著母親一再吃閉門羹，只能陪著她一起去了，希望醴陵王妃看在自己的分上，不要再為難母親。

「那我在家裡看著瑤琳，免得她又鬧出什麼事情來。」董禎誠笑笑，為自己找一個差事。

第二百二十九章

董夫人和董禎毅剛到醴陵王府門口，剛下馬車，還沒有來得及上前，便看見雁落帶著兩個丫鬟快步出來，看見他們微微一愣，然後便滿臉是笑地迎了上來，笑盈盈道：「親家夫人、姑爺您們來得可真巧啊，奴婢正準備到府上去呢！」

「有什麼事情嗎？」董夫人微微一驚。

「沒什麼大事。」雁落笑道：「我家王妃和姑娘昨晚回來了，聽說親家夫人跑了很多趟都撲了空，心裡挺過意不去的，所以今兒一早就把奴婢叫過去，讓奴婢到府上送帖子，準備下午過去拜訪親家夫人。沒想到這麼巧，奴婢這才出門，就見到您了。」

雁落的話讓董夫人心裡順暢了起來，幾次碰壁的不快頓時煙消雲散。她笑呵呵地道：「還真是很巧啊。麻煩嬤嬤通報一聲，看看王妃有沒有時間……」

「哪用得著通報，親家夫人和姑爺快點請。」雁落殷勤地當前帶路，而她身邊的丫鬟不用吩咐就和府門外的車伕交代了一聲。董夫人見了，心裡更是順貼，覺得雁落說的都是實話，沒有騙她。

進了二門之後，稍等了一小會兒，便有青衣小轎接著兩人一路到了醴陵王府的正院，下了轎，直接到了正廳，醴陵王妃和慕潮陽都在，但拾娘母子卻不見蹤影。

見過禮，坐下之後，董禎毅便直接問道：「怎麼不見拾娘和孩子們？」

「拾娘最近正在調養，需要多休息，我每日都讓她多睡一會兒，我剛剛才讓人去叫她起身，一會兒就過來。」醴陵王妃淡淡一笑。沒有將董夫人收拾下來之前，她怎麼都不會讓女兒和董夫人面對面的。她看著董夫人，道：「聽下人回話說，親家母來了很多趟，不知道親家母可是有什麼要緊的事情？」

「也沒有什麼要緊的事情，一來是想和王妃見個面，拾娘都嫁到董家三年多，孩子都這麼大了，我們卻都還沒有見過面，讓人知道了，還不知道會笑話成什麼樣子呢！二來……」董夫人頓了頓，稍微猶豫了一下，終究還是說了出口，道：「我之前聽了刁奴的挑唆，自己也犯了糊塗，做了不少對拾娘十分苛刻的事情……今日來也是想向您、向拾娘好生說聲抱歉，還希望你們能夠原諒我一時糊塗犯下的錯事。」

就這樣？醴陵王妃眼中閃過一絲除了慕潮陽之外，誰都沒有察覺的冷意，臉上卻是帶著淺淺的笑意，道：「親家母這是說哪兒的話？雖然曦兒是我恨不得一輩子捧在手心裡呵護，半點委屈都不用受的寶貝女兒，但是她既然都已經嫁到董家，成了董家的媳婦……唉，不是有這麼一句老話嗎？做得嬌姑娘，做不得嬌媳婦，她既然已經為人妻、為人母了，那麼這一點點委屈又算得了什麼，親家母真的不用為這個特意說什麼對不住。」

醴陵王妃話裡的不滿董禎毅聽出來了，董夫人卻沒有聽出來，還覺得醴陵王妃就是不一樣，很會說話，也很有肚量。好在她來之前一再告訴自己，不能再隨意改變主意了，也就沒有順著醴陵王妃的話就此作罷，而是笑笑，道：「王妃能夠這麼說，我就放心了。這一次，我不光是上門來和王妃見面，也不僅僅是為了來向您和拾娘說抱歉的，還想和您、和拾娘商量一聲，希望早點接拾娘和孩子們回去。」

「這個，恐怕我還只能讓親家母失望了。」醴陵王妃怎麼可能輕易地就讓他們把拾娘和孩子們接走？她臉上帶了絲痛苦和不捨地道：「曦兒和我當年在逃出京城的路上失散的事情，想必親家母也有所耳聞，也應該知道我和曦兒失散了十年之久，這十年，我日日夜夜都盼望著曦兒早點回來，回到我的身邊……現在，終於找到了曦兒，我真的很想彌補這些年失去的時光，很希望曦兒能夠多留些時日陪陪我，這一點親家母應該能夠理解……」

「母親，您的心情伯母一定會理解的。」慕潮陽輕聲安慰著說到傷心處，似乎都說不下去的醴陵王妃，然後又笑著看著董夫人道：「伯母，小姪我說的沒錯吧？」

雖然慕潮陽的臉上滿是笑容，眼神卻冷冰冰的。那眼神讓見識過他冷冽的一面的董夫人忍不住打了一個寒顫。醴陵王妃不等董禎毅有什麼反應，就瞪了慕潮陽一眼，道：「我和親家母在說話，你插什麼嘴？一邊去。」

等慕潮陽訕訕地陪著笑，她又笑著對董夫人道：「我是希望多留曦兒在家裡住一段時間，畢竟我們母女分別得實在是太久了，久得相互之間都有了一種淡淡的陌生感，這讓我心裡真的很難受。但是，她畢竟已經是董家婦了，如果親家母想要早點接她回去，我再怎麼不捨，再怎麼難過，也不會強行留她下來的，這一點親家母儘管放心。」

董夫人再怎麼笨也知道醴陵王妃這話裡有話了，臉上帶了些不自然，勉強地笑笑，道：「王妃要留拾娘多住些日子也是應當的，我應該理解，也應該體諒的。只是，我不日就要帶著小女瑤琳回故里，要是拾娘不回去主持中饋的話，我著實放心不下，所以，還希望王妃能讓她帶著孩子早些回去。至於說想和她多相處，兩家都在京城，來回也不過一炷香的工夫，想見她也是件簡單的事情。」

她要回望遠城？醴陵王妃滿是驚訝地看著董夫人，她確實想不到董夫人會做這樣的決定，還直接說了出來，不給自己留餘地；但以她泰山崩於前而色不改的養氣功夫，這滿臉的驚訝卻還是故意做出來給人看的。她驚詫地道：「親家母要回望遠城？這又是怎麼一回事？難道親家母在京城住得不習慣嗎？這不應該啊，親家母也是京城人士，不會有這個問題才是。」

醴陵王妃臉上的訝異讓董夫人心裡好受了一些，她笑笑，道：「在望遠城住了那麼多年，我已經習慣了那裡的生活，帶著孩子們進京，也不過是不希望他們一輩子留在望遠城那種小地方，只看到巴掌大的一塊天。原本還在猶豫，擔心我回去了之後，毅兒和誠兒沒有人照顧照應，但現在，有您和王爺照應，我自然可以放心地回去了。」

這番話並不是出自董夫人的本心，但馮嬤嬤卻說，都已經做了那麼大的決定，何妨做得更徹底一些，說些讓大家心裡都更舒服，面上都更好看一些的話，讓醴陵王府更領這個情。董夫人想想也是，這才說了這番完全違背本心的話。

董夫人話都說到這個分上，醴陵王妃自然也不會再為難了，何況董夫人這個決定不只是讓她滿意，更讓她有意外之喜。但是場面話還是要說的，她笑著道：「這怎麼使得？我這邊剛認了曦兒回來，親家母就要離開，之前妳們又鬧出些不愉快的事情，這不是讓人心生誤會，以為曦兒認祖歸宗，出身不同了，就連婆母都無法容忍了嗎？」

「這和拾娘真沒有什麼關係。」事到如今，董夫人也只能說些違心的話了，但是她也不甘願就這麼完了。她看著醴陵王妃道：「我這一輩子都是為了兒女，之前帶著誠兒、瑤琳進京是為了他們，為難拾娘想要攀高枝，雖然是做了糊塗事，但出發點也是為了他們，而現在，決定離開京城還是為了他們。」

「親家母此話怎講？」醴陵王妃臉上的笑容微微一斂。董夫人每一句話都是昨晚和馮嬤嬤再三商議斟酌才說出口的，但是她一聽就能知道董夫人有所求。

「之前的事情就不再說了，說了也只是讓您笑話，而以後，因為想求王妃多多照應，卻不得不和您說清楚。」董夫人也不迴避，直接道：「毅兒就不用說了，我想為幼子和瑤琳求一求王妃，求王妃為誠兒的婚事費點心思，有我這麼一個惡名在外的母親，誠兒的婚事定然有不少波折。我已經決定在望遠城長住，他的婚事自然要交給拾娘來操心，到時候就請王妃為拾娘掌掌眼、把把關，給誠兒找一個好一些的媳婦，也給拾娘找個好相處的妯娌。還有瑤琳，她的親事是我在京城做的最大錯事，我真的很後悔為她訂了那麼一樁親事，我想退親，也不想再攀什麼高枝了，只希望退了親事之後，給她找一個穩妥一些，能夠讓她一輩子衣食無憂的人，和和美美地過日子。如果可以的話，還要麻煩王妃出面。」

醴陵王妃思忖了一下，道：「禎誠是個不錯的孩子，他的婚事，曦兒會盡力而為，我也會在一旁照看著，一定會辦得穩穩妥妥的；但瑤琳的事情……西寧侯和王爺年紀相仿，打小在一起長大，交情非同一般，這些年雖然來往得沒有以前那麼多了，但我卻也不好貿然插手和西寧侯府有關的事情；尤其李姨娘的手段頗多，我要是插手，說不定反而會適得其反，我只能看著辦了，卻不敢承諾親家母什麼。」

醴陵王妃沒有大包大攬地應諾下來，董夫人心裡反倒踏實了——起碼幼子的婚事她會上心，這就已經讓她放下了心頭的一塊大石頭，至於董瑤琳的事情，等過一段時間之後再慢慢地說也不遲。

「王妃能幫著照應誠兒，我已經是感激不盡了。」董夫人笑著道謝，而後話音一轉，又道：「只是，不知道王妃想要把拾娘留在王府多久呢？不是我心急，只是我想趕在天氣完全冷下來之前回望遠城，拾娘要是能回家的話，我才能安心啟程。」

「親家母真下定決心要回望遠城也別這麼著急，等到過完年，春暖花開時候再慢慢回去也不遲。」醴陵王妃很滿意董夫人識趣的態度，卻也沒有順著她的話說讓拾娘馬上回家，而是給了董夫人另外的一個建議，並解釋道：「曦兒回來之後，因為臉上印記，皇后娘娘特意讓太醫正帶著太醫院的各位太醫給曦兒把脈，仔仔細細檢查了一番。發現曦兒流落在外這些年，吃了不少苦，更因為沒有得到及時的醫治，留了些暗傷和病根。現在年輕倒無所謂，但將來上了年紀，必然遭病痛折磨。所以，這些時日，太醫院的太醫們除了為曦兒配製清除印記的解藥之外，還擔負起了為曦兒調養身體的任務。曦兒用的不少藥都很名貴，熬製起來都很麻煩，不但要從太醫院取藥，還要太醫親自熬製。如果她回去的話，每日召太醫去府上不太合宜，還是等她調養得差不多，不需要太醫每日請脈的時候再讓她回去吧。」

「清除印記？」董夫人聽不明白了，董禎毅連忙將拾娘臉上那胎記並非天生和其中的緣由大概了說了一遍，董夫人這才明白過來，對拾娘也不禁有些佩服——不是每個知道懷璧其罪的女子都能下狠心毀了自己的容顏的。

「還有曦兒的嫁妝……」提到這裡，醴陵王妃的臉上閃爍著光彩。每個當母親的都很熱衷於為自己的寶貝女兒置辦嫁妝，而她之前給女兒準備嫁妝的時候，帶了忐忑和淒涼，不知道她精心準備的這些東西能不能派上用場。而現在，她拉著拾娘去看那些嫁妝的時候，只有幸福。她笑著道：「曦兒成親的時候，我們母女還未團圓，一切只能從簡。而現在，我都已經找到了她，自然不能讓她那麼寒酸。我這些日子正和曦兒一起清點為她準備的嫁妝，等到她回去的時候，我希望她能夠帶著十里紅妝回去，讓全天下的人都知道。」

董夫人沈默了。她一直盼望著兒媳婦能夠帶來大筆的嫁妝，改善董家的窘境，但是知道拾娘即將帶來一筆董家好幾代都不一定能夠存下來的嫁妝時，心裡卻又有了另外的滋味——這兒媳婦的嫁妝太多了，似乎也不是什麼讓人愉悅的事情。

「還有曦兒的封號。」醴陵王妃繼續道：「曦兒是我和王爺的寶貝女兒，也是醴陵王府的郡主，王爺已經向皇上上了請封的摺子……前幾日，皇后娘娘讓身邊的內侍往杜家賜膳的時候，順便提了一句，說請封的摺子已經准了，只是還在為給曦兒封一個什麼好聽的稱號而煩惱。曦兒幼時隔三差五就進宮陪皇后娘娘，皇后娘娘膝下無女，一直將她當女兒疼愛，皇上對她也很寵愛，所以都想給她挑選一個好聽的稱號……」

這不但讓董夫人心裡那種被壓了一頭的感覺更重了，就連董禎毅也都覺得有些不自然，醴陵王妃卻似乎一無所察一般地繼續道：「皇后娘娘還說要給曦兒建郡主府，是曦兒不同意，說她和禎毅只是尋常夫妻，她卑微的時候禎毅沒有嫌棄，一直不離不棄陪在她身邊，現在她就不應該接受皇后娘娘的建議，建什麼郡主府，讓夫妻生分了。她還說，她是禎毅的妻子，最希望的是夫榮妻貴，而不希望讓人稱禎毅一聲郡馬，卻看不到他的多年的苦讀和努力。皇后娘娘是真心疼愛曦兒的，一聽這話，也就打消了那個念頭。」

這番話讓董夫人心裡好受了一些，笑著道：「拾娘一直都是個善解人意的，以前是我不知道珍惜，以後絕對不會再有那些不愉快的事情了。」

醴陵王妃笑笑，而後看著董禎毅道：「那解藥前兩天便製好了，太醫已經在試藥效了，再過幾日應該就能有結果。曦兒希望在用解藥的時候有你陪在身邊，她希望你能夠親眼看到她的變化。」

「我也很希望看到拾娘的變化。」董禎毅笑笑，卻不知道醴陵王妃又有什麼安排。

「太醫說，曦兒臉上的印記時日太久，一次、兩次是看不到明顯效果的，需要每日敷藥三次，大概需要五、六天才能看到明顯的效果；如果將之完全清除的話，大概需要十天左右，讓曦兒回去不大方便，但讓你住回王府似乎也不大妥當，我們就折衷一下，住到京郊的莊子上去。」醴陵王妃看著董禎毅，道：「我很早以前就在京郊買了幾塊地，好幾處都有溫泉，曦兒的陪嫁莊子也在那裡，你可以向上峰告假，帶著曦兒母子，陪著親家母一起去莊子上散散心，我和陽兒也一起過去，大家也正好熟悉熟悉、親近親近。」

董禎毅有些意動，卻沒有馬上答應，慕潮陽則笑笑道：「禎毅，你還是答應吧！母親已經帶著曦兒回了外祖家，過不了三天，曦兒的身分便會人盡皆知，京城還不知道會有多少人羨慕你的好福氣，到時候上門恭喜的、攀關係的更不知道會有多少，出去躲一段時間的清靜，等到這個消息帶來的熱潮冷卻一些之後再回來。」

「娘，您的意思呢？」聽了慕潮陽的解釋，董禎毅心裡已經贊同了醴陵王妃的建議，但還是尊重董夫人的意思。

「出去散散心也好，只是誠兒和瑤琳……」有機會和醴陵王妃親近，董夫人自然是願意的，卻還是放心不下家中，尤其是董瑤琳，誰知道她會不會趁著家中無人鬧出什麼事情來。

「當然是一起去了。」醴陵王妃能夠猜到董夫人想說什麼，她是一點都不想理會董瑤琳，更沒有心思為董瑤琳謀劃什麼，卻也不容許她在這個時候鬧出些事情來給女兒添堵，便笑著道：「莊子極大，別說我們兩家人，就算再多些人，住起來也很寬綽。」

「那什麼時候去呢？」董夫人心裡已經同意了，但還是想問清楚時間。

「就看親家母什麼時候能夠收拾準備好了。」醴陵王妃笑笑，道：「親家母準備好，我們就去，如何？」

「好。」董夫人乾脆地點點頭，門外這時適時地傳來孩子的笑聲，然後便看到拾娘一手牽著一個孩子進來。輕寒、棣華看到董禎毅，歡呼一聲，便掙脫拾娘的手撲了上來，撲進董禎毅懷裡之後，嘰嘰喳喳說著他們在醴陵王府這段時間的生活。

董禎毅一邊笑著聽兒女說話，一邊將目光投向拾娘。和離開家之前相比，拾娘除了氣色更好之外，並沒有太多的變化，還是那個讓他熟悉的妻子……

第二百三十章

「真是沒有想到，拾娘居然會是醴陵王府的姑娘。」林太太臉上帶了不敢置信的表情。她是被醴陵王妃專程派去的人接過來的，在來京城的路上，就已經大概聽說了拾娘和醴陵王妃相認的經過，卻怎麼都不敢相信這會是真的；直到見了拾娘，聽拾娘親口說了，還見到了醴陵王妃本人，這才滿是驚嘆地信了，但就算這樣，她還是有一種猶在夢中的感覺。

「在沒有回府，沒有見到娘和哥哥之前，我也沒有想到。」拾娘微微一笑，沒有說自己尋親的糾結，只是簡單地道：「能夠找到家人，能夠和家人團聚，是我一直以來的願望，現在也總算是如願了。」

「現在京城都已經傳開了，說醴陵王府那位嫡出的大姑娘已經找回來了，都在猜測她是什麼身分，又是怎麼找回去的，都沒有想到居然會是拾娘。」谷語姝也是一副意外到了極點的樣子。拾娘和母親相認之後就回醴陵王府，而董禎毅則因為慕潮陽要求，並沒有將拾娘的身世向林永星透露，所以在來別院之前，谷語姝還真沒有想到已經讓京城為之震動、議論紛紛的慕家大姑娘居然就是拾娘。

「各種傳言一定很多吧？」拾娘了然地笑了。和董禎毅見面的第二天傍晚，醴陵王妃便帶著她和孩子們住到了郊外的莊子上，董家一家子也過來會合，一家人難得和和樂樂在一起，自然沒有心思打聽京城的紛擾傳言。

「可不是。」谷語姝笑著點點頭，沒有多話地把那些傳言說出來。拾娘想要知道那些傳言簡單得很，用不著她多什麼話。

「妳管那些傳言做什麼，等那些人知道妳的身分之後，那些傳言自然不攻自破了。」醴陵王妃輕輕地嗔了女兒一聲，然後看著林太太，微微笑道：「專程請林老爺、林太太上京，一來是想接你們過來好好地玩玩，等過兩天，你們適應了京城的氣候之後，讓王爺、陽兒陪著林老爺，我和曦兒陪妳在京城到處走走逛逛，熟悉一下。二來是這些年來曦兒一直得妳的關心照顧，如果沒有妳的另眼相看和關愛的話，還真不知道曦兒現在又會是什麼樣子，能不能順利回到我身邊……我真的很感激你們一家，想要當面向你們道謝。」

林太太的心微微一跳。要說關心照顧，她這些年來對拾娘的關心照顧確實是不少，但是心裡也知道，她之所以對拾娘那般好，除了拾娘確實是個值得她費心的人，除了希望董禎毅和林永星相互照應幫助之外，還因為她當年做了讓拾娘代替林舒雅出嫁的決定而生出來的淡淡愧疚。她知道拾娘是聰明人，一定明白她的心思，那麼醴陵王妃知道這些事情嗎？她說這番話有沒有別的意思呢？

林太太在這邊思索著，想著應該怎麼接這話才更合適，林舒雅卻爽朗一笑，道：「謝不謝的就別說了，只要王妃不怪罪我們就已經是謝天謝地的了。雖然拾娘從來沒有直說，卻敢說她當初嫁給董禎毅一定是滿腹怨言，不過人在屋簷下，知道掙扎無用，不得不委曲求全罷了。娘心裡對這個也是明白的，也知道拾娘在董家這些年過的日子也沒有看起來那麼順心順意，好在董禎毅是真心對她好，日子過得還算滋潤，又有那麼幾個活潑聰慧的孩子，彌補了那些不足，要不然娘還不知道會對她多歉疚呢。」

林舒雅的話說到了林太太的心坎上，她連連點頭道：「是啊，謝不謝的還真是當不起，只要王妃不追究當年我將拾娘嫁到董家就謝天謝地了。」

「太太，您真別擔心那些有的沒的。」拾娘安慰著林太太。她不是那種只記得別人對她的不好，卻看不到別人對她的好的人，她或許沒有對當年的事情完全釋懷，但讓林太太從望遠城到京城這一路上忐忑不安便已經足夠了。

醴陵王妃也是這麼想的，對她來說最重要的是女兒回來了，別的真沒有必要耿耿於懷。她笑著道：「曦兒說的就是我想說的，林太太別擔心那些有的沒的，再說，如果當年沒有林太太在後面推一把，曦兒不會嫁給禎毅，便會錯失一個有情有義又有才華的丈夫，更不會有這麼幾個惹人疼的孩子了。我們啊，不談妳讓曦兒心不甘情不願地出嫁，也不說妳給曦兒找了一門難得的好親事，就只說妳這些年對曦兒的關心照顧、母女般的情誼，那就夠了。」

拾娘和醴陵王妃的這些話，讓林太太微微有些不安的心也安定下來了，笑著道：「王妃這麼說我就安心了，不瞞您說，我還真是擔心王妃尋我的不是呢！」

「安心好了，我們夫妻真的是感激都還來不及，又怎麼會找你們的不是呢？」醴陵王妃笑了，道：「當年曦兒出嫁的時候，是以林老爺義女的名義出嫁的，這麼些年來又一直得你們夫妻照應，以後我們兩家就當親戚走動。曦兒真正在乎的人不多，還希望林太太不要因為她的身分不一樣了，就和她生分了。」

當親戚一樣走動？林太太微微一怔之後，就是滿心歡喜。她們到京城之後，是先和谷語姝會合才過來的，一路上自然從谷語姝嘴裡知道了醴陵王府的地位，能和這樣的人家攀上關係，自然是求之不得。更何況醴陵王妃說話的語氣態度都是那麼好，一點高高在上的感覺都沒有，心裡更是舒坦到不行。

「要是王妃不嫌棄我們商賈人家高攀了的話，自然是求之不得的。」不等林太太說什麼，林舒雅就笑嘻嘻地道：「等我回望遠城，藉著醴陵王府的招牌和人談生意的事情讓王妃知道了，王妃可不能生氣啊。」

林舒雅的話讓醴陵王妃大笑起來。她看著林舒雅，笑道：「聽曦兒說起過林姑娘，她說妳現在做生意很有一套，也聽說了那些事情，我很欣賞。女人家原本就已經弱勢了，就該像妳那樣該狠的時候絕不能心軟，要不然吃虧就是一輩子。」

林舒雅一聽就知道醴陵王妃說的是什麼，苦笑一聲，道：「當初做那樣的事情，其實也是被逼到了絕境才狠下心下了狠手，不過我不後悔。我現在的日子過得逍遙自在，做自己喜歡也能做的事情，不用伺候人，更不用看人的臉色，挺好。」

林舒雅的話讓林太太忍不住白了她一眼。就在醴陵王妃派人到望遠城之前，林舒雅剛剛拒絕了一門她覺得不錯的親事。以前到現在，她都覺得這個女兒最讓她操心。

醴陵王妃倒很欣賞林舒雅的這番言辭，她點點頭，看著林太太道：「妳也別覺得她不省心，我看她倒是個難得的明白人，她覺得這樣過得好就由著她去，不要強求太多。」

「可她就這樣一輩子不嫁人……」林太太搖搖頭。不是林家養不起林舒雅，可女兒就這樣一輩子實在不是個事，她嘆氣道：「她現在年輕，又整天忙著林家的生意，連休息的時間都沒有，自然不會覺得怎樣，但是以後呢？我可不想她年紀大了還這樣單身一個人，連個說話的人都沒有。」

「嫁了人就有了嗎？」林舒雅不以為然地道：「有幾個男人能守著妻子一輩子不納妾的，我寧願老了沒有人陪著說話，也不願意老都老了，還為男人的花心好色煩惱。」

「這話說的好。」醴陵王妃笑了起來，然後對一臉頭疼的林太太笑道：「緣分的事情說不好，要是沒有稱心如意的，就由著她的性子好了。」

「她一向任性，老爺現在又什麼都由著她胡鬧，我除了由著她，還能怎麼樣？」林太太嘆氣，心裡卻也不是那麼擔心了，就連醴陵王妃這樣的人都覺得女兒不錯，想來女兒的決定就算錯也錯不到哪裡去。

林舒雅大鬆一口氣。林太太整天在她耳邊嘮叨，要是把醴陵王妃這番話聽進去，不再整天煩她的話那該有多好。

她的表情落在谷語姝眼中，她笑著打趣道：「王妃這些話還真是給舒雅解了圍，她現在啊，最擔心的就是母親在她耳邊嘮叨了。」

「語姝，妳娘也是杜家的姑娘，雖然隔得遠了些，但和我好歹也算是堂姊妹，以後妳叫我姨母便是，別用這麼疏遠的稱呼。」醴陵王妃笑著糾正了一下谷語姝的稱呼，谷語姝立刻笑著應了。她又接著道：「皇后娘娘一貫喜歡叫外甥女們進門陪她說話，以後曦兒進宮妳就多陪陪她，免得她一個人去了冷清。」

「是。」谷語姝帶了幾分驚喜地答應著。她知道杜家的那些表姊時不時就會進宮陪皇后娘娘敘敘家常話，但那僅限於杜家嫡支的幾位嫡出姑娘，她還真沒有享受過這樣的待遇；要是能夠進宮，她的身分地位都會不一樣，對林永星的幫助也會不一樣起來。她笑著道：「京城盛傳王府的大姑娘歸來的消息，都在猜測王爺、王妃是怎麼找回女兒的，不知道王妃準備什麼時候讓世人知道，曾經讓人羨慕嫁了有情有義狀元郎的拾娘，就是醴陵王府的大姑娘，讓人羨慕羨慕董家，娶了這麼一個身分貴重的媳婦呢？」

「不著急。」醴陵王妃笑了。谷語姝這話她喜歡聽，董禎毅能夠娶到拾娘那才是真正的福氣。她笑著道：「等曦兒臉上的印記消褪，也等皇上為曦兒擬定封號。」

前面的話林太太諸人聽不懂也就沒有往心裡去，但後面那一句卻聽得實在，心頭都是一震。拾娘是醴陵王府的嫡長女，還是唯一的嫡女，稱一聲郡主不為過，但封號……整個大楚也沒有幾個有封號的郡主啊！

第二百三十一章

「欸，你不緊張嗎？」慕潮陽輕輕碰了碰身邊的董禎毅，小聲問道。他的臉色極不正常，手心也直冒汗。今天是拾娘最後一次清洗臉上藥膏的日子，也是最重要的一次，之前敷過四次，那印記的顏色不但沒有淡化，反而暈了開來，讓拾娘半張臉都成了青黑色。太醫說了，這才正常，那說明臉上沈積多年的青黑色正在慢慢地溶解，只要照方子敷足了次數，一定能夠清除那個印記的。但是，他們也說了，拾娘臉上的印記畢竟有那麼多年了，或許敷足了五次也不一定就能清除乾淨。對此，醴陵王妃等人十分擔憂。

「這有什麼好緊張的？」董禎毅故作輕鬆地笑笑，反問慕潮陽一句之後，又笑著打趣道：「你放鬆一些，別讓不知道的人看了，還以為有什麼天大的事情要發生一樣。」

「你怎麼能一點都不緊張呢？」慕潮陽帶了些忿忿地道：「難道曦兒能不能將臉上那個難看的印記清除，能不能恢復原本應該有的美麗，你就一點都不關心嗎？」

「不管能不能清除那個印記，拾娘還是拾娘，不會有什麼不一樣，不是嗎？」董禎毅不可能不緊張，只是能不能清除那個在拾娘臉上已經待了多年，讓他熟悉得不能再熟悉的印記，對於他、對於拾娘來說，真的沒有那麼重要。能夠清除自然最好，沒有一個女人不希望自己有如玉容顏，也沒有一個男人不希望自己有如花美眷；但如果不能清除也不是什麼天大的事情，反正他們都已經習慣了那個礙眼的印記，就算它一輩子留在拾娘臉上，對他們來說也不過是一個缺憾罷了。

「誰說一樣？如果不能清除那個印記，曦兒會被人取笑，被人在背後說三道四。」慕潮陽倒也不是希望自己有個漂亮的妹妹，而是不希望因為那個印記給拾娘帶來什麼煩惱。他輕輕地嘆一口氣，道：「這世上最不缺的就是勢利眼。」

「你為什麼不換個角度想想，如果那個印記一直留在拾娘臉上，讓人看到之後會立刻想起拾娘的勇氣和睿智呢？」董禎毅笑笑，努力地往好的方面想。

「你怎麼不想，要是曦兒臉上的那個印記不但沒有清除乾淨，反而半張臉都成了青黑色，又會是什麼光景。」慕潮陽沒好氣地道。要是那樣的話，妹妹豈止是無鹽，簡直就是猙獰，還不知道會被人指指點點的說些什麼呢！

「那她也是拾娘。」董禎毅也想過最壞的情況，但是再轉念一想，拾娘吸引他的從來就不是外貌，就算更醜了，只要拾娘還是那個他深愛的人，那就夠了。

「跟你真是說不到一處去。」慕潮陽不知道應該為妹妹找了一個不在乎外貌的丈夫而高興，還是為董禎毅的不識趣而惱怒，只能將他撇到一邊，問另一邊的林永星，道：「你呢？你該不會像他一樣，一點都不關心、不緊張在乎吧？」

「我當然很緊張。」林永星臉上的表情一點都不比慕潮陽輕鬆，他一邊朝暖閣外胡亂張望，想看看報信的丫鬟、婆子來了沒有，一邊道：「誰都知道，我最是個注重外貌的，我身邊伺候的丫鬟、小廝就沒有一個長得難看的；您都不知道，拾娘當初剛到我身邊當差的時候，把我嚇成什麼樣子，為了不讓她跟在我身邊，我都絕食抗爭過。」

提起前塵往事，林永星只覺得好笑，真不明白自己當初為什麼會那麼幼稚天真，居然用那樣的手段來和拾娘鬥，真是找死不選日子。

「你是說曦兒很醜？」慕潮陽的臉色難看起來。他聽不得董禎毅說那些不在乎拾娘外表的話，更聽不得林永星說她難看。

「拾娘不是醜，但她那張臉乍一見確實是很嚇人。」林永星不覺得拾娘醜，他已經很習慣看拾娘的那張臉，尤其還端著一張臭臉。

「你——」慕潮陽很想發怒，但是轉念一想，卻又壞笑道：「如果曦兒臉上沒有那個印記的話，你會娶曦兒嗎？」

「娶她……」林永星打了一個寒顫，道：「還是算了吧！拾娘每次訓我都像訓孫子似的，我可沒有那個勇氣娶個姑奶奶供著。」

林永星的話讓董禎毅再一次發笑，而慕潮陽則瞪了這個沒有眼光的蠢人一眼，沒了和他說話的心思，將目光投向暖閣外，然後整個人猛地站了起來，一刻都不遲疑地迎了出去，比他更快一步的是一直往外看的董禎毅。

「看來藥效真的很不錯。」董禎毅在距離拾娘一步的地方止住了腳步，看著拾娘臉上淡淡的、仔細瞧才能發現的淺色痕跡，輕聲道。

「比我想像的要好得多。」拾娘認同地點點頭，手不自覺摸上了臉頰。昨天還占據了整個右臉的青黑色已經很淡了，和左臉相比起來，還是顯得有些青黑，但只要稍微撲上一些香粉就能掩蓋住。她微微一笑，道：「太醫們說了，能夠有這樣的效果也超乎他們的意料，畢竟時日太久了些。他們也建議再用幾次藥，或許能夠將殘存的給清除乾淨。」

「就算不能清除乾淨也無所謂了，妳這樣已經很好了。」董禎毅微笑著看著拾娘，然後對慕潮陽道：「你說是不是？」

「現在這樣確實是很不錯，但如果能夠完全清除，讓曦兒的膚色看起來更亮，自然更好。」慕潮陽看著妹妹，滿滿的歡喜溢出眼眶，笑著道：「曦兒就是漂亮，我看京城中那些自負美貌的見了之後一定會自慚形穢的。」

「哥哥又在胡說。」拾娘輕輕地嗔了一聲，道：「你就不擔心這話傳出去讓人笑掉了大牙，說你老王賣瓜，也說我見識淺薄？」

「我在胡說嗎？我有胡說嗎？」慕潮陽瞪大了眼睛，一臉被冤枉的無辜，對拾娘身邊的谷語姝道：「京城的貴女淑媛，表妹應該都見過，妳說說看，這滿京城能找出幾個像曦兒這麼美麗、這麼有氣質，又這麼聰慧的？」

「還別說，京城的貴女淑媛之中想找一個像拾娘這樣，要出身有出身，要相貌有相貌，要才華有才華，又這般謙和穩重，沒有自恃高人一等的，還真是沒有。」谷語姝發自內心地道，京城貴女淑媛如雲，想找一個出身、相貌、才華都與拾娘相持平的還真找不出來。

「就是這話。」慕潮陽點點頭，然後笑著道：「我都等不及要看那些好事的知道曦兒的身分，見到曦兒的模樣之後，會是怎樣的嘴臉了。」

「這個簡單……」谷語姝的笑容中藏了一絲自己都沒有覺察的澀味，她輕輕朝著滿臉驚豔、傻愣的林永星努了努嘴，道：「世子看他就知道那些人大概會是什麼表情了。」

知道拾娘的身分之後，谷語姝除了驚詫，也為拾娘感到高興之外，還有一些異樣的情緒。她忍不住想，要是當初林舒雅和董禎毅的婚約沒有意外，拾娘一直留在林永星身邊，那麼她有沒有可能嫁給林永星？雖然林太太、林老爺從來沒有那樣說，也從來沒有讓人看出半點懊惱，但是她還是忍不住猜測，他們有沒有為當初的決定而後悔？拾娘可是醴陵王府的嫡出姑娘，還將是一位有封號的郡主，以林家的家世地位，能夠和這樣的人有交集，那才真正是三生有幸的事情。

還有林永星，一直以來，他沒有隱藏掩飾過他對拾娘的欣賞和關心，他對自己說，他是把拾娘當成了良師益友，也當成了妹妹；但是谷語姝敢肯定，如果拾娘和林舒雅有了什麼衝突，林永星護著的定然是拾娘。那麼他呢？他有沒有後悔錯失了拾娘？

谷語姝的異樣只有慕潮陽和拾娘察覺到了，兄妹倆交換了一個隱晦的眼色，拾娘笑盈盈地看著林永星，道：「大哥為什麼這樣看著我？難不成不認識了嗎？」

「我怎麼可能不認識妳？就算我忘了我自己，也不會忘記妳啊。」林永星回過神來，卻又忍不住嘆了一聲氣，道：「不過，我還真的覺得妳這樣很陌生，陌生得讓我……讓我……

唉，我也說不上那到底是什麼樣的感覺，反正就覺得挺陌生的。說實話，我覺得妳還是以前的樣子更好，更有威嚴，讓我覺得舒服和自在。」

更……更有威嚴？林永星的話讓所有人一愣，而後一起哄笑起來。

谷語姝也不例外，不同的是，她心裡那種淡淡的異樣也被這句話打散了……

第二百三十二章

昭和十年的冬天，一件又一件讓人驚詫、令人津津樂道的事情給這個寒冬增添了色彩，讓京城人數年甚至十數年都無法忘記這個冬天；而所有的事情都圍繞著醴陵王府那位失散多年，大多數人都以為已成一縷芳魂的嫡出大姑娘而來。

無論是她的回歸帶來的傳奇故事，還是皇上格外開恩，加封她為嘉慧郡主的恩澤，抑是她從傳聞中的無鹽之女成為貴婦們口中人人稱讚的才貌品德俱佳的社交新寵，都是京城人談論的熱門話題；當然，談論最多的還是她讓公主都眼紅不已的嫁妝。

這位皇上格外青睞的嘉慧郡主和家人團圓之後，被思女成疾的醴陵王妃留在醴陵王府兩個多月，直到臉上的青色印記消除之後，才萬般不捨地放她歸家，讓她回去的時候，也帶回了醴陵王妃這麼多年來為她準備的嫁妝。

因為她不是出嫁帶去的嫁妝，並沒有裝成一抬一抬的，但是光是珠寶首飾，古董字畫和綾羅綢緞等實物便足足裝了滿滿的五十多車，這一些就足以讓人瞠目結舌了，更別說醴陵王妃定然還給她準備了店鋪、田地、莊子什麼的，有人笑稱，董禎毅娶了這麼一個媳婦，董家三代都不愁吃喝了。

除了醴陵王府拉出去的嫁妝之外，皇后娘娘的賞賜也在眾人的意料之中，內造的首飾、如意擺件，閃花了前來祝賀的人的眼睛，大皇子甚至與皇子妃一起親自上門恭賀送禮，這讓眾人對這位新鮮出爐的郡主更高看了一眼。

比較令人意外的是，自今上登基之後，就沈寂得彷彿不存在的閻家居然也送了不少的東西過來。他們送過來的東西都用箱子裝得嚴嚴實實的，外人並不知道到底是些什麼，但醴陵王府的幾位主子，以及帝后、大皇子等人卻都知道那是閻旻烯生前留下的一些東西——醴陵王妃派去望遠城的人確定了莫夫子就是閻旻烯之後，雖然心裡氣極了閻旻烯為了報復她和姊姊互換身分，找到女兒卻刻意將她藏了那麼多年，但還是和閻旻烯的親生父母通了聲氣，讓他們知道閻旻烯的最後下落。

得到消息後，兩老親自去了一趟望遠城，去了莫夫子和拾娘住了兩年多的小院，也去看了莫夫子留下的書籍。回來之後，他們便將閻旻烯以前的私藏清點了一下，留了一部分作為兩老對兒子最後的紀念之外，盡數給了拾娘當嫁妝。用他們的話來說，拾娘怎麼著也都是閻旻烯的義女，是最有資格繼承他東西的人。

拾娘沒有拒絕，但也沒有將那些東西擺出來，而是將它們放到了庫房最深處。或許有一天，她會將它們取出來，但那一天會在很久之後了……

外面的紛紛擾擾並沒有給拾娘帶來太多的煩惱，除了知道自己的出身，知道了自己不是被拋棄的，心中不再有陰影和怨念之外，對她來說，就只是多了血脈相連的親人，別的並沒有什麼不同。如同在望遠城一樣，她將自己名下的店鋪交給了許進勳打理，田地和莊子則讓醴陵王妃為她精心挑選的陪房打理；她身邊最親近的丫鬟還是綠盈幾個，最信任的媳婦子還是鈴蘭，不同的是多了些醴陵王妃親自挑選出來的管事嬤嬤、丫鬟以及幾個從宮裡放出來的教養嬤嬤，她們最主要的差事是在禮儀禮節上指點拾娘，次要的則是引導輕寒，讓她自小養成名門淑媛該有的行為舉止。

拾娘的坦然讓董夫人最後的憂慮也消失了，一過完年，她就開始準備行囊，在京城的樹梢有第一絲綠意的時候，她滿是眷念不捨，卻又毫不猶豫地帶著不得不將之下了藥，乖巧得彷彿襁褓中的嬰兒一般熟睡的董瑤琳離開了京城。

出了城門之後，和當年帶著兒女離開一樣，她掀開了簾子，依依不捨看著巍峨的城樓慢慢消失在視線中，不捨的眼淚落下。

馮嬤嬤為她遞上手絹，安慰道：「夫人，您別傷心難過，大少爺、二少爺都是孝順的，定然會經常回去看望您的。」

「我知道。」董夫人點點頭，卻又笑道：「說真話，我真的不怎麼傷心，毅兒、誠兒都會過得很好，他們的前程會一片光明，而我也可以隨時再回來。對於我來說，現在最重要的是把瑤琳扳回來……」

她的聲音輕輕地飄散在風中，很快就被風吹散，了無痕跡……

——全書完

番外一之世間多才多薄倖

「你說什麼？」慕姿怡不敢置信地看著眼前風度翩翩、玉樹臨風的丈夫戴複嗣。這一剎那，她真的以為自己的耳朵出了問題。

「夫人不用這樣看著我，妳沒有聽錯，我要娶平妻。」就算心裡已經有些不耐煩了，戴複嗣臉上卻還是帶著溫文爾雅的微笑，道：「對方是李總督庶出的二姑娘，雖然她和夫人一樣都是庶出，不過李總督對這位庶出的姑娘可疼得緊，要不是因為二姑娘對為夫芳心暗許的話，李總督還不一定捨得將掌上明珠嫁給為夫做平妻呢。夫人，妳應該高興才是，李姑娘進門之後，李總督一定會對為夫另眼相看、格外關照，到時候，為夫的官運亨通，妳臉上也有光彩啊。」

「你……難道禮陵王府給你的幫助還不夠多嗎？如果你不是禮陵王府的姑爺的話，你以為你一個二甲的進士能有今天的地位？」慕姿怡氣極。成親兩年，一聽戴複嗣這口氣，她就知道，戴複嗣要娶兩廣總督那位有名的庶女已成定局，他今日不過是告知自己一聲而已。

慕姿怡是在昭和十一年的夏天出嫁的。昭和十年的冬天，就在滿京城都談論禮陵王府那位嫡出姑娘的各種事蹟時，禮陵王妃也為年紀不小的庶女張羅婚事。或許是因為愛女回來，禮陵王妃心情極好，對人也寬容了很多，就連慕姿怡之前做的那些令她生氣的事情也沒有計較，給她張羅婚事的時候，也沒有像之前的兩個庶女那樣全然作主，而是精心挑選了三個對象，讓慕姿怡自己做選擇。

這三個人選中，一個是永平侯府的庶出少爺，那少爺和醴陵王府的二姑爺很相似，都是那種在侯府不怎麼出彩，但也沒有劣跡的庶出少爺；一個是慕雲殤看好的軍中普通軍官，那人年紀稍長一些，因為父母早亡，沒有長輩為他操持婚事，所以才耽擱到那個年紀都還沒有娶妻；還有一個就是戴複嗣，是董禎毅的同科進士，家底殷實，家中父母健在，有一個已經出嫁的長姊，卻沒有弟弟妹妹。

慕姿怡對兩個庶姊的婚事相當看不上，總覺得她們在醴陵王妃面前小心伺候、孝順討好，卻被隨意打發了終身，實在是可憐，自然也看不中另外兩人，便私底下遠遠地見了戴複嗣一面。

要說這戴複嗣還真是不錯，雖然在會試之中並不出彩，運氣也不是很好，排到了一百零一名，剛好錯失了殿試面聖的機會，但是文采卻是極好的，在學子之中也頗有些名望。更主要的是此人年僅十七歲，長得玉樹臨風，一副溫文爾雅的文人氣質，行為舉止也透著書香人家才有的爾雅。慕姿怡只看了一面就心生好感，還覺得他或許沒有董禎毅那般讓人看好的前程，人才卻比董禎毅好得多，所以，在三個人之中毫不猶豫地選擇了他。

對她的選擇，醴陵王妃一點都不意外——在為慕姿怡擇婿的時候，她特意放出話去，說想要喜上添喜，為庶女擇婿；也是她有意無意地透露，說慕姿怡最欣賞有才華的讀書人，而她一貫疼愛這個庶女，便想順了她的心思，成全她的心願。這些消息一出，那些有門道的自然就巴了上來，其中就有戴複嗣的親姊姊。

拿到戴複嗣資料的時候，醴陵王妃眼前一亮——身家清白，家底殷實，有一雙據說很恩愛的父母，一個高嫁的姊姊，自己文采不凡，長得也一表人才，最重要的是，他都已經十七歲了，還是小有名氣的才子，卻還沒有婚配。據說他名聲漸顯的時候，倒也有門第相當的人家透露了想要結親的意思，但是都被戴家夫妻以學業為重之由而拒絕了。

所以，再仔細調查一番，覺得戴複嗣看起來確實極不錯之後，醴陵王妃將他列入了人選名單之中，除了他以外，還挑選了一個確實很不錯的侯府庶子，將他們和慕雲殤自己為庶女選擇的人選，一併放到慕姿怡面前，讓她自己作主。

慕姿怡選定之後，醴陵王妃親自為她準備了一份光彩的嫁妝，首飾頭面、古董字畫、綾羅綢緞應有盡有，雖然不多，但件件都是精品；一處京郊的田地，一處京郊的溫泉莊子，莊子甚至還是皇上親筆題名的……最後，她沒有超過兩個庶姊，也是六十八抬的嫁妝，卻比兩個庶姊名貴很多，讓她心裡樂開了花。

慕姿怡曾經以為自己選中了最好的，成親之後也一度為自己的選擇而洋洋得意——公公一心只會鑽研學問，每日將自己關在書房不問世事，婆婆慈祥和藹，對著她的時候總是一副笑臉，也總是誇她好，大姑姊對她關懷備至，經常噓寒問暖，而丈夫體貼入微，溫柔得讓她醺醺然，讓她以為找到了一輩子相知、相守、相愛的良人。

但是，時間稍長，尤其是戴複嗣和她成親之後，慕雲殤並沒有特意為他張羅，而是讓他照著原來的安排放到了廣西任職之後，一切就變了。

公公不再什麼都不過問了，每次見到她都會淡淡問她，娘家那邊有沒有什麼消息，有沒有為戴複嗣找關係？婆婆臉上的笑容不變，也總是誇她，但是每次她誇獎的時候，都是帶著目的的，給戴複嗣房裡塞通房丫頭，說什麼哪個男人身邊沒幾個添香暖被的丫鬟，媳婦出身王府又是通情達理的，應該能夠理解……專橫了一輩子，連個通房丫頭都不准公公收的人說這樣的話，委實讓人無法信服，但是她能說不嗎？要是說了，她就是那個不體貼、不通情達理的人。而公公呢？一輩子被婆婆管得死死的，一個通房丫頭都沒有的公公，卻不希望兒子和自己一樣；所以，成親不到兩年，戴複嗣的通房丫頭就有三個之多。

還有那個總是噓寒問暖的大姑姊，離得遠了，來往得少了，書信卻不少，每次接到她的信，婆婆總是會嘆息，說女兒嫁的是高門，卻沒有帶多少嫁妝，出門應酬都沒件像樣的衣裳，沒有幾樣充當門面的首飾……一邊說一邊看著慕姿怡，直到她鬆口，大方主動將自己的嫁妝拿出來為止。要是她裝作聽不懂的話，婆婆不會變臉，戴複嗣卻會一直歇在通房丫頭那裡，連她的房門都不進。

不過，人是自己選的，為了不讓醴陵王妃笑話，再艱難慕姿怡也只能忍了。但人都是有底線的，他要娶什麼平妻她是萬萬不能同意的。

「夫人這話說的好不理直氣壯啊。」戴複嗣臉上帶了淡淡的嘲諷，道：「如果醴陵王府真心要幫為夫的話，為夫至於到現在還是一個六品的小官嗎？」

「父親不是說了嗎？等你積累了經驗和人脈之後，再幫你好好謀劃，你怎麼連這點耐心都沒有呢？」慕姿怡說著慕雲殤的原話。她實在是不想用董禛毅來和他作比較，董禛毅到現在也還是翰林院編撰，並沒有因為拾娘的身分不同了就有什麼不同。

「耐心？如果我是那種有耐心的人，會願意娶妳回來嗎？」戴複嗣冷笑一聲。當初以為娶了慕姿怡就能得到醴陵王傾力培養，在仕途上平步青雲；但和她成親之後，醴陵王也只在他放官的時候幫了那麼一點點忙，之後就不聞不問，讓他失望到了極點，也才打起了另尋高枝的主意。

「你什麼意思？」慕姿怡一聽就炸了毛。她為自己選擇戴複嗣後悔不已，但卻聽不得他說相同的話。

「夫人應該明白為夫說的是什麼意思。」戴複嗣又是一聲冷笑，道：「原以為娶了夫人，成了醴陵王府的女婿就能藉助醴陵王府的人脈送我上青雲，誰知道……看來，當年的傳言不假，夫人算計自己的姊夫不成，反倒遭了王妃厭棄，所以為夫也就受了連累。」

「明明是你自己沒有本事，到任兩年一點政績都沒有，你讓父親怎麼幫你？」慕姿怡怎麼都不敢承認當年的那些傳言，只能拿戴複嗣這兩年毫無作為說事。戴複嗣被揭了短處，也惱羞起來，不顧維持文雅的姿態和她爭吵起來，聲音極大，將戴夫人也給招來了。

「這又是怎麼了？」戴夫人看著成了鬥雞眼的兩人，道：「好端端的，怎麼吵起來了，讓人知道了不是笑話嗎？」

「娘，他和我說什麼要娶李總督的庶女進門為平妻。」慕姿怡立刻告狀。說實話，她並不認為戴夫人能夠站在她這一邊，她這婆婆臉上總是帶著笑，說起話來也總是一副為她好的樣子，但實際上永遠都只會袒護兒子，但她還是存了一絲希望，畢竟這不是一件小事。她帶了威脅地道：「我們這才成親兩年不到，他就收了三個通房丫頭，現在還想娶平妻，要是讓我父親、母親知道，還不知道會生多大的氣呢！」

「我還以為是什麼大不了的事情呢。」戴夫人一副覺得慕姿怡大驚小怪的樣子，道：「李家二姑娘我也見過，是個知書達禮的好姑娘，模樣長得俊，也頗有些文采，架子也不大，嗣兒娶她進門，我和妳公爹都是同意的。」

「娘，你們怎麼能這樣對我？」慕姿怡心裡苦笑。戴夫人這麼說她真不應該意外，但是心裡還是梗得慌。

「這又有什麼？」戴夫人不以為然地看著慕姿怡，道：「嗣兒不過是以平妻之禮娶她進門，又沒有休妻另娶，值得妳這麼大驚小怪的嗎？再說，李姑娘雖然和妳一樣都是庶出，但她可是李總督的掌上明珠，她都不介意妳占了正室之位，妳怎麼就容不得她呢？」

「如果我堅持不同意呢？」慕姿怡咬牙看著戴夫人。她咬牙切齒地道：「我寧願自請下堂也絕不容許什麼平妻進門！」

「嗣兒沒有和妳說嗎？這件事情並不需要妳同意，我們已經做好了一切，只等黃道吉日新人進門就好。」戴夫人才不理會她的心情，淡淡地道：「我們戴家和有的人家可不一樣，不是那種見利忘義的，不會只聽新人笑不管舊人哭，不會為了給新人騰地方休妳出門；但如果妳善妒，容不得新人，要自求休書離開的話，我們也不強留。」

慕姿怡沒有想到他們絕情至此，戴夫人卻也沒有心思和她多說，而是笑著對戴複嗣道：「嗣兒，你別在這裡耽擱時間了，剛剛李姑娘身邊的丫鬟送信過來，說李總督明日設宴以詩會友，要你過去作陪。我兒詩文絕佳，正是在人前露面的好機會，你還是好好回去休息，養足精神，明日好大放光彩。」

「這還真是個好機會，我這就去做些準備。」戴複嗣點點頭，也不再理會慕姿怡，和戴夫人一邊說話一邊離開，就這麼就把她丟下了。

看著母子倆的背影，慕姿怡心頭一陣茫然。

她該怎麼辦……

番外二之託女

「欣兒，跪下。」看到拾娘進來，董瑤琳立刻對一臉忐忑和懵懂的女兒道。小姑娘立刻乖巧地跪了下去。

「這是做什麼？快點起來。」拾娘雖然已經料到董瑤琳上門必然有事相求，卻還是被她這番舉動嚇了一跳，連忙快步上前扶起秦若欣，心裡暗嘆一聲，道：「妹妹有什麼話只管說，別折騰孩子。」

秦若欣是董瑤琳和秦懷勇的女兒——當年，回到望遠城之後，恢復神智的董瑤琳趁董夫人一時的疏忽，帶著細軟跑回了京城。她原本打算到了京城之後，使出渾身解數，逼著董禎毅和拾娘為她退了親事、另謀高門，不料她剛進京城，便撞上了正和一群紈袴子弟出遊的秦懷勇。秦懷勇一眼就認出了她，上前和她說話，還與那些狐朋狗友說起他們的關係。

沒帶腦子的董瑤琳忙不迭和秦懷勇撇清關係，還放話說她絕對不嫁給秦懷勇，讓他死心云云。秦懷勇原本就不是什麼好性情，當下就火了，加上那群紈袴子弟在一旁起鬨，不管三七二十一就把董瑤琳拽上了他騎的馬，將拚命掙扎的董瑤琳帶進了路邊的一家客棧。

等到董禎毅得到消息趕到客棧的時候，一切都已經晚了，董瑤琳已經失身於秦懷勇，除了依從婚約嫁到西寧侯府之外，再無選擇的餘地。

嫁過去之後，董瑤琳鬧騰了幾次——西寧侯府可沒有人會像董夫人那般寵著她，由著她胡鬧，她為此很是吃了大苦頭；之後別說再鬧騰，就連回娘家找哥哥們告狀都沒了勇氣，兄弟倆還以為她嫁過去過得還不錯。之後，董禎毅兄弟都外放離京，董瑤琳連娘家人都見不到了，也就認命地和秦懷勇過日子了。

但是，她認命卻不意味著秦懷勇就能和她好好過日子。秦懷勇一直都沒有忘記董瑤琳當眾給他沒臉的事情，董禎毅兄弟在京城時，秦懷勇也就是給她臉色看，卻不敢太過；她不鬧騰的時候，西寧侯府諸人對她也還算好，她進門不久懷了秦若欣，也順順利利地生產。但等到兄弟倆離京之後就不一樣了，秦懷勇惡習再犯，不但又去花街柳巷胡混，還著勁地收通房丫頭，更寵著通房找她的麻煩，西寧侯府其他人對此視而不見，後來幾次懷孕也都出了意外流產。

等到董禎毅調回京城，已經是六年後的今天。就算董禎毅見到董瑤琳，驚愕地發現原該芳華的妹妹臉上已經爬上了皺紋，和拾娘站在一起更像拾娘的大姑姊而不是小姑子，才知道妹妹過得艱難；可是他除了將秦懷勇叫過來斥責一頓，讓他以後好好對董瑤琳、對孩子以外，還能怎麼樣？要是沒有孩子的話，他還能想辦法讓董瑤琳和離或讓秦懷勇寫休書，放董瑤琳自由身，之後再慢慢考慮將來；但是他們還有孩子，還是那麼一個年幼的孩子，要是離開了董瑤琳，說不定都不能安穩活下來。

「嫂嫂，我知道我之前做了很多對不起妳的事情，也知道我落到今天都是咎由自取、自作自受，我不抱怨任何人，但是欣兒……嫂嫂，我就這麼一個孩子，一輩子也只可能有這麼一個孩子了，我現在唯一的希望，就是欣兒能夠平平安安地長大，能夠嫁個好人家，不求富貴，但求和美安康地過一輩子。」

董瑤琳看著女兒，滿眼都是憐惜，轉向拾娘的時候則帶了滿眼的懇求，道：「因為哥哥、嫂嫂的緣故，夫人和姨娘倒也不會太苛待我們母女，但也不會對我們有太多的關照，我過得並不輕鬆，而欣兒這孩子過得也很辛苦。這樣也就罷了，年少的時候吃點苦頭，不見得是件壞事。我現在最擔心的是欣兒的教養，我是庶子媳婦，秦懷勇又是個不爭氣的，我自己沒有那個本事教導她，侯府也沒人理會她，我真的不想欣兒變成第二個我，然後自誤誤人。我今日來是想求嫂嫂，求妳收下欣兒，讓她留在這個家，留在妳身邊。我不敢奢求妳親自教導她，只要妳在教導輕寒他們的時候，讓她在一旁待著就好。」

「這個……」拾娘有些猶豫，對董瑤琳有再大的怨氣，過了這麼多年見到她，再從醴陵王妃那裡知道她這些年的生活之後，也都已經不復存在了；但將秦若欣接過來不是小事情，她需要好好考慮。

「嫂嫂，欣兒真的很乖巧，一點都不像我，妳就讓她留下來吧！」這麼多年讓董瑤琳明白了一個道理，世上沒有那麼多理所當然的事情。她向拾娘保證道：「妳放心，我絕對不會因為欣兒留在家中，就有事無事跑回來給妳添麻煩，也絕對不會讓西寧侯府的人因此說什麼難聽的話……」

「妳是禎毅唯一的妹妹，經常回來也是應該的，至於說西寧侯府……我聽說西寧侯身體越來越不好了，不巧的是西寧侯承嗣三代，妳公公這一代剛好是第三代，西寧侯世子為了承爵的事情已經是頭大了，西寧侯府也絕對不會因為這一點點小事鬧出什麼不愉快的。」拾娘淡淡一笑。這六年，她和董禎毅都沒有荒度，董禎毅回京不過兩個月，任命雖然還沒有下來，但是明眼的人都知道絕對不會低。他這些年的功績簡在帝心（注）不說，還是大皇子的班底，入內閣是遲早的事情——今上的身體越來越不好了，處理政事越來越吃力，經常帶著皇后撇下朝政到行宮調養身體，每次都是大皇子監國；加上其他成年的皇子都被今上分封，然後遣往封地，不得皇命不得閃離封地。大皇子雖然還沒有被立為太子，但局面卻也十分明朗，大皇子繼位登基已經是板上釘釘的事情。

「那嫂嫂是……」

董瑤琳看著拾娘，心裡猜測拾娘是不是還沒有對多年之前的事情釋懷，卻不敢抱怨，更不敢將那些話說出來。

「這樣吧，過些日子娘也該回京城了，到時候讓欣兒過來陪陪娘……讓欣兒代妳在娘面前盡孝，秦家那裡也能說得過去。」

拾娘嘆氣，算是應承了這件事情。她知道董禎毅現在對這個妹妹很是憐惜，也很想讓這個妹妹過得更好一些，要是知道董瑤琳的請求的話，絕對會請自己應允，既然如此，那就答應吧。

想到這些年來董禎毅對她的始終如一，想到他不理會那些懼內的傳言，一如既往地對她好，她的心就更加柔軟了。她微微一笑，道：「這樣吧，妳先帶欣兒回去，等娘抵京之後，妳就送她過來吧。」

「謝謝嫂嫂。」董瑤琳深深地拜倒在地。這些年，她除了吃盡苦頭之外也終於學會了感恩……

注：簡在帝心，意指為皇帝所知曉、賞識者。

文創風 185

貴妻 5 完

國家圖書館出版品預行編目資料

貴妻 / 油燈著. --
初版. -- 臺北市 : 狗屋, 民103.05
冊 ; 公分. --（文創風）
ISBN 978-986-328-294-5（第5冊：平裝）. --

857.7 103006731

著作者 油燈
編輯 張蕙芸
校對 沈毓萍 陳盈君
發行所 狗屋出版社有限公司
地址 台北市104中山區龍江路71巷15號1樓
電話 02-2776-5889～0
發行字號 局版台業字845號
法律顧問 蕭雄淋律師
總經銷 知遠文化事業有限公司
電話 02-2664-8800
初版 103年5月
國際書碼 ISBN-13 978-986-328-294-5
原著書名 **《拾娘》**，由起點女生網〈http://www.qdmm.com/〉授權出版

定價250元
狗屋劃撥帳號：19001626
網址：love.doghouse.com.tw E-mail：love@doghouse.com.tw